KB032205

꽃과 같은 당신에게
전하는 마음의 선물

꽃말 365

Prologue

꽃보다 아름다운 당신의 삶을 축복합니다

평소 쓰는 말이 긍정적으로 달라졌으면 좋겠습니다. 모든 말 습관을 한꺼번에 바꾸기는 어려워도 하루 한마디는 바꿔볼 수 있을 것입니다. 그렇게 365마디의 긍정적인 말이 모여 삶 속에 녹아들면, 매사를 긍정적으로 생각하고 바라보게 되면서 평범하지만 비범한 인생으로 변화될 것입니다.

이 책에는 365일 아름다운 꽃이 담겨있습니다. 하루의 꽃과 함께 삶을 소중히 바라보게 하는 명언, 엄마가 들려주는 일상 이야기가 있고, 보약 같은 긍정의 말이 있습니다.

한 줄의 명언으로 주어진 삶을 생각해보고, 모든 것이 잘될 수 있다는 긍정의 말을 해보세요. 이 세상에 나를 있게 한 모든 것에 감사하고, 나의 앞길을 축복하는 것입니다. 명언과 긍정의 말을 마음에 담고 하루를 충실히 살아내면 하루가 일주일이 되고 한 달이 되며 365일 후에는 분명 조금 더 꿈에 가까이 갈 것입니다.

그날의 감사한 세 가지도 적어보세요. 하루 세 가지 감사가 365일 쌓이면 모든 것이 감사한 기적을 경험할 것입니다.

사랑하는 이에게 365일의 사랑과 감사, 축복, 멋진 미래를 선물해보세요. 그리고 당신의 멋진 미래를 위해 365일의 기적을 실천해보세요. 특별한 하루가 모여 당신과 당신이 사랑하는 사람의 삶을 특별하게 만들어줄 것입니다.

앙리 베르그송은 이렇게 말했습니다. "존재하는 것은 변화하는 것이고, 변화하는 것은 성숙한 것이며, 성숙하는 것은 끊임없이 스스로를 재창조하는 것이다." 삶은 변화하고 성숙해야 합니다. 삶은 아름다운 것이며 원하는 방향으로 재창조할 수 있습니다. 당신이 고치를 뚫고 아름다운 나비로 탄생하기를 바랍니다.

자신이 잘될 거라는 믿음은 원하는 것을 이룰 수 있는 힘을 줍니다. 믿고 실천하세요. 여러분의 인생이 빛으로 가득할 것입니다.

조서윤

Contents

1월

2월

3월

4월

Contents

5월

6월

7월

8월

Contents

9월

10월

11월

12월

January

1월

1월 1일 _ 희망

스노드롭 *Snowdrop*

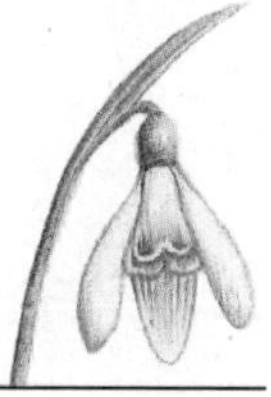

장래 희망을 가져라. 그리하여 전진하라 - 토머스 에디슨

새해 복 많이 받으세요! 사랑하는 가족과 새해 인사를 나누고 덕담을 주고받습니다. "올해는 좋은 일만 생겼으면 좋겠어.", "우리 가족 모두 건강하면 좋겠어." 올해는 자신의 가능성을 발견하길, 꿈을 이루기 위한 목표를 하나하나 성취하길 바랍니다.

사람들의 새해 소망을 조사해보니 건강이 1위였다고 합니다. 그 밖에 외국어 공부하기, 자격증 취득하기, 재테크, 이직 등이 있다고 합니다. 여러분의 소망이 바람으로 끝나지 않기를 바랍니다. 긍정 확언을 말하고 감사 목록을 적어보며 올해의 소망을 꼭 이루었으면 좋겠습니다.

오늘의 한마디

오늘부터 새로운 인생의 시작이고, 매 순간이 최고의 날입니다.

오늘 가장 감사한 세 가지를 적어보세요

1월 2일 _ 사랑에 답하여

노랑 수선화 *Narcissus Jonquilla*

사랑은 무엇보다도 자신을 위한 선물이다 – 장 아누이

햇살이 창문으로 쏟아지는 아침, 눈이 부십니다. 오늘을 시작하며 사랑과 감사의 말을 해보세요. 주변의 모든 것에 대한 사랑과 감사가 따뜻한 사랑으로 메아리가 되어 올 것입니다.

거울을 볼 때 미소 지으며 "나는 나를 사랑해, 모든 것에 감사해." 청소기에는 "깨끗이 청소해줘서 고마워." 세탁기에는 "매일 빨래하느라 수고가 많구나! 정말 고마워."

처음엔 열 개도 안 되던 감사 목록이 하나둘 늘어나 당신의 삶을 가득 채울 것입니다. 작은 것에 감사할 줄 아는 당신은 세상의 모든 것으로부터 사랑의 인사를 받을 것입니다.

℘ 오늘의 한마디

나는 나의 주변 모든 곳을 사랑과 감사로 채웁니다.

℘ 오늘 가장 감사한 세 가지를 적어보세요

1월 3일 _ 후회 없는 청춘

크로커스 *Crocus*

신념과 희망이 넘치고 용기가 넘쳐 하루하루 새로운 삶을 사는 한 청춘은 영원히 그대의 것이리라 - 새뮤얼 울먼

'청춘', 얼마나 아름답고 가슴 뛰는 말인가요? 그리스 극작가 소포클레스는 '네가 헛되이 보낸 오늘은 어제 죽은 이가 그토록 원했던 내일이다'라고 했습니다. 내일은 없는 것처럼 오늘을 충실히 살아내세요. 그런 하루하루가 당신의 청춘을 아름다운 색으로 수놓을 것입니다.

그리고 후회 없이 도전하세요. 지루하다 느끼는 평범한 일상도 인내하며 노력하세요. 그런 일상이 쌓여 당신에게 성공과 행운을 가져다 줍니다. 청춘을 사는 당신의 뜨거운 용기와 열정을 응원합니다.

℘ 오늘의 한마디

오늘이 최고로 젊은 날입니다. 나는 활력이 넘치는 삶을 삽니다.

℘ 오늘 가장 감사한 세 가지를 적어보세요

1월 4일 _ 차분한 사랑

히아신스 *Hyacinth*

사랑은 자연이 제공하고 상상력으로 수놓은 캔버스입니다 – 볼테르

사랑을 표현하는 방식은 사람마다 다릅니다. 어떤 것이 옳다고 할 수는 없지요. 서로의 마음을 나누며 상대방을 아끼는 사랑이라면 진정 아름다운 사랑입니다.

이별을 경험했다고 또 다른 사랑이 오는 것을 막지 마세요. 지난 사랑은 당신의 성장을 위한 밑거름이 되어 삶을 아름답고 의미 있게 만들어줄 것입니다. 당신만의 매력을 알아봐주고 보듬어주는 사람을 꼭 만날 거예요. 그와 손잡고 같은 곳을 바라보며 긴 여정을 함께 하겠지요?

그 사람을 꼭 만날 당신! 그와 함께하는 삶은 아름답고, 사랑과 행복으로 가득할 것입니다.

오늘의 한마디

나는 따뜻하게 주고받을 수 있는 사랑을 합니다.

오늘 가장 감사한 세 가지를 적어보세요

1월 5일 _ 인내

노루귀 *Hepatica*

행동의 가치는 그 행동을 끝까지 이루는 데 있다 - 칭기즈칸

"엄마, 오늘 유치원 가기 싫어.", "엄마, 배가 아파. 학교 안 갈래." 어릴 적 유치원이나 학교에 가기 싫은 날이면 꾀병을 부렸던 기억이 납니다. 신기하게도 엄마는 꾀병이라는 것을 금세 알아채셨지요.

유치원 때 가끔 꾀병을 받아주던 엄마는 커갈수록 공부보다 중요한 게 개근하는 것이라고 했습니다. 개근한다는 건 조금 아파도 참아야 하고, 가기 싫어도 참아야 한다는 것입니다.

세월이 흘러 알게 됩니다. 엄마의 말씀이 무엇이든 성취하기 위해서는 인내해야 한다는 귀한 가르침이었다는 것을 말이지요.

℘ 오늘의 한마디

나는 내 안의 힘을 믿고 키워나갑니다.

℘ 오늘 가장 감사한 세 가지를 적어보세요

1월 6일 _ 순진무구한 사랑

흰 제비꽃 *White violet*

진정한 사랑은 영원히 자신을 성장시키는 경험이다 – 스캇 펙

물질적인 것이 우선되는 요즘이라지만, 당신이 꿈꾸는 순수한 사랑은 존재합니다. 존재만으로도 감사하는 영혼의 짝을 그려볼까요? 그 사람 외모부터 성격까지 적어보세요.

키는 얼마나 크면 좋을까요? 얼굴형은 어떤 형이 맘에 드세요? 웃을 때 보조개가 들어가면 어떨까요? 영화 취향은요? 이렇게 자세하게 생각하고 그려보는 거예요.

어느 날 사랑하는 사람이 왔을 때 당신은 놀라게 될 것입니다. 당신이 그렸던 그 사람이 왔으니까요. 그래서 아주 자세하게 그릴수록 좋답니다. 당신이 꿈꾸는 순수한 사랑은 존재합니다.

℘ 오늘의 한마디

나는 내가 그리고 원하는 꼭 맞는 사람을 만납니다.

℘ 오늘 가장 감사한 세 가지를 적어보세요

1월 7일 _ 실연

튤립 *Tulip*

세상은 고통으로 가득하지만, 그것을 극복하는 사람들로도 가득하다
- 헬렌 켈러

부모님에게 당신은 감사 토끼랍니다. 태어나줘서 감사하고 옆에 있어줘서 감사한 존재예요. “우유라도 좀 마시고 가.”, “몰라, 늦었어.” 이랬던 출근 인사를 오늘은 바꿔볼까요? “감사 토끼 잘 다녀올게요.” 쑥스럽다고요? 그렇다면 문자는 어떨까요? “감사 토끼 출근 잘 했어요, 사랑해요.”
마음은 눈에 보이지 않아요. 부모 형제도 말하지 않는다면 헤아리기 어렵답니다. 마음속에 간직한 감사와 사랑을 말해주세요. 가장 가까운 이들과 마음을 나누는 당신이 되기를 바랍니다.

℘ 오늘의 한마디

나는 무한한 사랑에 감사를 느끼고 주고받습니다.

℘ 오늘 가장 감사한 세 가지를 적어보세요

1월 8일 _ 진실한 사랑

제비꽃 *Violet*

사랑은 눈으로 보지 않고 마음으로 보는 것 - 윌리엄 셰익스피어

상쾌한 아침, 어제와는 다른 공기를 느끼시나요? 들이쉬는 숨에 감사를, 내쉬는 숨에 희망을 이야기해보세요. 오늘의 태양은 당신을 위해 떠올랐고, 한마디의 감사는 당신의 꿈을 앞당겨줍니다.

어제와 다를 것 없는 아침이지만 모든 것이 당신을 위해 조용히 움직이고 있습니다. 쓱쓱, 빗자루질 소리가 경쾌합니다. 정성스럽게 내린 커피는 사람들을 위한 진실한 마음입니다. "좋은 아침입니다." 활기찬 아침 인사는 당신에게 행운을 가져다줄 거예요. 그리고 당신을 따뜻하게 감싸줄 것입니다.

오늘의 한마디

나는 나의 주변을 따뜻하고 온기 넘치는 사랑으로 채웁니다.

오늘 가장 감사한 세 가지를 적어보세요

1월 9일 _ 수줍은 사랑

노랑 제비꽃 *Yellow violet*

겁쟁이는 사랑을 드러낼 용기가 없다. 사랑은 용기 있는 자의 특권이다
– 마하트마 간디

인간은 저마다 다른 성향을 지니고 있고, 표현하는 정도도 다릅니다. 자식에 대한 사랑을 마음껏 표현하는 부모도 있지만, 드러내지 않는 부모도 있지요.

사랑을 표현하는 데 서툰 부모 밑에서 자란 사람은 사랑이 올 때 속앓이를 하는 경우가 많습니다. 친구와의 우정이든 이성을 향한 사랑이든 감추지 말고 조금씩 표현해보세요. 작은 용기는 당신의 진정한 인연을 만날 수 있게 합니다. 마음은 보이지 않기에 표현해야만 상대에게 전할 수 있습니다. 밝은 미소가, 건네는 커피 한 잔이 당신의 수줍은 사랑을 전한답니다.

℘ 오늘의 한마디

나는 날마다 모든 면에서 좋아지고 있습니다.

℘ 오늘 가장 감사한 세 가지를 적어보세요

1월 10일 _ 인내

회양목 *Box tree*

오늘 당신이 기울이는 노력이 분명 세상을 바꿉니다 - 앤드류 매튜스

어떤 분야에서든 성공한 사람들의 이야기를 듣습니다. 그럴 때 어떤 생각을 하시나요? '저 사람이니까 하지.' '난 그런 재능이 없어.' '도와주는 사람이 있었겠지.' '난 흙수저인데, 금수저나 돼야 저렇게 하지.'
그거 아세요? 성공한 사람들도 당신같이 평범한 사람들입니다. 단지 시작했고 멈추지 않았다는 것이 다를 뿐이지요. 목표를 갖고, 자신의 꿈을 이루려는 생각을 끊임없이 하고, 그 생각을 현실로 이루어낸 것입니다. 지금 당신이 이루고자 했던 꿈들을 찾으세요. 그리고 시작하세요.

℘ 오늘의 한마디

나는 내가 원하는 꿈을 자각하고 집중하기로 합니다.

℘ 오늘 가장 감사한 세 가지를 적어보세요

1월 11일 _ 견고한 우정

측백나무 *Oriental arborvitae*

내 친구는 완벽하지 않다. 나도 마찬가지다. 그래서 우리는 너무나 잘 맞는다 - 알렉산더 포프

엄마는 언제나 좋은 친구를 사귀라고 합니다. 그리고 꼭 덧붙입니다. 먼저 좋은 친구가 되어주라고요. 친구가 어려움을 당할 때 함께 해주는 것 말이죠.

어릴 적엔 함께 밥을 먹어주는 친구, 교과서나 체육복을 빌려주는 친구들이 필요했습니다. 나이가 들어가며 깨닫습니다. 아픔이 있을 때 함께 울어주고, 좋은 일에 자기 일처럼 기뻐해주는 친구와 오랜 우정이 쌓이는 것을요. 그렇게 쌓인 우정은 세상을 자신 있게 살아가게 합니다.

부모님께 가장 소중한 친구와의 우정을 알려주세요. 당신이 잘 살아가고 있음에 감사와 기쁨으로 미소 지을 것입니다.

오늘의 한마디

나의 곁에 항상 좋은 사람들이 있어 감사합니다.

오늘 가장 감사한 세 가지를 적어보세요

1월 12일 _ 빼어난 미모

향기 알리숨 *Sweet alyssum*

자신을 내보여라. 그러면 재능이 드러날 것이다 - 발타사르 그라시안

꿈을 이루기 위해 도전하는 사람들을 보며 한숨 짓고 있나요? '나는 왜 할 줄 아는 게 없을까?' 하고요. 타고난 재능을 일찍 발견하고 그 길로 달려가면 좋겠지요. 그러나 평범하게 하루하루를 살아가는 사람들도 있습니다. 그들은 재능이 없어서 그런 걸까요?

'자세히 보아야 예쁘다 너도 그렇다'는 나태주 시인의 시구처럼 자세히 보아 예쁘지 않은 사람은 없답니다. 평범하게 살아온 아줌마들이 정리의 달인이 되어 신기할 만큼 척척 정리하는 것을 봅니다. 당신의 평범함도 재능이 되어 빛을 발할 수 있습니다. 평범함을 자세히 보면 비범함이 보입니다.

℘ 오늘의 한마디

나의 꿈을 향해 내 안에 있는 무한한 잠재력을 발현합니다.

℘ 오늘 가장 감사한 세 가지를 적어보세요

1월 13일 _ 신비

수선화 *Narcissus*

사랑은 끝없는 신비이다. 그것을 설명할 수 있는 것이 전혀 없기 때문이다
- 라빈드라나트 타고르

무심코 하는 말들이 씨앗이 되어 현실을 가져온다고 합니다. 부모가 아픈 자녀를 위해 머리맡에서 간절히 하는 기도! 자신의 꿈을 위해 간절히 바라는 염원! 그 생각과 말이 씨앗이 되어 아픈 자녀가 낫는 현실을, 자신의 꿈이 이루어지는 현실을 가져옵니다.
그것을 위해 가장 먼저 할 일은 믿고 시작하는 것입니다. 작은 것이라도 괜찮습니다. 사소한 칭찬의 말이라도 당신이 원하기만 한다면 이루어질 것입니다.

오늘의 한마디

나는 내가 하는 말의 힘을 믿습니다.

오늘 가장 감사한 세 가지를 적어보세요

1월 14일 _ 내성적 성격

시클라멘 *Cyclamen*

생각으로는 두려움을 극복할 수 없지만, 행동으로는 극복할 수 있다
– 윌리엄 클레멘트 스톤

'아, 내가 왜 말을 못 했을까?' 자기 의견을 분명하게 말하는 친구나 동료와 비교해보면 자신이 답답합니다. 타고난 천성이라고 당연하게 받아들여야 할까요?

사람의 성향은 보통 외향형과 내향형 두 갈래로 나뉩니다. 두 성향은 서로 다를 뿐이지 어느 한쪽이 좋은 것은 아닙니다. 둘 중 어떤 성향이라도 자신을 믿는다면 인생은 좋은 것들로 가득해질 것입니다. 자신이 가진 것들에 초점을 맞추고 감사하기를 바랍니다. 자신을 있는 그대로 받아들이고 좋아하는 마음이 바로 풍요로운 삶과 행복의 비결입니다.

✎ 오늘의 한마디

나는 나를 있는 그대로 받아들입니다. 나는 내가 참 좋습니다.

✎ 오늘 가장 감사한 세 가지를 적어보세요

1월 15일 – 엄격

가시 *Thorn*

군자는 자신에게서 구하고, 소인은 남에게서 구한다 – 공자

세상에는 소설 같은 이야기들이 많습니다. 어떤 한 여성의 이야기입니다. 학교 선생님까지 했던 그 여성은 결혼 후 남편의 외도로 충격을 받고 여러 고비를 겪다가 자기 생각에 갇혀 마음의 병이 생겨버렸고, 지금은 노숙자로 떠돌이 생활을 하고 있다고 합니다.

세상을 살다 보면 이보다 더 어려운 상황을 만날 수도 있습니다. 원치 않는 상황이 생겼다 해도 그 일을 객관적으로 보고 자신의 탓이 아님을 인식해야 합니다. 힘들 때 힘들어해도 괜찮다고 자신에게 이야기해주세요. 그렇게 다시 시작하면 됩니다.

오늘의 한마디

나는 과거의 나를 용서합니다. 나는 새롭게 시작합니다.

오늘 가장 감사한 세 가지를 적어보세요

1월 16일 _ 승부

노랑 히아신스 *Yellow hyacinth*

강력한 이유는 강력한 행동을 낳는다 - 윌리엄 셰익스피어

매일매일 감사하고 실천하며 원하는 일들을 소망하면 이루어진다고 합니다. 당신의 선택은 무엇일까요? 하루에 한 가지라도 실천하는 것과 시간이 없다는 핑계로 미뤄버리는 것 중 어떤 선택을 할 건가요?
당신이 어제보다 나은 내일을 기대하고 작은 실천을 하기로 마음먹었다면 5분의 실천은 어떨까요? 5분간 감사하는 것입니다. 사소하고 짧은 그 시간이 하루 이틀 쌓이면 당신의 생각은 감사로 쌓이게 되고, 감사로 모인 긍정 에너지는 당신의 미래를 밝게 만들어줄 것입니다.

오늘의 한마디

나의 감사할 일들은 점점 더 많아집니다.

오늘 가장 감사한 세 가지를 적어보세요

1월 17일 _ 친근한 정

수영 *Rumex*

우정은 풍요를 더 빛나게 하고, 풍요를 나누고 공유해 역경을 줄인다
- 마르쿠스 툴리우스 키케로

사람들은 성공하기 위해 부단히 노력합니다. 고난과 역경을 인내하고 결국 성공을 얻어내지요. 그렇게 성공한 사람들에게 가장 의미 있는 것은 돈일까요? 그들에게는 힘들 때 손을 잡아주는 이들이 있었고, 동기를 유발하는 경쟁자가 있었습니다.
이처럼 자신을 지지해주는 이들뿐 아니라 경쟁하는 이들과도 함께하는 삶의 태도는 아주 중요합니다. 다른 이들과 우정을 나누고 더불어 살아가는 삶이기에 인내하며 얻은 성공은 더 빛이 납니다. 인생의 행복도 성공도 함께하는 이들이 있기에 더 소중한 것입니다.

오늘의 한마디

나는 내 마음을 열어 나와 함께하는 사람들과의 관계를 좋게 만들어나갑니다.

오늘 가장 감사한 세 가지를 적어보세요

1월 18일 _ 억측

어저귀 *Indian mallow*

가장 중요하게 고려해야 할 두 가지는 신뢰와 믿음이다. 독선에 빠지지 않도록 해야 한다 - 제임스 딘

세상을 이롭게 하고 행복하게 살아갈 것이라는 마음의 소리에 귀를 기울이세요. 세상이 불공평하고 살아가기 어렵다는 억측의 소리들은 차단하기 바랍니다. 자신을 믿고 세상을 신뢰하세요.
눈을 잠깐 돌려보면 다른 사람을 위해 돈뿐 아니라 몸의 일부까지 나누는 사람들의 이야기가 얼마든지 있습니다. 얼굴도 모르는 사람을 위해 자신의 것을 기꺼이 나누는 사람들입니다. 이 세상을 1%라도 나은 세상으로 만들려고 하는 마음은 당신의 미래를 열어줍니다.

℘ 오늘의 한마디

나의 세상은 나를 신뢰하고 나에게 관대합니다.

℘ 오늘 가장 감사한 세 가지를 적어보세요

1월 19일 _ 불로장생

소나무 *Pine tree*

사람은 결코 죽음을 생각해서는 안 된다. 오직 삶을 생각하라. 이것이 참된 신앙이다 – 벤저민 디즈레일리

하루하루 감사로 사는 사람들이 있습니다. 매일 보는 사람에게 처음 만난 것처럼 인사하고, 어제 먹은 메뉴와 똑같은 식사라 해도 먹을 수 있음에 감사합니다. 버스에 오를 때면 기사님의 안전운행을 기원하며 눈인사를 하지요. 문득 올려다본 하늘 위 구름에 새삼 감탄하고, 살랑살랑 바람이 코끝을 스치면 어디로 가는지 몰라도 그 바람이 닿는 이의 행복을 기원합니다.
인생의 끝을 선고받은 사람에게 하루의 삶은 이렇게 다릅니다. 하루를 살아도 영원을 살듯 당신 인생의 발자취를 남기기 바랍니다.

℘ 오늘의 한마디

나는 일상의 새로움을 발견하는 삶에 감사합니다.

℘ 오늘 가장 감사한 세 가지를 적어보세요

1월 20일 _ 천진난만

미나리아재비 *Buttercup*

어린아이에게서 배워라. 그들에게는 꿈이 있다 - 헤르만 헤세

꿈을 간직한 사람은 나이 들지 않는다고 합니다. 무심히 흐르는 시간이 젊음을 가져간다고 해도 꿈을 간직한 이의 마음속 빛나는 세상을 바꾸지는 못하는 것이죠.
어릴 적 당신의 꿈은 무엇인가요? 인형놀이를 하며 상상하고, 하늘에 물총을 쏘며 떠오르는 무지개에 감탄하던 그때의 꿈이요.
속마음을 감추지 못하고 스스럼없이 말하던 그때를 생각해보세요. 천진하던 자신이 바랐던 미래의 모습이 어땠는지 기억나나요? 분명 세상을 좀 더 아름답게 하고, 사람들과 어우러지는 멋진 모습이었을 거예요. 잊지 마세요.

℘ 오늘의 한마디

나는 내 안의 순수한 마음을 소중하게 키워갑니다.

℘ 오늘 가장 감사한 세 가지를 적어보세요

1월 21일 _ 우정

담쟁이덩굴 *Ivy*

집을 가장 아름답게 꾸며주는 것은 자주 찾아오는 친구들이다
- 랠프 왈도 에머슨

친구를 보면 그 사람을 알 수가 있다고 합니다. 당신의 소중한 것을 나누어줄 수 있는 친구가 있나요?
요즘은 더치페이, N분의 1을 많이 합니다. 서로에게 부담 주지 않고 자기 것은 자기가 계산하는 것, 이런 결제가 많아지니 자동으로 결제하는 편리한 시스템도 나왔습니다.
예전에는 한 번은 내가, 한 번은 친구가 내는 경우가 많았습니다. 소중한 친구에게만큼은 네 것 내 것 따지지 말고 베풀어보세요. 나누어줘도 아깝지 않은 좋은 친구들과 우정을 쌓으며 긴 시간 행복하게 살아가는 아름다운 인생이 될 것입니다.

℘ 오늘의 한마디

나는 친구들과 진정한 우정을 주고받습니다.

℘ 오늘 가장 감사한 세 가지를 적어보세요

1월 22일 _ 모성애

이끼 *Moss*

어머니의 가슴은 어린이의 교실이다 - 헨리 워드 비처

엄마가 되고 나서 24시간은 엄마를 위한 시간이 아닙니다. 몸만 떨어져있을 뿐, 자식과 붙어있는 것이나 다름없지요. 먹이고 입히고 치우고 그렇게 아이가 다 자랄 때까지 엄마는 자식에게 모든 것을 맞춥니다.

엄마도 엄마는 처음이고 하나하나 배웠습니다. 자신이 원하는 엄마가 아니라 해도 낳아주고 길러준 것만으로도 참 감사합니다. 부족하면 부족한 대로 넘치면 넘치는 대로 당신에게 주려고 애쓰는 엄마를 바라보세요. 그리고 있는 그대로 인정하세요. 당신의 세상을 열어준 엄마가 바로 당신입니다.

℘ 오늘의 한마디

나는 주변 사람들에게 긍정 에너지를 전하는 사람입니다.

℘ 오늘 가장 감사한 세 가지를 적어보세요

1월 23일 _ 순종

부들 *Bulrush*

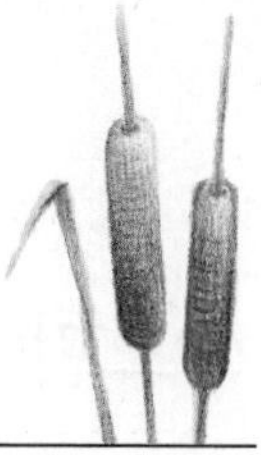

훈계를 저버리면 가난과 수치가 닥치지만, 꾸지람을 받아들이면 존경을 받는다 – 잠언

학창 시절 선생님이 떠오르나요? 생각나는 선생님은 어떤 분이었나요? 수업 시간에 재미있는 이야기로 몰려오는 졸음을 쫓아주던 선생님, 학생들과 친구처럼 소통하며 사소한 것까지 기억해주던 선생님. 가르침은 달라도 선생님들은 하나같이 학생들이 잘되기를 바라셨습니다.

그때는 선생님의 마음을 알지 못해 반항하고 미워했더라도 사회에 나와 나이가 들어가며 알게 됩니다. 당장은 마음에 들지 않는 조언이라도 우선 따라보는 것은 어떨까요? 분명 사소한 일에도 지혜와 교훈을 얻을 수 있을 것입니다.

℘ 오늘의 한마디

내 생각을 바꾸면 나의 세상이 바뀝니다.

℘ 오늘 가장 감사한 세 가지를 적어보세요

1월 24일 _ 절도의 미

사프란 *Saffron crocus*

당신이 평온과 행복을 찾는다면 누군가 질투할 수도 있다. 그래도 행복하게 살아가라 – 테레사 수녀

세상에서 가장 큰 빌딩을 짓기 위해 허드렛일을 하는 두 사람이 있습니다. 한 사람은 "이런 일이나 하다니 내 꼴이 이게 뭔가"라고 넋두리를 합니다. 다른 한 사람은 "나는 지금 후대에까지 길이 남을 멋진 건물을 만들고 있는 거야"라고 스스로 격려하지요.
당신은 어떤가요? 생각의 작은 차이가 당신을 행복하게도 불행하게도 할 수 있습니다. 자신이 선택한 일이 세상에 둘도 없는 중요한 일이고, 그것이 당신에게 성공의 발판이 된다고 믿으면 그렇게 됩니다. 그래서 힘든 줄 모르고 땀 흘리며 행복할 것입니다.

✎ 오늘의 한마디

나는 내 삶의 의미를 깨닫는 사람입니다.

✎ 오늘 가장 감사한 세 가지를 적어보세요

1월 25일 _ 순진

점나도나물 *Cerastium*

모자라는 부분을 채워가는 것이 행복이다 - 로버트 프로스트

어릴 적 꿈들은 단순하고 재미있는 일이나 다른 사람을 도와주는 일입니다. 동화책에서 주인공이 했던 일들이지요. 어린아이의 순수한 마음으로 소망했던 미래는 돈도 명예도 아닌, 단순히 그냥 좋아서 하는 것이었습니다.

당신이 무엇을 하고 싶은지, 무엇이 되고 싶은지 아직 찾지 못했다면, 어릴 적 꿈꾸었던 때로 돌아가보면 어떨까요? 그리고 소망했던 일들을 찾아보는 거예요. 마침내 그 꿈을 찾으면 아주 기뻐 활활 타오르는 열정이 솟아날 것입니다. 누구도 꿈을 향한 당신의 질주를 막을 수 없도록 말이죠.

℘ 오늘의 한마디

나는 진정으로 내가 원하는 미래를 알아차립니다.

℘ 오늘 가장 감사한 세 가지를 적어보세요

1월 26일 _ 예민한 마음

미모사 *Mimosa*

즐거운 마음은 얼굴을 밝게 하지만, 근심하는 마음은 심령을 상하게 한다
– 잠언

"어떡하면 좋아, 늦겠어." 중요한 약속에 늦을 듯합니다. 일상에서 이런 일이 자주 일어난다면 조금만 바꿔보세요. "오늘은 중요한 날! 아주 순조롭게 시작하네. 차근차근 준비하고 조금 일찍 도착할 거야." 이렇게 말하는 겁니다. 신기하게도 순조롭게 이루어집니다.
여기서 중요한 것은 원하는 결과가 이미 이루어졌다고 생각하고 집중하는 것이지요. 안 좋은 결과와 부정적인 생각에 집중하지 말고, 좋은 결과에 집중하며 그것이 가져올 기쁘고 행복한 미래의 모습을 바라보는 것이 바로 열쇠랍니다.

℘ 오늘의 한마디

나는 세상을 순조롭게 살아갑니다.

℘ 오늘 가장 감사한 세 가지를 적어보세요

1월 27일 _ 게으름을 모르는 마음

마가목 *Sorbus*

성공의 커다란 비결은 결코 지치지 않는 인간으로 인생을 살아가는 것이다
- 알베르트 슈바이처

욕심나는 미래를 위해 자신을 채찍질하고 가쁜 숨을 몰아쉬며 목표를 향해 나아가는 사람들이 있습니다. 청춘의 아름다움과 기쁨 모두 목표를 위해 접어둡니다. 돈은 좇는다고 잡을 수 있는 것이 아니고, 아끼고 저축해서 부자가 되기도 힘듭니다. 그러나 멈추지만 않는다면 소망하는 것이 당신의 손에 잡힐 것입니다. 당신이 바라고 꿈꾸고 있으니까요.
당신이 목표를 향해 나아가는 발걸음마다 사소한 기쁨들로 가득하기를 바랍니다. 잠시 눈을 감아보세요. 사랑하는 이들을 떠올리면 미소가 번질 것입니다.

오늘의 한마디

나는 새로운 꿈을 꾸고, 내 세상은 안전합니다.

오늘 가장 감사한 세 가지를 적어보세요

1월 28일 _ 용기

포플러 *Poplar*

이 세상에 기쁜 일만 있다면 용기도 인내도 배울 수 없을 것이다
- 헬렌 켈러

위인들은 꿈을 꾸었고 이루었습니다. 사람들은 결과에 손뼉을 칩니다. 꿈을 이루기 위해 흘렸던 눈물과 땀방울에는 집중하지 않지요. 위인들도 당신처럼 걸음마를 배우며 무수하게 넘어졌고, 자전거를 타기 위해 중심을 잃고 쓰러져가며 배웠습니다. 시작은 남들과 같았지만, 작은 용기를 내어 한 걸음 더 떼었기 때문에 탁월함을 가지게 되었던 것이지요.
우리가 편하게 사용하는 모든 것들은 보통 사람이 만들었습니다. 수많은 시행착오와 자기와의 싸움에서 이긴 결과물입니다. 보통 사람 당신의 용기는 탁월함이 될 수 있답니다.

오늘의 한마디

나는 새로운 나를 발견하며 기쁩니다.

오늘 가장 감사한 세 가지를 적어보세요

1월 29일 _ 모성애

이끼 *Moss*

어머니를 사랑하는 사람치고 고집쟁이는 없다 - 알프레드 드 뮈세

엄마가 되기 전에는 엄마의 마음을 모른다고 했던가요? 엄마는 삶에 치이면서도 자식이 잘되는 것이 자신이 잘되는 것이라 여기며 먹지도 입지도 않고 자식을 위해 희생했습니다. 속 썩이는 자식에게 꼭 너 같은 자식을 낳아 키워보라며 혀를 차던 엄마도 속으로는 자식이 원하는 것을 해주지 못하는 것을 한탄했습니다.

사연은 달라도 엄마의 사랑은 한결같습니다. 자식을 자신보다 사랑하는 마음이지요. 자신의 것을 모두 주고도 생명까지 아끼지 않는 사랑이 바로 엄마의 사랑입니다.

℘ 오늘의 한마디

나는 나의 부모님을 있는 그대로 사랑합니다.

℘ 오늘 가장 감사한 세 가지를 적어보세요

1월 30일 _ 반드시 오고야 말 행복

매시 매리골드 *Marsh marigold*

당신을 만나는 모든 사람이 당신과 헤어질 때는 더 나아지고 더 행복해질 수 있도록 하라 – 테레사 수녀

얼마나 귀한지 손에서 놓지 않습니다. 엄마와 아이, 연인, 부부… 두 사람이 같이 있지만 각자 자신만의 세상을 들여다보고 있습니다. 아침부터 잠자리에 눕는 순간까지 놓지 않는 작은 세상, 핸드폰은 사람들에게 꼭 붙어있습니다.

잠깐이라도 핸드폰을 내려놓고 주위를 돌아보세요. 사랑하는 이의 손을 잡아주세요. 아기가 울면 눈을 맞춰주세요. 사랑하는 사람과 마주 보고 이야기하세요. 따스한 손을 꼭 잡아보세요. 그게 바로 손에 잡히는 행복이랍니다.

℘ 오늘의 한마디

나는 마음을 열고 사랑을 표현합니다.

℘ 오늘 가장 감사한 세 가지를 적어보세요

1월 31일 _ 청춘의 환희

노랑 사프란 *Spring crocus*

청춘은 우리의 인생에서 단 한 번밖에 오지 않는다
- 헨리 워즈워스 롱펠로

"어머, 엄마가 이렇게 예뻤어?", "아빠는 정말 멋진걸?" 앨범 속에서 부모님의 청춘을 봅니다. 부모님에게도 빛나는 시절이 있었습니다. 세월을 입고 외모는 변했다지만 마음도 그럴까요?
부모님은 당신의 청춘을 바라보며 그 시절로 돌아간 듯 가슴이 떨립니다. 자식의 인생을 보며 또 다른 청춘을 사는 것이지요. 그래서 당신이 그 소중한 청춘을 아름답게 살아가기를 간절히 바란답니다.
너무도 짧은 찰나의 날갯짓 청춘! 당신의 빛나는 청춘을 가슴 떨리게 좋은 추억으로 가득 채우기를 바랍니다.

오늘의 한마디

나의 삶은 언제나 젊고 아름답습니다.

오늘 가장 감사한 세 가지를 적어보세요

February

2월

2월 1일 _ 젊은 시절과 고뇌

앵초 *Primrose*

해보지 않고는 당신이 무엇을 해낼 수 있는지 알 수가 없다
- 프랭클린 애덤

당신은 성공한 사람들이 아주 작은 꿈에서 시작했으며 많은 고난을 헤치고 성공했다는 것을 알고 있습니다. 그들은 꿈을 이루기 위해 스스로 용기를 주고 확신을 심었습니다. 그것은 자신을 격려하고 칭찬하는 말입니다. “난 정말 맛있는 디저트를 만드는 장인이 될 거야.”, “난 멋진 무협 소설가가 될 거야.”
그리고 꿈이 이루어진 미래를 일기로 씁니다. 미래 일기를 쓰는 순간부터 꿈은 이루어지기 시작합니다. 나에게 용기 주는 말을 하고 이루어진 미래를 그리는 만큼 꿈은 빠르게 현실로 다가올 것입니다.

오늘의 한마디

나는 새로운 단계를 향해 나가고 있습니다.

오늘 가장 감사한 세 가지를 적어보세요

2월 2일 _ 평범

모과 *Chinese quince*

너는 왜 평범하게 노력하는가. 시시하게 살기를 원치 않으면서
- 존 F. 케네디

다이어트는 일상이 되었습니다. 새로운 다이어트 방법은 계속해서 나오고, 사람들은 이것저것 시도하며 살을 빼려고 노력합니다.
다이어트를 하는 이유는 단순히 체중을 줄이기 위해서가 아닙니다. 건강하고 활기차게 살아가려는 것입니다. 그러니 아름다움과 건강을 모두 잡을 수 있는 다이어트는 일상이면서 인생의 중대 목표가 됩니다.
당신의 다이어트를 건강한 삶을 위한 프로젝트로 만들어보세요. 계획대로 꾸준히 실천해서 건강한 습관이 되면, 학업이나 일에서 또 다른 성취를 하는 데 큰 도움이 될 것입니다.

℘ 오늘의 한마디

나는 더 좋은 일이 다가올 것을 알고 있습니다.

℘ 오늘 가장 감사한 세 가지를 적어보세요

2월 3일 _ 그대에게 바친다

황새냉이 *Cardamine*

생각은 현자처럼 하되 평범한 사람의 언어로 소통하라
- 윌리엄 버틀러 예이츠

다른 사람들에게 희망을 주기 위한 책을 출간한 작가가 있습니다. 삶을 노래하고 희망을 이야기하는 책! 세상을 향한 작가의 이야기지요.
이 책이 특별한 이유는 손으로 쓴 책이 아니기 때문입니다. 작가는 루게릭 병으로 몸을 전혀 움직일 수 없게 되었지만 포기하지 않았습니다. 눈을 깜박여서 책을 쓰기 시작했지요. 육체를 묶어둔 병이라 해도 영혼만은 묶어둘 수 없다는 것을 깨달았던 것입니다.
세상에 외치고 싶은 이야기가 있나요? 지금 당신 영혼의 목소리에 귀 기울여보세요.

℘ 오늘의 한마디

나에게 행복의 문은 활짝 열려 있습니다.

℘ 오늘 가장 감사한 세 가지를 적어보세요

2월 4일 – 돌보지 않는 아름다움

빨강 앵초 *Red primrose*

모든 여성은 아름다워질 권리가 있다 – 엘리자베스 아덴

까르르 웃는 아기의 사랑스러움에 녹지 않는 사람이 있을까요? 아기 사진이 예쁜 이유는 활짝 웃고 있어서랍니다. 그 순간을 찍기 위해 사진사는 딸랑이를 흔들어 아기를 웃게 합니다.

당신이 아기였을 때 엄마 아빠를 녹이던 그 미소는 지금도 당신에게 있습니다. 속으론 웃고 싶지만 일상이 무표정한 당신이라면 거울을 보면서 활짝 웃어볼까요? 가장 멋지고 아름답게 보이는 미소를 찾아내볼까요? 그 미소는 꾸미지 않아도 당신을 멋지게 해줄 것입니다. '씩', 바로 그 미소가 누구도 흉내 낼 수 없는 당신만의 매력입니다.

℘ 오늘의 한마디

내가 모르고 있던 나의 가능성이 나타나기 시작했습니다.

℘ 오늘 가장 감사한 세 가지를 적어보세요

2월 5일 _ 사랑스러움

고비 *Bracken*

음식에 대한 사랑보다 더 진실한 사랑은 없다 – 버나드 쇼

예쁜 원피스를 입으려고 열심히 다이어트를 하는데, 엄마는 많이 먹으라며 밥에 사랑까지 듬뿍 얹어줍니다. 이 순간 다이어트는 잊고 싶습니다. 그래야 맛있는 엄마 밥을 먹을 수 있으니까요. 볼록해진 배를 기분 좋게 두드리며 "엄마 밥은 너무 맛있어서 다이어트에 방해가 된다니까"라며 툴툴거립니다.

자신이 해준 음식을 맛있게 먹는 자식들을 보는 엄마만큼 행복한 사람이 있을까요? 엄마가 해주는 음식은 당신을 살게 하는 생명입니다. 먹고 힘내서 이 세상을 살 수 있게 하는 귀한 선물입니다.

℘ 오늘의 한마디

나는 오늘 새로운 에너지가 솟아오르고 있습니다.

℘ 오늘 가장 감사한 세 가지를 적어보세요

2월 6일 _ 가사에 근면함

바위솔 *Rock pine*

우리가 반복적으로 행하는 것이 우리 자신이다. 그렇다면 탁월함은 행동이 아닌 습관인 것이다 - 아리스토텔레스

어른이 되면 무엇이든 잘하게 될 거라고 생각했습니다. 뜨개질도, 요리도, 다림질도 어른이 되면 엄마처럼 할 수 있을 거라고 말이죠. 엄마의 모든 것은 가족을 위해 가사에 근면하고 자신과의 약속을 지켜 이뤄낸 것이었습니다. 엄마는 늦잠을 자고 싶어도 새벽밥을 짓고 셔츠를 다립니다. 한 땀 한 땀 뜨개질을 배우고, 가족이 좋아하는 김치를 담급니다. 해를 거듭하며 김치는 맛을 찾아가고, 손을 데며 하던 다림질은 어느샌가 장인의 솜씨가 됩니다. 탁월함이란 근면한 사람이 얻을 수 있는 보물입니다.

오늘의 한마디

내가 앞으로 나아갈 때 또 하나의 문이 열립니다.

오늘 가장 감사한 세 가지를 적어보세요

2월 7일 _ 날 잊지 말아요

물망초 *Forget-me-not*

행복의 비결은 남에게 자신이 행복을 주는 존재라고 믿게 만드는 것이다
– 알 배트

"엄마 힘들게 해서 죄송해요." 엄하게 길러서 그런 것인지 일하기 힘들다고 짜증을 많이 내서 그런 것인지 부족한 엄마에게 아이들은 매번 이런 편지를 썼습니다. 준비 안 된 부모는 자녀들을 아프게 합니다. 나의 상처가 대물림될 수 있다고 생각하니 아찔했습니다.
살아가는 동안 아이들에게 좋은 부모가 되고 싶습니다. 세상에 남겨두고 갈 자식들이 오래도록 사랑으로 기억하는 부모가 되고 싶습니다. 당신의 부모님도 그런 마음이랍니다. 부모님이 당신에게 사랑을 전할 수 있는 시간을 꼭 만들어주세요.

℘ 오늘의 한마디

나는 새로운 기회를 받아들일 수 있도록 마음을 열어 둡니다.

℘ 오늘 가장 감사한 세 가지를 적어보세요

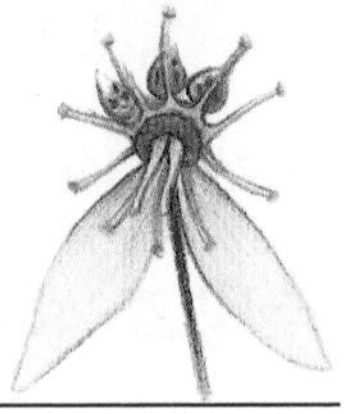

2월 8일 _ 절실한 애정

범의귀 *Saxifrage*

진실을 사랑하고 실수를 용서하라 - 볼테르

"아빠는 엄마랑 왜 결혼했어?", "예뻐서."
"엄마를 마냥 예쁘다고 하는 아빠처럼 우리 딸도 마냥 예쁘게 볼 사람을 만날 거야"라고 엄마는 늘 얘기합니다. 완벽한 조건을 갖추어야만 사랑하는 사람을 만나는 것은 아니랍니다. 서로의 부족함을 채워주는 꼭 맞는 짝을 만나면 되니까요.
사랑하고 성숙하는 것은 성장의 과정입니다. 당신의 엄마는 당신이 공부도 일도 사랑도 함께 하기를 바랍니다. 청춘에 사랑이 빠지면 아쉬우니까요. 결혼은 조금 늦더라도 사랑하고 사랑받고 사랑싸움도 하는, 빛나는 당신을 보고 싶어 합니다.

오늘의 한마디

새롭고 긍정적인 에너지가 나를 향해 오는 것을 받아들입니다.

오늘 가장 감사한 세 가지를 적어보세요

2월 9일 _ 사랑의 속삭임

은매화 *Myrtle*

사랑이란 자기희생이다. 그것은 우연에 의지하지 않는 유일한 행복이다
- 레프 톨스토이

엄격한 부모 밑에서 자란 사람은 그런 부모가 싫었으면서도 같은 방식으로 자식을 기릅니다. 부모의 불화로 불안에 떨며 자란 사람은 자신이 싫어했던 부모와 비슷한 사람을 만날 확률이 높고, 부부간의 불화 속에서 불안한 양육을 할 가능성이 많은 것이지요.
왜 그렇게 밉고 싫었던 부모를 닮는 것일까요? 답은 간단합니다. 싫은 면에 집중했기 때문입니다. 당신이 원하는 것에 집중하세요. 그러면 당신은 그런 사람이 됩니다. 사랑도 성공도 원하는 것에 집중하는 것이 답이라는 것을 꼭 기억하세요.

℘ 오늘의 한마디

나는 과거의 집착에서 벗어나 더 좋은 일들이 내게 일어날 것을 기대합니다.

℘ 오늘 가장 감사한 세 가지를 적어보세요

2월 10일 _ 영광

서향 *Winter daphne*

정의와 신의를 좇아서 살면 생명과 번영과 영예를 얻는다 – 잠언

성실한 노력으로 수능 시험에서 만점을 받는 학생들을 봅니다. 세상 부모들은 '내 아이면 얼마나 좋을까?' 하고 부러워하지요. 혹시 이렇게 큰 결과를 이룬 자녀들만 부모에게 영광의 기쁨을 안겨줄 거라고 생각하나요? 어떤 부모도 그런 자식만 사랑하는 것은 아니랍니다.

부모에게 자식은 평범하게 잘 자라주기만 해도 기쁨입니다. 그저 건강하게 곁에 있어주는 것이 가장 큰 감사지요. 그리고 자식이 진정 원하는 꿈을 갖기를 바랍니다. 꿈을 향해 열정을 불태우는 자식을 보며 부모라는 자체를 영광스러워한답니다.

℘ 오늘의 한마디

나는 우주가 나에게 주는 행복과 풍요에 마음을 엽니다.

℘ 오늘 가장 감사한 세 가지를 적어보세요

2월 11일 _ 동정

레몬밤 *Lemon balm*

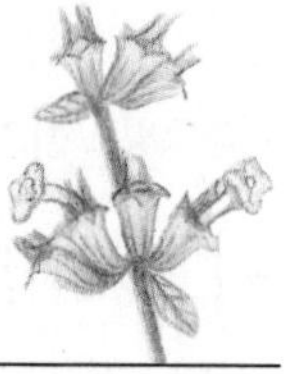

남의 좋은 점을 발견할 줄 알아야 한다. 그리고 남을 칭찬할 줄도 알아야 한다. 그것은 남을 자기와 동등한 인격으로 생각한다는 의미가 있는 것이다
- 요한 볼프강 폰 괴테

세상살이가 힘들어 다른 사람을 돌아볼 여력이 없다고 합니다. 나 살기 바쁘다는 사람들만 사는 세상은 너무 각박하지 않을까요? 가끔 응급 환자에게 수혈할 혈액을 급하게 구합니다. 대부분 지나치지만 어떤 사람들은 병원으로 향하지요. 그런 사람들이 있어 세상은 따뜻합니다.
어느 날 누구에게나 닥칠 수 있는 어려움이 당신에게 왔고 생각지 않게 도움을 받았다면, 분명 당신이 누군가에게 했던 선행이 돌아온 것입니다. 선한 마음의 씨앗을 뿌릴 수 있기를 바랍니다. 만약 작은 선행의 기회가 온다면 꼭 잡으세요.

오늘의 한마디

내가 바라고 꿈꾸는 것은 상상하는 순간 만들어집니다.

오늘 가장 감사한 세 가지를 적어보세요

2월 12일 _ 가련미의 극치

쥐꼬리망초 *Justicia procumbens*

당신이 허락해주지 않으면 아무도 당신이 열등감을 느끼게 만들 수 없다
- 엘리너 루스벨트

어릴 적 받았던 사소한 충격도 트라우마가 될 수 있습니다. 유치원 때 화장실이 급한데 말 못 하고 주저주저하다 실수했던 일이나, 초등학교 때 발표를 하려고 하는데 친구들의 야유에 떨려서 말을 더듬었던 일처럼, 누구에게나 있을 수 있는 사소한 기억들이 열등감을 만든다고 해요.

이제 당신은 어린아이가 아닙니다. 주저주저하던 아이는 성장했습니다. 누구도 당신에게 열등감을 느끼게 할 수 없습니다. 당신이 허락하지 않는 한 말이지요. 힘들게 하는 마음은 차단하고 좋은 마음을 키워가세요. 자신을 믿는 크기만큼 성장한답니다.

✎ 오늘의 한마디

나는 꿈을 향한 성장의 길로 걸어가고 있습니다.

✎ 오늘 가장 감사한 세 가지를 적어보세요

2월 13일 _ 끈기

갈풀 *Canary grass*

나는 실패하지 않았다. 안 되는 방법 1만 가지를 찾아냈을 뿐이다
- 토머스 에디슨

TV 속 인기 개그맨들은 타고난 것일까요? 그들은 꿈을 갖고, 이룰 것을 믿고, 꿈을 향해 달려가다 보니 그 자리에 서게 된 것이랍니다. 가슴에 품은 꿈을 이루기 위해 열정을 불태우며 몰입하는 사람을 보면 매력을 느낍니다. 사람들은 외모보다는 뿜어나오는 열정에 열광하지요.
당신이 원하는 꿈을 향해 최선을 다한다면, 화장하지 않고 질끈 묶은 머리라 해도 아름답게 빛이 납니다. 그런 당신은 당연히 멋지고 매력적입니다. 꿈을 놓지 말고 달려가세요. 포기하지 않는다면 반드시 이루어집니다.

℘ 오늘의 한마디

내 안의 한계와 관념을 내려놓고 새로운 기회와 가능성에 마음을 엽니다.

℘ 오늘 가장 감사한 세 가지를 적어보세요

2월 14일 _ 역경에 굴하지 않는 강인함

캐모마일 *Chamomile*

끝날 때까지는 끝난 것이 아니다 – 요기 베라

자신을 단련하기 위해 마라톤에 도전하는 사람들이 있습니다. 당신도 매일 도전하며 살고 있습니다. 이른 아침 일어나기 싫은 자신을 깨우는 도전, 건강을 위해 커피를 줄이는 도전, 영어를 잘하기 위해 하기 싫은 공부를 하는 도전 등 생활 속 도전들도 성공하기 쉽지는 않습니다.

매번 작심삼일이라면 삼일마다 도전하세요. 삼일에 삼일을 계속 더하면 성공할 수 있을 거예요. 그렇게 끈기가 만들어지면 하고 싶은 어떤 것이라도 해낼 수 있답니다. 자, 오늘 시작할 도전은 무엇인가요?

℘ 오늘의 한마디

나는 더 좋은 일이 다가올 것을 알고 있습니다.

℘ 오늘 가장 감사한 세 가지를 적어보세요

2월 15일 _ 그대를 위해 살다

삼나무 *Cedar*

역경은 청년에게는 빛나는 기회다. 젊은 시절 고생은 발전의 밑거름이다 - 랠프 왈도 에머슨

'나는 왜 하는 일마다 안 되지?' 성공한 사람들도 했던 생각입니다. 조금만 바꿔 생각해볼까요? '얼마나 잘 되려고 이런 시련이 올까? 나에겐 멋진 성공이 기다리고 있어!' 이렇게요.
주변에 격려해주는 누군가가 있다면 좋겠지만, 그렇지 않다고 해도 괜찮습니다. 성공한 사람들 주변에 성공을 응원하는 사람만 있었던 건 아니랍니다. 대부분은 되지도 않을 일에 왜 그렇게 힘을 쓰냐며 되는 일을 하라고 조언합니다.
당신이 간절하게 원한다면 온 우주가 당신의 성공을 도와줍니다. 당신은 계단을 올라가 문을 열기만 하면 됩니다.

오늘의 한마디

나는 새롭게 변화하며 성장하고 있습니다.

오늘 가장 감사한 세 가지를 적어보세요

2월 16일 _ 명예

월계수 *Sweet bay*

모든 위대한 것들은 단순하며 많은 것이 한 단어로 표현될 수 있다. 그것은 자유, 정의, 명예, 의무, 자비, 희망이다 – 윈스턴 처칠

어떻게든 가족을 부양해야 한다는 일념으로 열심히 산 아버지들이 우울증에 걸리는 경우가 많습니다. 앞만 보고 달려 도달한 성공의 자리에서 가족을 돌아보니, 자식들은 이미 커서 떠났고 아내조차 황혼 이혼을 하자며 닦달하는 현실에 허탈한 가장이 된 것이지요. 인생을 오로지 성공 하나만 바라보고 가는 것은 무모합니다. 당신을 있게 한 부모와 형제가 있고 친구들과 스승도 있습니다. 그들과 함께 소중한 일상을 만드는 현명한 당신이 되기를 바랍니다. 후일 그들과 함께 손뼉 치며 성공의 기쁨을 나눌 것이기 때문입니다.

오늘의 한마디

새로운 인생의 문이 내 앞에 활짝 열려 있습니다.

오늘 가장 감사한 세 가지를 적어보세요

2월 17일 _ 친숙한 자연

야생화 *Wild flower*

자연으로 돌아가라 자연은 그대에게 온갖 신비로운 진리를 가르쳐주리라
- 윌리엄 워즈워스

"엄마 우린 왜 시골이 없는 거야?" 도시에서 나고 자란 어린 딸은 가끔 물었습니다. 명절마다 꽉 막힌 고속도로에서 지내본 기억도 없고, 할머니 댁 과수원에 앉아 수박을 잘라 먹던 추억도 책 속 이야기에 불과하니까요.
자연은 인간이 돌아갈 곳이라 그런지 친숙하고 생명력이 가득합니다. 아픈 사람을 치유해주고, 스트레스를 풀어줍니다. 가까운 공원에 가서 나무와 풀들을 바라보세요. 온종일 컴퓨터만 보던 눈을 들어 하늘을 보세요. 자연이 포근하게 안아줄 것입니다. 쉼을 가지세요.

오늘의 한마디

우주는 나의 빈 곳을 기쁨으로 채워줍니다.

오늘 가장 감사한 세 가지를 적어보세요

2월 18일 _ 천진난만

미나리아재비 *Buttercup*

모든 언행을 칭찬하는 자보다 결점을 친절하게 말해주는 친구를 가까이 하라 – 소크라테스

“오랜만이야, 잘 지냈어?” 어릴 적 친구들은 1년이 지나고 10년이 지나도 반갑습니다. 코흘리개 적 추억을 이야기하며 그때의 모습들이 됩니다. “야, 너는 여전하구나.” 학창 시절부터 요즘 사는 근황까지 떠드느라 쉴 틈이 없습니다.

이런 상황에서도 만약 중대한 결정을 앞두고 고민하는 친구가 있다면 용기 주는 말을 해주세요. “그렇게 노력했으니 이번엔 꼭 잘 될 거야.”, “다들 힘들잖아. 우리 함께 잘해보자.” 이렇게요. 반가운 친구들을 용기 나는 말로 살맛나게 하는 당신이 되기를 바랍니다.

℘ 오늘의 한마디

나의 모든 새로운 경험에는 배울 것이 있습니다.

℘ 오늘 가장 감사한 세 가지를 적어보세요

2월 19일 _ 붙임성이 좋음

떡갈나무 *Oak*

한 사람의 마음을 사로잡는 지름길은 그 사람이 가장 흥미를 느끼고 있는 일에 관해 이야기하는 것임을 알아야 한다 - 앤드류 카네기

"그 선배 이번에 공기업에 들어갔대." 취업에 성공한 누구누구 이야기를 들으면 부럽기도 하지만 속상한 마음을 감출 수 없는 게 인지상정입니다. '나는 왜 안 될까?'

영화 〈세 얼간이〉에서 성적이 좋지 않았던 한 사람은 자신을 솔직하게 드러내는 답변으로 면접을 통과했습니다. 스펙이 훌륭한 사람들은 많습니다. 그러나 자신을 솔직하게 인정하고 드러내는 사람은 흔하지 않습니다. 스펙이 완벽하지 않아도 기본이 돼있다면 당신의 인간적인 매력을 보여주세요. 실수하는 사람이지만 노력하는 멋진 당신을 보여줄 방법은 무엇일까요?

℘ 오늘의 한마디

나에게는 나와 내 주변을 변화시킬 힘이 있습니다.

℘ 오늘 가장 감사한 세 가지를 적어보세요

2월 20일 _ 커다란 희망

칼미아 *Kalmia*

진정한 희망이란 바로 자신을 신뢰하는 것이다 – 쇼펜하우어

"널 믿어. 잘될 거야." 살아가면서 많은 문제에 직면합니다. 갑자기 다가온 일들에 절망하고 힘들어할 때 용기를 주는 말이 있지요. 바로 '믿는다'입니다. 그 말 속에는 사랑한다, 힘내자 등 여러 뜻이 있습니다.

자신을 믿는 태도는 삶을 살아가는 데 아주 중요합니다. 타고난 성향이 외향적이거나 내성적이거나, 혹은 적극적이거나 소극적이어도 마찬가지입니다. 타고난 성향이 걱정되나요? 괜찮습니다. 그런 자신을 사랑하고 격려하세요. 자신을 응원하세요. 당신은 무엇이든 할 수 있답니다.

오늘의 한마디

내 삶은 매 순간순간 새롭고 활기가 넘칩니다.

오늘 가장 감사한 세 가지를 적어보세요

2월 21일 _ 애국심

네모필라 *Nemophila*

애국심이란 단지 내가 태어난 곳이라는 이유만으로 내 조국이 다른 나라보다 월등하다는 확신을 하는 것이다 - 버나드 쇼

국제기능올림픽대회는 2년마다 제과 제빵, 요리, 자동차 수리 등의 기술을 겨루는 대회입니다. 빵을 만드는 게 좋고, 요리하는 게 좋고, 자동차 수리하는 일이 좋아서 시작한 사람들이 국가대표로 선발되어 나라를 빛내는 얼굴이 됩니다.
땀 흘려 배운 당신의 기술도 세계무대에서 보여줄 수 있습니다. 당신이 우리나라의 얼굴이 되는 기회를 꿈꿔보세요. 당신만의 기술을 연마했다면 당신도 태극마크를 가슴에 달고 벅차게 애국가를 부를 수 있습니다.

오늘의 한마디

나는 내 안의 진정한 빛을 따라 살아가기로 다짐합니다.

오늘 가장 감사한 세 가지를 적어보세요

2월 22일 _ 미묘한 아름다움

무궁화 *Rose of Sharon*

사막이 아름다운 것은 어딘가에 샘을 숨기고 있기 때문이다
– 생텍쥐페리

아침마다 거울을 봅니다. 밋밋하지만 평평한 이마는 빛이 납니다. 눈썹 숱이 많으면 좋겠지만, 그렇지 않다고 해도 문제되지 않습니다. 당신이 미소 지으면 이마와 눈썹, 그리고 눈동자, 광대뼈, 입술이 조화롭게 움직여 환한 당신만의 미소를 만듭니다.

"나에겐 남들에게 없는 아름다움이 있어. 나만의 미소, 바로 백만 불짜리 미소야." 숨기지 마세요. 아름다운 마음과 함께 빛이 나도록 환하게 미소 지으세요. 매일 아침 거울 속의 당신에게 먼저요. "나의 미소는 정말 백만 불짜리 미소야. 참 멋져."

℘ 오늘의 한마디

나는 내면의 빛이 외부로 펼쳐지는 삶을 살아갑니다.

℘ 오늘 가장 감사한 세 가지를 적어보세요

2월 23일 _ 아가씨의 수줍음

살구꽃 *Apricot blossom*

아름다운 것은 참답고, 참다운 것은 아름답다 - 존 키츠

카네이션을 보면 부모님이 떠오르고, 장미를 보면 사랑하는 사람이 생각납니다. 꽃은 당신 인생의 좋은 날을 함께합니다.

미래가 불안한가요? 사랑하는 사람들과 함께했던 입학식과 졸업식을 떠올려보세요. 유치원에 입학하면서 받았던 꽃다발, 얼굴보다 커서 들기도 버거웠던 꽃다발입니다. 초등학교, 중학교, 고등학교 입학식과 졸업식에서 받았던 꽃다발은 당신 인생의 소중한 순간에 향기를 더해줍니다.

오늘 집에 가는 길에 꽃 한 송이를 사볼까요? 내 인생에 있을 기적을 위한 꽃 한 송이랍니다.

오늘의 한마디

나의 꿈을 향해 내 안의 무한한 잠재력을 끌어냅니다.

오늘 가장 감사한 세 가지를 적어보세요

2월 24일 _ 즐거운 추억

빈카 *Periwinkle*

우리가 사는 환경은 우리가 만들어가는 것이다. 내가 바뀔 때 인생도 바뀐다 - 앤드류 매튜스

매일 반복되는 일상이 지루하고 가는 길이 멀다고 느껴지나요? 당신만 그런 게 아니에요. 그럴 때 소소하고 평범한 일상을 기록해보세요. 오늘 감사했던 일, 새롭게 나왔던 반찬, 새롭게 만난 사람, 버스에서 지리를 내어준 사람, 오늘 새롭게 마신 커피 등을 기록하는 거예요. 새로운 것과 감사한 것들을 찾아보는 것은 평범한 날들을 멋지게 바꾸는 비법입니다.

그렇게 평범함 속에서 새로움을 찾아내면 일상을 바라보는 시선이 달라져요. 그리고 과거, 현재, 미래까지도 새로움으로 채워집니다.

오늘의 한마디

나는 나의 행복을 위해 변화를 주도해 나갑니다.

오늘 가장 감사한 세 가지를 적어보세요

2월 25일 _ 변덕스러운 사랑

사향장미 *Musk rose*

선물로 친구를 사지 마라. 선물을 주지 않으면 그 친구의 사랑도 끝날 것이다 – 토머스 풀러

"저거 사달란 말이야." 아이가 울며 바닥을 뒹굽니다. "얼마나 한다고, 애가 저렇게 사달라는데.", "애 버릇 나빠지니까 그러겠지!" 사람들이 나지막이 한마디씩 합니다.

갖고 싶은 것이 있을 때 어떻게 하나요? 어떻게든 가져야만 직성이 풀리나요? 아니면 "맛없는 신 포도야" 하고 단념하나요?

기다리고 참는 것을 배워야 합니다. 그렇지 않으면 사랑을 온전히 주고받기 어려울 수 있습니다. 혹시 당신을 무조건 좋다고 따라다니는 사람이 있다면 잘 살펴보세요. 갖고 싶은 장난감을 꼭 가져야만 하는 아이에 머무른 사람일 수도 있답니다.

오늘의 한마디

나는 과거의 경험으로 나를 제한하지 않습니다.

오늘 가장 감사한 세 가지를 적어보세요

2월 26일 _ 추억

복수초 *Adonis*

사랑했던 시절의 따스한 추억과 뜨거운 그리움을 신비한 사랑의 힘에 의해 언제까지나 사라지지 않고 남아 있게 한다 - 발타사르 그라시안

과거를 떠올릴 때 좋은 기억만 있다면 얼마나 좋을까요? 이상하게도 좋고 감사한 일은 금방 잊고, 서운하고 화가 났던 일들은 오래 기억에 남습니다.
만약 당신이 내일 세상을 떠나게 된다면 어떤 기억을 담아 가고 싶은가요? 분명 사랑했던 부모님, 형제자매와의 좋은 추억이겠지요? 그리고 더 잘해주지 못한 것을 안타까워할 것입니다.
후회 없는 인생을 살아야 합니다. 더 사랑하고, 먼저 용서하고, 이해하는 것입니다. 누구보다 많이, 최고로 행복한 추억을 만들고 오래 간직하는 당신이 되기를 바랍니다.

℘ 오늘의 한마디

오늘은 내 인생에 새로운 기적이 일어나는 날입니다.

℘ 오늘 가장 감사한 세 가지를 적어보세요

2월 27일 _ 순수

아라비아의 별 *Star of Arabia*

기억력은 좋은 것일 수 있지만 잊는 능력이야말로 위대함의 징표다
– 엘버트 허버드

엄마와 딸은 세월이 지나면 서로 다름에 답답했던 시간을 지나 연민의 마음으로 이해하게 됩니다. 때가 되면 당연히 서로를 바라보는 눈이 따스해지지만, 그때까지 기다리기엔 마냥 흘러가는 시간이 아깝습니다. 그때가 조금 더 빨리 온다면 얼마나 좋을까요?
"엄마 그때 말이야, 왜 그랬어? 나 아주 무서웠어. 기억나?" 어릴 적 일을 이야기해보세요. 묻어두고 잊어버리고 싶은 일들을 말하고, 이해하고 용서하는 시간을 갖는 것이 방법이랍니다. 그러면 세월을 앞당겨 서로 이해하고 사랑하는 모녀가 될 수 있습니다.

℘ 오늘의 한마디

나에게 새로운 성공의 기회가 다가옵니다.

℘ 오늘 가장 감사한 세 가지를 적어보세요

2월 28일 _ 일치단결

보리 *Barley*

형제들이 집 안에서는 서로 다투는 일이 있지만, 외부에서 침략해오면 일치단결해 외세를 물리친다 – <시경>

"나만 동생 없어. 나도 동생!" 그렇게 조르기를 1년, 동생이 생겼다는 말에 깡충깡충 뛰며 좋아합니다. 막상 동생이 생기자 엄마를 빼앗겼다며 질투합니다. 이젠 동생이 덩치가 더 크고 말싸움도 지지 않습니다. 몇 살이나 위인데 언니 대접을 안 해주는 것 같아 가끔 화도 냅니다.

"오늘 학교에서 안 좋은 일이 있었나 봐. 방에서 안 나와." 엄마의 말에 갑자기 동생 걱정을 합니다. "이거 쟤 좋아하는 마카롱이야. 줘." 마카롱을 먹으며 활짝 웃는 동생을 보며 안심합니다. 둘이라서 참 좋습니다.

℘ 오늘의 한마디

나에게 오늘 반갑고 기쁜 일이 찾아옵니다.

℘ 오늘 가장 감사한 세 가지를 적어보세요

2월 29일 _ 배려

아르메리아 *Armeria*

상대방의 믿음을 존중하라. 그것이 그가 믿어야 할 전부이다
- 헨리 S. 해스킨스

순둥이 딸이 놀러 온 친구의 장난감이 좋은지 자기 것이라고 고집을 부립니다. 그런 딸이 자랐습니다. 아끼는 물건을 나누고 어려운 이웃을 도울 줄 아는 사람이 되었습니다. 딸은 이제 세상은 배려하며 더불어 살아야 한다는 것을 이해합니다.

더불어 살아가면 삶의 행복이 사람에게서 온다는 것을 알게 됩니다. 꼭 쥔 손을 펴면 서로의 마음이 닿습니다. 자기주장만 하는 고집을 내려놓고 배려하면 마음이 닿습니다. 손을 꼭 잡아주는 따뜻한 마음이 참 좋습니다.

오늘의 한마디

나에게 새로운 기운과 환경이 활짝 열립니다.

오늘 가장 감사한 세 가지를 적어보세요

March

3월

3월 1일 _ 자존심

수선화 *Narcissus*

정열은 나이와 함께 사라져도 자존심은 가시지 않는다 – 볼테르

친정엄마는 아주 부지런하십니다. 타고난 미모는 아니라 해도 아침 일찍 일어나 가장 먼저 세수를 하고 곱게 화장하셨습니다. 아이가 넷이었지만, 힘든 육아 중에도 한결같았습니다.

"엄마, 오늘 김밥이랑 사이다." 초등학교 소풍 가던 어느 날, 엄마는 분홍색 긴 치마 정장에 뾰족구두를 신고 소풍을 따라오셨습니다. 구두 때문에 발이 아팠을 텐데 즐겁게 함께해주셨습니다.

아내로서 엄마로서 자신을 가꾸고 책임을 다하는 자존심을 이젠 이해하는 나이가 되었습니다. 당신을 품위 있게 드러내는 자존심이란 어떤 것일까요? 어디서든 당당한 당신에게 있는 바로 그것입니다.

오늘의 한마디

나는 나의 내면과 외면을 잘 돌봅니다.

오늘 가장 감사한 세 가지를 적어보세요

3월 2일 _ 천진난만

미나리아재비 *Buttercup*

고마움을 통해 인생은 풍요로워진다 - 디트리히 본회퍼

"우리 딸은 세상에서 누가 제일 좋아?" 젊은 엄마 아빠는 막대사탕을 애지중지 핥고 있는 꼬맹이 딸에게 묻습니다. "아빠." 딸의 답에 엄마는 실망한 기색을 감추지 못합니다.

한복을 곱게 입은 꼬맹이에게 할아버지가 목말을 태워주며 신나게 놀아주십니다. "우리 이쁜이는 세상에서 누가 제일 좋지?", "하부지." 천진한 어린아이는 사랑하는 사람이 듣고 싶은 말을 알고 있습니다. 엄마는 당신이 어른이 되어도 어릴 적 천진함을 잊지 않기를 바랍니다. 고마움과 사랑을 순수하게 표현하는 천진함이 당신을 얼마나 특별하게 하는지 꼭 알려주고 싶답니다.

℘ 오늘의 한마디

나는 어린아이 같은 순수함으로 살아갑니다.

℘ 오늘 가장 감사한 세 가지를 적어보세요

3월 3일 _ 나의 행복

자운영 *Astragalus*

행복은 입맞춤과 같다. 행복을 얻기 위해서는 누군가에게 행복을 주어야만 한다 – 디오도어 루빈

"아빠 오셨다." 네 명의 꼬맹이 무리는 인사는 건성이고, 아빠가 가져오신 봉투에 바짝 다가앉습니다. 아빠의 봉투엔 생과자, 바나나, 군고구마, 알사탕, 통닭이 있었습니다. 그 사랑이 얼마나 다정다감하고 큰지를 엄마가 되고 알았지요.
남편의 퇴근길엔 봉투가 없었습니다. 아기를 갖고부터 남편은 달라졌습니다. 이제는 가끔 봉투를 들고 옵니다. 그 봉투에 뭐가 들어있든 상상만으로도 행복합니다. 그 감정은 서로를 돈독하게 연결해주는 끈이 됩니다. 작은 것이라도 나누고 주고받는 행복이 당신의 삶에 가득하기를 바랍니다.

℘ 오늘의 한마디

나의 몸은 긴장이 풀리고 편안합니다.

℘ 오늘 가장 감사한 세 가지를 적어보세요

3월 4일 _ 애정

나무딸기 *Raspberry*

미움은 다툼을 일으키지만, 사랑은 모든 허물을 덮어준다 - 잠언

성형은 절대 안 된다는 엄마와 이제 성인이니 하겠다는 딸의 전쟁은 식음을 전폐한 딸에게 엄마가 백기를 들면서 끝났습니다. 얼마 전 그 지인을 만났습니다. "요즘 얼마나 예뻐졌는지 남자친구들이 줄을 섰어요. 사진 한번 볼래요?" 사진 속의 딸은 연예인 같았습니다. 지인은 이렇게 예쁘고 좋은데 왜 반대했는지 모르겠다며 자기도 할 거라고 합니다.
성형으로 콤플렉스를 극복하고 자신감을 얻는다면 반대해야 할까요? 자식의 자신감을 1%라도 올릴 수 있다면 마음이든 외모든 부모는 무조건 응원하며 도와줄 것입니다.

℘ 오늘의 한마디

나는 내 몸을 소중히 여기고 사랑합니다.

℘ 오늘 가장 감사한 세 가지를 적어보세요

3월 5일 _ 행복감

수레국화 *Cornflower*

대부분 사람은 마음먹은 만큼 행복하다 – 에이브러햄 링컨

행복감은 자신을 사랑할 때 더욱더 커진다고 합니다. 거울에 비친 동그란 얼굴, 엄마 닮은 눈에 아빠 닮은 코, 나다운 입술. 이렇게 생긴 사람은 우주에 하나뿐입니다. 지금의 모습에 감사하세요. 그리고 거울 속 자신에게 찡긋 윙크해보세요.

쌍꺼풀이 없다고요? 뭐 어때요? 개성이 있잖아요? 그러니까 그게 나다운 거라고, 멋지다고 거울 속의 자신에게 말해주세요. 내가 좋다고 행복한 미소를 지어주세요. 자신을 사랑하고 행복감이 가득할 때, 다른 사람들도 당신을 아름답고 멋지게 바라볼 것입니다.

℘ 오늘의 한마디

나는 내 몸의 경이로움에 늘 감사합니다.

℘ 오늘 가장 감사한 세 가지를 적어보세요

3월 6일 _ 명랑

데이지 *Daisy*

건강과 명랑은 서로가 서로를 낳는다 - 조셉 애디슨

팔십 나이에 근엄함을 보이며 노인으로서 대접받기를 바라는 사람이 있습니다. 또 다른 사람은 나이는 팔십이지만 시대의 유행을 따라 해보기도 하고 이루고 싶은 일에 도전하면서 명랑하게 살아갑니다. 두 사람 중 누가 더 건강할까요?
나이를 잊고 명랑하게 사는 사람이 건강할 거라는 것은 누구나 알 수 있습니다. 중요한 것은 도전하는 삶의 태도입니다. 골골 팔십을 살 것인지, 나이보다 10년 젊게 살 것인지는 자신에게 달렸습니다. 기억하세요. 명랑한 삶의 태도는 건강하고 만족스런 삶을 살 수 있게 합니다.

℘ 오늘의 한마디

나는 건강하고 온전하며 편안합니다.

℘ 오늘 가장 감사한 세 가지를 적어보세요

3월 7일 _ 사무치는 그리움

황새냉이 *Cardamine*

고민하면서 길을 찾는 사람들, 그들이 참된 인간상이다 – 파스칼

매일 아침 차를 마신다면 오늘은 얼그레이 어떠세요? 매일 버스를 타고 출근했다면 오늘은 한 정거장 전에 내려 걸어볼까요? 작지만 새로운 시도들이 소소한 즐거움을 준답니다.

한 정거장 걸어가면서 주변을 바라봅니다. 매일 색이 달라지는 가로수들의 미묘한 변화를 알아볼 수 있나요? 가로수들의 변화와 시시각각 달라지는 하늘의 아름다움을 발견한 당신은 평범한 하루가 새롭게 느껴질 거예요. 그리고 미래의 어느 날, 얼그레이를 마시고 가로수길을 걷던 일상이 사무치게 그리울 것입니다. 길을 찾는 청춘의 평범했던 시간 말이죠.

℘ 오늘의 한마디

나는 내 건강에 필요한 것을 알고 내 몸에 공급합니다.

℘ 오늘 가장 감사한 세 가지를 적어보세요

3월 8일 _ 진심

밤꽃 *Castanea*

내 비밀은 바로 이거야. 정말 간단해. 마음으로 볼 때만 진정으로 볼 수 있어. 가장 중요한 것은 눈에는 보이지 않거든 – <어린왕자>

'뭐지? 왜 나한테 그런 말을?' 이런 생각으로 하루 종일 골몰해본 적이 있나요? 서운한 마음이 들었을 때 용기를 내보세요. 그런 말을 들었을 때 어떤 마음이었는지 솔직하게 말하고, 왜 그렇게 말을 했는지 물어보세요. 생각보다 쉽게 풀릴 수 있답니다.

일부러 상대방의 마음을 아프게 하려고 콕 찔러 말하는 경우는 드뭅니다. 당신의 솔직한 말에 "어머, 그랬구나. 내 말뜻은 그런 게 아니었어. 마음 상했다면 미안해" 하고 말해줄 거예요. 서운한 일이 있을 때 솔직하게 표현하는 습관은 당신의 마음을 건강하게 해줄 것입니다.

℘ 오늘의 한마디

나의 건강은 나의 삶과 조화를 이룹니다.

℘ 오늘 가장 감사한 세 가지를 적어보세요

3월 9일 _ 대담함

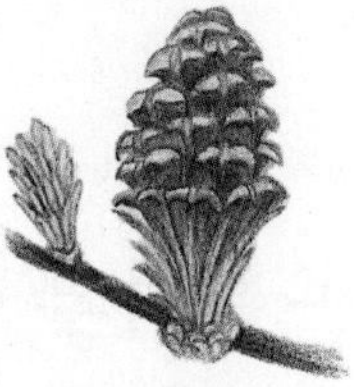

낙엽송 *Larch*

대담함에는 천재성과 힘과 마력이 들어있다 - 요한 볼프강 폰 괴테

〈나는 토마토 절대 안 먹어〉라는 동화책이 있습니다. 편식하는 아이들에게 읽어주면 좋은 책입니다. 완두콩을 초록 방울이라고 하면서 맛있다고 합니다.
건강에 좋은 걸 알지만 절대 먹고 싶지 않은 음식이 있나요? 초록 오이는 비타민이, 보라색 가지는 항산화 물질이 가득합니다. 알면서 시도해보지 못했다면 오늘 대담하게 한입 베어물어 보세요.
건강관리는 비타민 챙겨 먹기로 시작되는 게 아닙니다. 신선한 재료로 만든 음식을 골고루 먹는 것이 시작입니다. 이제 절대 안 먹던 반찬을 한번 먹어볼까요?

℘ 오늘의 한마디

나는 내 몸이 스스로 치유할 수 있음에 감사합니다.

℘ 오늘 가장 감사한 세 가지를 적어보세요

3월 10일 _ 고귀함

느릅나무 *Elm*

이 세상에서 가장 훌륭하고 고귀한 즐거움은 새로운 진리를 발견하는 일이다 - 프리드리히 2세

어린 시절에는 이해가 안 되어도 살아가면서 무릎을 치게 되는 순간이 옵니다. 그런 즐거움을 매일 맞는다면 좋겠지요? 바라는 일이 있다면 자주 생각하세요. 그저 꿈일 뿐이라고 마음 깊이 묻어두지 말고 바라야 합니다.

아침에 차를 마실 때, 출근길 걸어가는 시간, 잠자리에 들기 전, 언제라도 좋습니다. 생각하고 염원하는 그 일에 집중해보세요. 고민하던 문제의 해결 방법이 떠오를 것입니다. 그리고 문제의 핵심을 바라볼 수 있는 혜안도 갖게 될 것입니다.

℘ 오늘의 한마디

나의 몸은 최고의 건강상태를 알고 유지합니다.

℘ 오늘 가장 감사한 세 가지를 적어보세요

3월 11일 _ 순박함

씀바귀 *Lxeris*

사람에게 부끄럽지 않으면 하늘조차 무섭지 않다 - 〈시경〉

눈치 빠르게 자신의 것을 잘 챙기는 사람이 부럽고, 그렇게 하지 못하는 자신이 바보 같다고 생각할 수도 있습니다. 동화 〈토끼와 거북이〉를 실제로 재연한 영상을 보았습니다. 실제 경주에서도 거북이는 쉬지 않고 엉금엉금 기어가 토끼를 이겼습니다.

"너니까 하지." 그런 말을 듣는 그것을 하세요. 시간 가는 줄 모르고 하는 그 일을 거북이처럼 무던하게 하는 거예요. 당신의 묵묵한 전진을 응원합니다. 조금 느리고 답답할 수 있지만 믿으세요. 실제로 거북이가 토끼를 이겼답니다.

오늘의 한마디

나의 삶은 일과 휴식이 균형을 이룹니다.

오늘 가장 감사한 세 가지를 적어보세요

3월 12일 _ 사랑의 슬픔

수양버들 *Weeping willow*

이별의 아픔 속에서만 사랑의 깊이를 알게 된다 - 조지 엘리엇

무뚝뚝하지만 약주 한잔 드시면 노래 한 가락 멋지게 뽑으시던 아버지는 힘든 시절을 지나 살만해지니 젊어 고생이 병이 되셨습니다. 최고의 의학기술로도 어쩔 수 없다는 것이 참 받아들이기 어려웠습니다. 어릴 적엔 몰랐던 아버지의 사랑을 부모가 되어 이제야 조금은 알게 되었는데 마지막이라니요. 건강하실 때 좀 더 잘해드리지 못한 것이 아쉬웠습니다.
이별 후에야 사랑을 알게 되는 것은 변하지 않는 법칙인가 봅니다. 기쁘고 좋은 일 있을 때 아버지가 그립습니다. 크게 웃으며 잘했다 칭찬해주시는 환한 미소가 그리운 날입니다.

℘ 오늘의 한마디

나는 삶의 흐름에 몸과 마음을 편안하게 맡깁니다.

℘ 오늘 가장 감사한 세 가지를 적어보세요

3월 13일 _ 사랑의 망각

산옥잠화 *Day lily*

망각은 고상한 것이다. 상처를 기억하지 않는 것 말이다 – 찰스 시몬즈

"어머, 그런 일이 있었어?" 한가로운 휴일 커피타임, 도란도란 모녀의 이야기는 쉴 틈이 없습니다. "엄마, 그때 생각나?", "아니, 전혀. 그런 일이 있었나?" 딸아이의 유치원 시절 이야기는 딸에게는 잊고 싶은 기억입니다. 엄마는 그걸 알기에 잊었다고 한 것이죠. 부끄럽게 생각하는 그 기억은 엄마에게 없고, 언제나 예쁘고 사랑스러운 딸로만 기억한다며 다독입니다.

망각은 신이 주신 선물이라고 합니다. 잊고 싶은 상처를 들추고 기억을 소환하지 마세요. 아픈 이를 위해 망각을 도와줄 수 있는 속 깊은 당신이 되기를 바랍니다.

℘ 오늘의 한마디

나는 매일 점점 더 건강해집니다.

℘ 오늘 가장 감사한 세 가지를 적어보세요

3월 14일 _ 희망

아몬드 *Almond*

희망차게 여행하는 것이 목적지에 도착하는 것보다 좋다
- 로버트 루이스 스티븐슨

갖고자 했던 것을 손에 넣을 수 없을 때의 좌절감을 어릴 때 배웠습니다. 그리고 열망하는 무언가를 가지려면 노력해야 하는 것도 알게 됩니다.

하지만 당신은 결승점을 향해 달려가는 경주마가 아니랍니다. 인생은 긴 여정입니다. 태어난 날은 있으나 갈 날은 모릅니다. 그럼에도 불구하고 목표만 외친다면, 목표로 가는 여정에서 만나는 소소한 아름다움은 볼 수가 없습니다.

열심히 사는 것도 중요하지만 하루하루를 작은 희망들로 채워보세요. 그 일상의 희망이 목표를 향해 가는 힘이 될 것입니다.

오늘의 한마디

나는 건강하고 온전하며 기쁨으로 가득 차 있습니다.

오늘 가장 감사한 세 가지를 적어보세요

3월 15일 _ 죽음도 아깝지 않음

독당근 *Conium maculatum*

당신의 고독을 통해 목숨도 바칠 만큼 위대한 삶의 목적을 찾을 수 있도록 해달라고 기도하시오 - 다그 함마르셸드

존재의 이유와 필요성을 느낄 때 사람은 열심히 삽니다. 사춘기에 방황하는 이유는 자신이 왜 태어났고 어떻게 살아야 하는지 잘 모르기 때문일 것입니다.
학창 시절, 좋은 책을 읽고 영화를 보고 여행도 하며 경험을 쌓는 것은 삶의 목적과 이유를 찾을 수 있기 때문입니다. 병원에서 봉사했던 경험으로 의사가 되겠다는 꿈을 갖고, 연탄 배달 봉사를 한 뒤 어려운 이웃을 위해 집을 짓는 건축가가 되겠다고 합니다. 평범한 일상 경험에서 자신의 미래를 찾는 것이지요. 삶을 불태우며 죽음도 아깝지 않은 당신의 꿈은 무엇인가요?

℘ 오늘의 한마디

나는 내면은 기쁨으로 가득 차 건강합니다.

℘ 오늘 가장 감사한 세 가지를 적어보세요

3월 16일 _ 미덕

박하 *Mint*

너의 손에 선을 행할 힘이 있거든 도움을 청하는 사람에게 주저하지 말고 선을 행하여라 – 잠언

"엄마 손은 약손" 어릴 적 엄마가 아픈 배를 문지르며 불러주시던 노래를 엄마가 되어 딸들에게 불러주었습니다. 살아 보니 그 노래는 배앓이에만 특효가 있는 게 아니고, 마음이 아플 때도 생각나는 노래였습니다.

딸들이 배가 아플 때도 마음이 아플 때도 문질러주고 싶은 엄마는 그렇게 24시간 딸들을 생각합니다. 아프지 않고 행복하게 살아가도록 "엄마 손은 약손"을 노래합니다. 언제라도 힘들 때 "엄마" 하고 부르면 불러줄 노래입니다.

℘ 오늘의 한마디

나의 삶을 살아가는 것은 안전한 일입니다.

℘ 오늘 가장 감사한 세 가지를 적어보세요

3월 17일 _ 반드시 오고야 말 행복

콩꽃 *Beans*

행복한 삶의 비밀은 올바른 관계를 형성하고 그것에 올바른 가치를 매기는 것이다 - 노먼 토머스

"엄마, 한숨도 못 잤지?" 부스스한 얼굴을 단번에 알아봅니다. 딸들은 엄마가 여행을 가면 잠을 못 자는 것을 알고 있습니다. 여행은 좋지만 수면 부족에 시달릴 것을 생각하면 걱정이 앞서는 엄마를 위해 와인을 준비하는 딸입니다.

엄마를 안 닮아서 아기 때부터 어디서든 잘 자는 딸들이 참 다행입니다. 충분한 잠을 자고 하루하루 건강하게 살아가는 딸들이 참 고맙습니다.

사랑하는 이의 불편함을 배려할 줄 아는 마음은 관계를 더욱 돈독하게 합니다. 사랑은 관심 있게 살피고 배려하는 태도로 전해집니다.

오늘의 한마디

나는 매일 충분히 잘 잡니다.

오늘 가장 감사한 세 가지를 적어보세요

3월 18일 _ 무변화

아스파라거스 *Asparagus*

산을 움직이려 하는 이는 작은 돌을 들어내는 일로 시작하느니라 – 공자

한 주인이 하인 셋에게 각각 달란트를 맡기고 떠납니다. 여행에서 돌아와 그동안의 성과를 물으니 다섯 달란트를 받은 하인은 장사를 해서 다섯 달란트의 이윤을, 두 달란트를 받은 하인도 장사를 해서 두 달란트의 이익을 남겼다고 합니다. 그러나 한 달란트를 받은 하인은 그것마저 잃을까 두려워 땅에 묻어두었다고 합니다. 주인은 장사를 한 두 하인을 칭찬하고, 달란트를 땅에 묻은 하인은 크게 꾸짖습니다.

자신의 재능을 의심하고 묻어둔다면 성장할 수 없습니다. 자신의 가능성을 믿고 조금씩 움직여보세요. 당신 가능성의 크기는 당신이 생각한 만큼입니다.

✐ 오늘의 한마디

나의 몸은 변함없는 건강을 유지합니다.

✐ 오늘 가장 감사한 세 가지를 적어보세요

3월 19일 _ 한없는 즐거움

치자나무 *Cape jasmine*

가정의 단란함이 이 세상에서 가장 빛나는 기쁨이다. 그리고 자녀를 보는 즐거움은 사람의 가장 거룩한 즐거움이다 – 페스탈로치

"엄마, 무슨 좋은 일 있어?" 아침을 준비하는 엄마는 콧노래를 부르며 가끔 어깨도 들썩입니다. 음악도 들리지 않는데 콧노래를 부르니 딸은 휘파람을 불러줍니다. "아, 이 노래 나도 참 좋더라." 엄마는 별말 없이 기분 좋게 아침을 준비할 뿐인데, 딸도 기분이 좋습니다. 엄마는 잠 못 자며 시험 준비와 과제를 하는 딸이 안타까웠습니다. 그리고 야근 후 이른 잠을 청한 남편의 이불을 잘 덮어주었죠. 오늘처럼 즐거운 날이 얼마만인가요? 이렇게 365일 가족이 편안하기를 기도합니다. 가족의 편안함은 엄마의 한없는 즐거움입니다.

℘ 오늘의 한마디

나는 일상의 작은 기쁨에 감사합니다.

℘ 오늘 가장 감사한 세 가지를 적어보세요

3월 20일 _ 영원한 애정

보라 튤립 *Tulip*

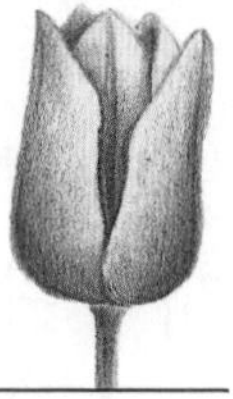

사랑이란 서로 마주 보는 것이 아니라 함께 같은 방향을 바라보는 것이다
– 생텍쥐페리

남편을 위해 긴 세월 생계를 책임진 아내. 세상엔 아내의 희생을 딛고 성공한 남편들이 있습니다. 그의 아내는 남편의 성공만을 위해 참고 도왔을까요? 남편의 꿈을 자신의 꿈으로 삼고, 남편의 꿈을 함께 바라보면서 하루하루 살아낸 것이죠.
여성들에게 남편을 위해 희생하라는 이야기가 아닙니다. 사랑하면 상대의 꿈도 나의 꿈이 되고, 그 꿈을 바라보며 살아갈 수 있다는 것을 이야기하는 것입니다. 지금 당신 곁에 그런 꿈바라기가 있습니다. 당신의 영원한 꿈바라기는 엄마입니다.

오늘의 한마디

내 몸의 모든 세포와 관절은 매일 튼튼하게 재생됩니다.

오늘 가장 감사한 세 가지를 적어보세요

3월 21일 _ 인생의 출발

벗꽃난 *Honey plant*

새로운 목표를 세우거나 새로운 꿈을 꾸기 위해 결코 늦은 때란 존재하지 않는다 - C. S. 루이스

92세에 처음 시를 쓰기 시작해서 98세에 첫 시집을 출간한 여류 시인이 있습니다. 그 나이까지 사는 것도 복이려니 할 나이에 시를 쓰기 시작해서 시인이 되었습니다. 정말 대단하고 멋지다고 할 만합니다.

은퇴 이후에 어떻게 살아갈지 미리 계획해보세요. 당신을 100세까지 건강하고 활기차게 살 수 있게 할 것입니다. 젊은이에게 꿈이 있는 것이 아니고, 꿈을 꿀 수 있는 사람이 젊은 사람입니다. 오늘이 당신의 다이어리에 은퇴 이후 이루고 싶은 꿈을 써 내려가는 놀라운 날이기를 바랍니다.

℘ 오늘의 한마디

나는 건강한 아름다움으로 빛이 납니다.

℘ 오늘 가장 감사한 세 가지를 적어보세요

3월 22일 _ 은혜

당아욱 *Mallow*

받은 상처는 모래에 기록하고, 받은 은혜는 대리석에 새겨라
– 벤저민 프랭클린

아침에 눈을 떴을 때 앞을 볼 수 있는 것에 감사해보셨나요? 화장실까지 걸어갈 수 있는 다리가 고마운 적은요? 먹고 싶은 반찬을 집는 젓가락질은 아주 당연해서 얼마나 감사한지 생각해본 적도 없을 것입니다.

재활치료실에 가보면 걷기 위해, 앉기 위해, 물건을 집기 위해 노력하는 사람들이 있습니다. 일상의 움직임이 얼마나 큰 은혜인지 그들은 절감할 것입니다. 두 눈으로 보는 것, 두 다리로 걷는 것, 두 손을 자유롭게 쓰는 것에 감사하는 마음이 당신을 온전히 살아가게 할 것입니다.

℘ 오늘의 한마디

나는 스트레스가 두려움이라는 것을 깨닫고, 모두 놓아 보냅니다.

℘ 오늘 가장 감사한 세 가지를 적어보세요

3월 23일 _ 정열적인 사랑

글라디올러스 *Gladiolus*

사랑하고 사랑받는 것은 양쪽에서 태양을 느끼는 것이다
- 데이비드 비스코트

엄마가 생을 마치는 순간까지 놓지 않고 하는 기도는 자식을 위한 기도입니다. 마지막 순간에도 멀리 외국 나간 자식의 얼굴 한번 보고 떠나려고 몇 날 며칠 실낱 같은 목숨 줄을 부여잡고 힘겹게 기다립니다.
자식을 향한 엄마의 사랑보다 더 크고 깊은 사랑이 있을까요? 엄마는 당신이 건강하게 숨을 쉬고, 힘차게 걷고, 넘어지지 않기를 언제나 기도합니다. 당신의 무탈한 삶을 기원하는 엄마의 기도는 당신이 살아가는 동안 늘 함께할 것입니다.

℘ 오늘의 한마디

오늘도 숨 쉬고 살아있음에 감사합니다.

℘ 오늘 가장 감사한 세 가지를 적어보세요

3월 24일 _ 희망

금영화 *California poppy*

희망은 밝고 환한 양초 불빛처럼 우리 인생의 행로를 장식하고 용기를 준다. 밤의 어둠이 짙을수록 그 빛은 더욱 밝다 - 올리버 골드스미스

"난 요리엔 관심이 없는걸?" 엄마 밥이 맛있다고 하면서도 요리를 해볼 생각은 안 하는 딸을 보며 어릴 적 엄마가 생각납니다. 시집가면 다 하게 된다며 살림을 시키지 않으셨지요. 결혼해서 삼층밥을 짓고 인스턴트 국을 끓여가며 배우기 시작한 요리가 이젠 친정엄마의 손맛과 닮아있는 것은 참 신기한 일입니다.

그래서인지 딸들에게 집안일을 시키지 않습니다. 언젠가 해야 할 날이 오면 자연스럽게 배우게 될 테니까요. 엄마의 레시피를 물어보며 요리를 시작하겠지요? "어머, 엄마가 한 요리랑 맛이 똑같아. 역시 엄마 딸이야." 행복한 그날을 엄마는 기대합니다.

℘ 오늘의 한마디

나는 기쁘고 감사한 생각들로 건강을 유지합니다.

℘ 오늘 가장 감사한 세 가지를 적어보세요

3월 25일 _ 아름다움

덩굴나무 *Climbing plant*

아름다운 모습은 아름다운 얼굴보다 낫고, 아름다운 행동은 아름다운 자태보다 낫다 - 랠프 왈도 에머슨

딸이 어느 날부터 변했습니다. 탄산음료와 단 것을 너무 좋아해서 걱정이었는데 허브차를 마신다고 하네요. "엄마, 과일 향이 나는 허브차야." 과일 향도 나고 허브 향도 나니 산림욕을 하는 것 같기도 하고 힐링이 됩니다.

우리 몸에 물이 부족하면 독소가 쌓입니다. 딸의 말대로 몇 주 물을 마시니 피부가 달라지고, 인공눈물을 넣던 눈도 부드러워졌습니다. 물이 소중한 몸을 건강하게 할 수 있도록 충분히 마셔야겠습니다. 나무가 물을 마시고 초록으로 빛나듯 우리 몸도 건강하게 빛날 것입니다.

오늘의 한마디

나는 건강한 물을 충분히 마시며 에너지를 순환시킵니다.

오늘 가장 감사한 세 가지를 적어보세요

3월 26일 _ 첫사랑

흰 앵초 *White primrose*

첫사랑이 신비로운 이유는 그것이 끝날 수 있다는 것을 모르기 때문이다
- 벤저민 디즈레일리

둘째를 기르면서 큰아이 학교 엄마들을 만나니, 하나같이 첫애 때는 사랑을 주는 게 뭔지 몰라서 그 예쁜 시절을 그냥 보냈다고 아쉬워했습니다. 둘째는 큰애 학교 따라다니느라 빨리 어린이집에 보냈고, 또 그렇게 아쉬워했지요. 다시 돌아오지 않는 그 시절이 엄마는 그립습니다.
아침 체조하고 물 한잔 마시면서 딸들에게 선언합니다. "엄마는 물을 많이 마시겠어! 우리 딸들하고 오래 행복하게 살아야 하니까. 우리 딸들도 물 많이 마시자." 부족한 엄마지만 잘 자라준 딸들에게 고맙습니다. 엄마는 당신이 이 세상에 곱게 뿌리내리도록 사랑의 물을 줄 것입니다. 언제나 한결같이요.

℘ 오늘의 한마디

내 몸은 언제나 빠르게 치유됩니다.

℘ 오늘 가장 감사한 세 가지를 적어보세요

3월 27일 _ 도움

칼세올라리아 *Calceolaria*

나이가 들면서 다른 손도 가지고 있음을 기억하라. 첫 번째 손은 당신을 돕기 위한 것이고, 두 번째 손은 다른 사람들을 돕기 위한 것이다
- 오드리 헵번

브라질에 사는 나비의 날갯짓이 미국 텍사스에 태풍을 일으킨다는 말을 들어보았을 것입니다. 사소한 날갯짓이 작은 변화를 가져오고 그 작은 변화가 점점 커져 세상을 바꿀 수도 있다는 뜻이지요.
전쟁과 기근에 시달리고 힘든 사람들이 너무도 많은 세상입니다. 당신이 이 세상을 위한 작은 나비의 날갯짓이 되었으면 좋겠습니다. 긍정과 감사로 풍요로운 삶을 이루고, 자신의 것을 나누며, 더불어 행복한 삶을 살기를 바랍니다. 당신에게 있는 풍요와 행복을 기꺼이 나누려는 생각과 실천은 당신을 건강하고 아름답게 할 것입니다.

℘ 오늘의 한마디

나는 좋은 생각과 기쁨으로 내 몸을 가득 채웁니다.

℘ 오늘 가장 감사한 세 가지를 적어보세요

3월 28일 _ 품위

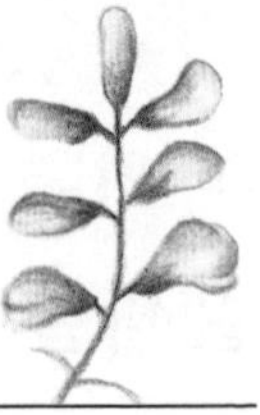

꽃아카시아나무 *Robinia hispida*

세상에서 가장 품위 있는 평화의 소리는 침착한 양심의 소리다
- 윌리엄 셰익스피어

"안녕하세요?" 당신은 어떤 목소리를 가졌나요? 같은 목소리도 톤에 따라 다르게 느껴지는 것을 아시나요? 생각해보세요. 남의 집 대문 앞에서 "이리 오너라" 하는 목소리는 어떨까요? 고을 사또 앞에서 머리를 조아리는 이방은 어떤 목소리일까요?
목소리가 당신의 이미지를 결정할 수 있습니다. 너무 높지도 너무 낮지도 않은 중간 정도의 편안한 음색으로 빠르지 않게 미소를 머금은 목소리를 내보세요. "안녕하세요?" 그 한마디로 충분히 당신의 매력을 드러낼 수 있습니다. 참 듣기 좋네요. 당신의 목소리.

℘ 오늘의 한마디

나는 아주 깊게 호흡합니다.

℘ 오늘 가장 감사한 세 가지를 적어보세요

3월 29일 _ 괴롭히지 말아요

우엉 *Arctium*

행복이란 높은 정신력이 낮은 정신력에 의해 괴롭힘을 받는 일이 없는 경지이며, 안일이란 낮은 정신력이 높은 정신력에 의해 괴롭힘을 받는 일이 없는 경지를 말한다 - 게오르그 짐멜

무리한 다이어트를 하는 당신에게 꼭 해주고 싶은 이야기가 있습니다. 체중도 자신의 믿음대로 될 수 있다는 사실을요. 최면 등을 통해 다이어트를 하는 방법이 그래서 되는 것이지요.
꼭 최면까지 가지 않아도 이렇게 해보면 어떨까요? 원하는 체중을 스스로에게 말하는 겁니다. 그리고 사진을 보며 자신이 원하는 체중이 된 모습을 상상하는 것입니다. 이 방법만으로 원하는 만큼 살이 빠진다면 해볼 만하겠지요? 원하는 모습이 된 자신을 생생하게 느끼면서 말을 할수록 빨리 이루어집니다.

오늘의 한마디

나의 정상 체중은 ○○kg이고(원하는 몸무게를 쓰세요), 바로 현재 체중입니다.

오늘 가장 감사한 세 가지를 적어보세요

3월 30일 _ 청초

금작화 *Broom*

모든 것에는 아름다움이 있으나 모든 사람이 그 아름다움을 보지는 못한다
- 공자

아이를 좋아하지 않던 사람도 부모가 되면 아이가 예쁘고 사랑스럽습니다. 강아지, 고양이도 예쁘고, 공원의 비둘기도, 이른 아침 참새도 귀엽습니다. 방울방울 이슬이 맺힌 청초한 들꽃을 보며 자식을 떠올리고, 생명의 고귀함과 이 세상 아름다움에 감탄하지요.
부모가 되고서야 생명을 얻는 것이 얼마나 큰 감사인지 알게 됩니다. 부모는 사랑으로 자식을 기르고, 청초한 꽃 같은 자식이 비바람을 이겨내고 잎이 무성한 나무로 성장하기를 바랍니다. 부모의 부모가 그러했듯 세상 모든 부모의 기도입니다.

℘ 오늘의 한마디

나는 아침에 일어날 때마다 개운하고 상쾌합니다.

℘ 오늘 가장 감사한 세 가지를 적어보세요

3월 31일 _ 꿈길의 애정

흑종초 *Nigella damascena*

삶의 가장 큰 행복은 우리가 사랑받는다는 확신입니다. 사랑받는 것은 인류의 가장 큰 축복입니다 - 빅토르 위고

"딱 좋아, 딱." 친정엄마는 언제나 딱 좋다고 합니다. 아닌 걸 알면서도 친정엄마의 그 말이 참 좋습니다. 외할머니 댁에 다녀온 딸이 얘기합니다. 저녁은 뭘 먹었고, 요즘 어떤 TV 프로를 보시는지. 함께했던 몇 시간 이야기의 끝은 항상 똑같습니다. "내가 살쪘다는데 할머닌 전혀 안 쪘다고 뺄 살이 어디 있냐고 하신다니까."
엄마도 같은 말을 합니다. 예쁜데 다이어트 한다며 애를 쓰니 안쓰러운 것이지요. 엄마는 "딱 좋아, 딱" 하고 얘기해줄 때 정말 행복합니다. 애정이 듬뿍 담긴 말입니다.

오늘의 한마디

힘든 순간에도 내 몸 돌보기를 먼저 선택합니다.

오늘 가장 감사한 세 가지를 적어보세요

April

4월

4월 1일 _ 진실한 사랑

아몬드 *Almond*

어떤 일을 시작하면 일단 잘될 것이라고 낙관하라. 그러면 그 낙관론이 성공을 안겨줄 것이다 – 톰 피터스

지금 상황에서 벗어나고 싶어서, '그랬더라면'이라는 생각이 꼬리에 꼬리를 물고 있나요? 그 생각의 끝을 잡고 가보면 과거의 행동이나 선택을 후회하거나 용서하지 못하는 자신을 볼 수 있습니다.
과거는 과거입니다. 과거의 상황에 자신을 그냥 놓아주세요. '그랬구나'라는 말로 위로하고 토닥여주세요. 당신만이 그 상황에서 자신을 이해하고 놓아줄 수 있답니다. 상처받은 자신을 위로할 때, 현재를 새롭게 만들어갈 수 있습니다. 사랑하는 것이 부담이라면 왜 그런 마음이 드는지 생각의 끝으로 가보세요.

오늘의 한마디

나는 과거에 나에게 잘못한 사람들을 용서합니다.

오늘 가장 감사한 세 가지를 적어보세요

4월 2일 _ 기대

아네모네 *Wind flower*

어떠한 위대한 일도 하루아침에 이루어지지 않는다 - 에픽테토스

열심히 일한 대가는 통장에 숫자로 찍히고 몇 초도 안 돼 사라져버립니다. 한숨이 나오나요?
마음을 바꿔보면 어떨까요? 열심히 일할 수 있음에 감사하고, 일할 곳이 있음에 감사하고, 그렇게 일해서 사랑하는 사람들의 필요를 채워줄 수 있음에 감사한다면 놀랍게 달라질 수 있습니다. 들어오는 숫자가 커질 것이고, 남아있는 숫자가 달라질 것입니다.
그것이 생각하는 힘입니다. 돈은 쉽게 수시로 들어온다. 사랑하는 사람들의 필요를 채우고도 충분히 남는다. 이런 작은 생각의 변화가 통장을 차고 넘치게 할 것입니다.

℘ 오늘의 한마디

나는 내 삶에서 자유롭고 안전합니다.

℘ 오늘 가장 감사한 세 가지를 적어보세요

4월 3일 _ 존경

나팔수선화 *Daffodil*

모든 것에 약간의 신비를 섞으면 그 신비가 경외심을 불러일으킨다
- 발타사르 그라시안

학교생활이나 사회생활을 하면서 지각하지 않고 과제를 제출하고 일을 무리 없이 해내는 자신을 당연하게 생각합니다. 하지만 자신의 모습이 모두 자신이 만든 것이 아니란 것을 부모가 되고 나면 알게 됩니다. 부지런한 습관, 바르게 인사하는 예의, 과제를 때맞춰 제출하는 태도, 이 모든 것이 부모가 하나하나 신경 써서 만들어준 것입니다.

부모는 자식을 위해 부지런히 움직이며 본을 보입니다. 그렇게 자신을 이기고 자식을 기릅니다. 그리고 자식은 그런 부모에게 깊은 존경을 느끼는 부모가 됩니다.

℘ 오늘의 한마디

나는 내 삶의 변화를 받아들입니다.

℘ 오늘 가장 감사한 세 가지를 적어보세요

4월 4일 _ 그대를 사랑해

빨강 아네모네 *Red wild flower*

겁쟁이는 사랑을 드러낼 능력이 없다. 사랑은 용기 있는 자의 특권이다
- 마하트마 간디

"내가 뭐라고." 스스로 자조하며 체념하는 말을 하나요? 당신은 무한한 가능성을 제한하고 있는 것입니다. 원하는 그 무엇도 될 수 있는데, 그런 말로 당신의 인생을 제한하는 것입니다. 그렇지 않다는 걸 알고 있으면서 자기도 모르게 그런 말을 합니다.
혹시 어릴 적부터 포기가 빨랐나요? "내가 뭐 어때서?", "나 정도면 훌륭해.", "멋져.", "원하는 건 꼭 이룰 수 있어." 이렇게 바꿔볼까요? 보이지 않는 힘이 당신을 이끌어줄 것입니다. 원하는 것을 이루기 위해 용기 내도록 할 것입니다. 당신을 믿고 시작하세요.

오늘의 한마디

나는 나 자신이 완벽하지 않은 것을 받아들입니다.

오늘 가장 감사한 세 가지를 적어보세요

4월 5일 _ 풍부

무화과 *Fig tree*

매일매일 잠자리에서 깨어날 때마다 생각하라. 내가 살아있어서 행운이고, 내 인생은 소중하고, 나는 그 소중한 인생을 낭비하지 않겠노라고
- 달라이 라마

뭔가를 시작하려고 할 때 주변에서 뭐 하러 그런 걸 하느냐고 얘기합니다. 기타를 배우겠다고 애쓰거나 운동을 처음 배워 여기저기 파스를 붙인 당신에게, 힘들게 그런 걸 한다며 마음을 흔들어놓을 수도 있습니다.
그럴 때 이렇게 해볼까요? 그 말들을 당신이 듣고 싶었던 말로 바꿔서 들어보세요. "어머, 멋있다. 그런 걸 다 배우다니. 나도 배우고 싶어"라는 말로 생각하는 거예요. 무엇을 시작하든 걱정 어린 염려의 말을 할 겁니다. 그리고 그 말을 어떻게 받아들이는지는 당신에게 달려있답니다.

오늘의 한마디

나는 온화하며, 자신을 용서하고 사랑합니다.

오늘 가장 감사한 세 가지를 적어보세요

4월 6일 _ 영원한 행복

복수초 *Adonis*

행복은 깊이 느끼고, 단순하게 즐기고, 자유롭게 생각하고, 삶에 도전하고, 남에게 필요한 사람이 되는 능력에서 나온다 - 스톰 제임슨

1년에 한 번 있는 생일입니다. 미역국에 잡채에 생일상은 보기만 해도 행복합니다. 당신이 태어나던 날 기뻐하는 부모님이 있었고, 자라는 동안 한결같은 마음으로 애면글면 돌보던 엄마 아빠의 손길이 있었습니다. 물론 부모님의 방식대로겠지만 당신을 사랑으로 키웠습니다.

어떻게 사랑을 표현하고 어떻게 가르쳐야 하는지 배워본 적 없는 부모에게서 자신도 모르게 상처를 받은 적이 있나요? 그렇다면 오늘의 행복한 감정들로 감싸보세요. 살아가면서 맞게 되는 행복들이 아팠던 당신의 상처를 치유하고 힘을 줄 것입니다.

오늘의 한마디

나는 내 어린 시절의 상처를 놓아줍니다.

오늘 가장 감사한 세 가지를 적어보세요

4월 7일 _ 신명

아디안툼 *Adiantum*

내일 죽을 것처럼 살아라. 영원히 살 것처럼 공부하라 – 마하트마 간디

무언가에 열중하는 당신을 응원합니다. 내일은 없는 것처럼 몰두하고 순간을 즐기세요. 즐기는 사람을 이길 수 없다고 합니다. 열정을 넘어 즐기기까지 한다면 이루지 못할 일은 없을 겁니다.
"청소, 오늘은 끝내버리겠어.", "빨래, 잘해보겠어." 마음가짐은 습관이 되어 어떤 일에도 마음을 다하고 열정을 쏟는 당신으로 바꿔줄 것입니다. "작심삼일이라더니 뭐든 하다가 마는구나!" 무심코 한 말이 부정적인 생각을 심어줍니다. 기운 빠지는 말은 흘려버리세요. 힘이 나는 말로 자신에게 용기를 주세요. "할 수 있다"라고 말이죠.

오늘의 한마디

나의 어린 시절 상처는 아물었고, 나는 감사를 받아들입니다.

오늘 가장 감사한 세 가지를 적어보세요

4월 8일 _ 박애

금작화 *Broom*

모든 위대한 사람들의 발자취를 보라. 그들이 걸어온 길은 고난의 길이며 자기희생의 길이었다. 자기를 희생할 줄 아는 사람만이 위대해질 수 있다
- 고트홀트 에프라임 레싱

어릴 적에 엄마는 불우이웃돕기 성금을 꼭 챙기셨습니다. 예배를 드리러 가던 어느 날, 엄마는 쌀 한 봉지를 모금함에 넣으셨지요. 힘든 사람을 돕는 사람들은 형편이 좋은 사람들만은 아니었습니다. 과부 사정은 과부가 안다고 하지요. 배고파본 사람이 배고픔을 이해하고, 밥 한 그릇을 대접할 줄 알았습니다.
풍요로운 세상이라지만 지금도 질병에 시달리거나 배고픔에 좌절하는 고아들이 있습니다. 달려가 손잡아주고 안아줄 수는 없지만, 가진 것을 조금 나누며 그들을 위해 기도할 수 있는 당신이 되기를 바랍니다. 세상을 위해 당신의 마음 한 조각을 떼어 덮어줄 수 있기를 바랍니다.

℘ 오늘의 한마디

나는 가족에 대한 사랑과 이해가 커집니다.

℘ 오늘 가장 감사한 세 가지를 적어보세요

4월 9일 _ 정신미

벚꽃 *Cherry blossom*

오랫동안 꿈을 그리는 사람은 마침내 그 꿈을 닮아간다 - 앙드레 말로

가끔 지치고 힘들어 혼자만의 동굴 속으로 들어가고 싶습니다. 그리고 동굴 속에서 고민합니다. 잘하고 있는 것인지, 능력도 없으면서 되지도 않는 일에 애를 쓰는 것은 아닌지 여러 생각을 합니다.
원하는 일을 이루려면 힘들 수도 있습니다. 자신이 과연 잘하고 있는 것인지 의문이 들기도 할 것입니다. 그러나 그 순간 꼭 기억해야 할 것은 꿈은 이루어진다는 것입니다. 이루어질 수 있는 꿈이기에 소망했고 열정이 솟아났으니까요.
동굴 말고 산책은 어떤가요? "잘하고 있어." 따스한 햇살이, 부드러운 바람이 당신을 도닥여줄 거예요.

오늘의 한마디

내가 실수를 저지를 때 배워가는 과정의 일부분이란 것을 받아들입니다.

오늘 가장 감사한 세 가지를 적어보세요

4월 10일 _ 즐거운 추억

빈카 *Periwinkle*

평화롭고 아름다운 추억은 당신의 마음에 치료약으로 작용한다
– 노먼 빈센트 필

급하게 서두르는 날엔 일이 꼬이기도 합니다. '저 버스 꼭 타야 하는데' 하면 "앗!" 미끄러운 신발이 원을 그리며 바닥으로 곤두박질 칩니다. 순간, 아픈 곳이 있는지 살필 새도 없이 얼른 일어납니다. 눈물이 찔끔 납니다.

"아팠겠다. 엄마가 호 해줄게." 엄마는 당신이 넘어지는 순간마다 옆에 있습니다. 왜 넘어졌는지는 중요하지 않습니다. 얼마나 아플까 걱정할 뿐이죠. 살면서 힘들어 넘어질 때도 있습니다. 하지만 다시 일어나면 됩니다. 엄마가 '호' 해주니까요.

℘ 오늘의 한마디

나는 최선을 다해 살고 있습니다.

℘ 오늘 가장 감사한 세 가지를 적어보세요

4월 11일 _ 와주세요

꽃고비 *Polemonium caeruleum*

사람들을 여러분 집에 초대하는 것은 여러분 자신에게 초대하는 것이라고 생각해요 - 오프라 윈프리

따뜻한 햇살이 들어오는 거실 창가에 푹신한 소파와 탁자가 있고 그 위에 예쁜 잔이 놓여있습니다. 진한 커피 향이 가득하고 아름다운 음악이 흐르는 편안한 공간입니다. 온전히 자신의 취향대로 꾸민 곳, 생각만 해도 좋습니다.

어서 빨리 독립하고 싶은가요? 그렇다면 먼저 자신의 방을 깔끔하게 청소하고 취향대로 꾸며보세요. 엄마는 그런 당신을 보고 "우리 딸, 이제 독립해도 잘 살겠네"라고 할 거예요. 이제 원하던 독립의 날이 다가올 겁니다. 그게 바로 말의 마법이니까요.

℘ 오늘의 한마디

나는 사랑하고 용서하며 다정하고 친절합니다.

℘ 오늘 가장 감사한 세 가지를 적어보세요

4월 12일 _ 사랑의 노예

복사꽃 *Peach*

사랑과 그리움에는 고통이 따르는 법. 사랑으로부터 근심 걱정이 생기는 줄 알고, 무소의 뿔처럼 혼자서 가라 - 불교 경전

소설이나 드라마를 보면 첫사랑이 평생 영향을 주는 경우가 있습니다. 그래서 어떤 사람을 만나는지가 중요합니다.

당신과 잘 맞는 인연은 있습니다. 당신이 만나고 싶은 사람, 사랑하고 싶은 사람을 그려보세요. 운명이 아닌 사람을 만나 인연이 비껴가지 않도록 말이지요. 그리고 그 사람도 당신을 만나기를 고대하고 있다는 것을 믿어보세요. 당신이 간절히 그리면 시간이 그 사람을 데려다줄 것입니다. 정말로요.

℘ 오늘의 한마디

나의 내면은 잔잔하고 평화롭습니다.

℘ 오늘 가장 감사한 세 가지를 적어보세요

4월 13일 _ 경쟁심

금계국 *Golden wave*

승리는 목적이 아니다. 목적에 이르는 하나의 단계이며 장애물을 제거하는 것에 지나지 않는다. 목표를 잃으면 승리도 공허해진다
– 자와할랄 네루

인생은 치열한 전쟁터이고, 돈은 열심히 일해야만 벌 수 있다. 이런 생각들은 자라면서 당신에게 주입된 사고입니다. 경쟁에서 이겨야만 잘 산다, 열심히 살아야만 얻는다는 생각들은 당신의 삶을 제한합니다.
당신이 원하는 모든 것을 쉽고 즐겁게 이룰 방법이 있습니다. 생각을 바꾸면 그 방법들이 보입니다. 행복하게 성공하는 방법입니다. 먼저 당신의 부정적인 생각들을 써보세요. 그리고 행복하게 이룰 방법들로 고쳐 써보세요. 부정적인 생각들을 없애고 행복한 일들로 채우는 것이 시작입니다.

오늘의 한마디

나는 치유될 준비가 되었습니다.

오늘 가장 감사한 세 가지를 적어보세요

4월 14일 _ 넘치는 기쁨

흰 나팔꽃 *White morning glory*

나의 어머니에 대하여 글로 표현하자면 허리케인이다. 그것은 더할 나위 없는 강력한 힘이다 – 마야 앤절로

어려서 사탕을 사달라고 조르던 아이는 커가면서 원하는 것도, 그 크기도 달라졌습니다. 그래도 엄마는 예쁜 옷을 사주고 좋은 가방을 사주며 기뻐합니다. 그 기쁨은 엄마가 살아가는 힘입니다.

살면서 긍정 에너지가 고갈되어 힘이 들 때가 있습니다. 그럴 때 엄마의 긍정 에너지를 받아보는 건 어떨까요? 당신은 엄마를 기쁘게 할 수 있습니다. 사소한 일들로도 가능하지요. 엄마의 사랑과 기쁨, 긍정 에너지는 당신에게 흐릅니다. 그 에너지는 당신에게 힘을 줄 거예요. 아주 큰 힘이랍니다.

✎ 오늘의 한마디

용서함으로 모든 일이 잘 풀립니다.

✎ 오늘 가장 감사한 세 가지를 적어보세요

4월 15일 _ 훌륭함

펜 오키드 *Fen orchid*

자신감 있는 표정을 지으면 자신감이 생긴다 - 찰스 다윈

"반장 하고 싶은 사람 손드세요." 주먹만 꼭 쥐고 손을 들까 망설입니다. 결국 손들지 못하고 후회하기도 합니다. 정말 하고 싶지만 망설이다가 기회를 놓쳐버린 경우가 있나요? 누구나 그런 아쉬운 일은 있습니다.

인생을 살면서 놓친 것에 속상해하지 말고 앞으로 다가올 멋진 기회를 잡으세요. 과거의 나는 잡지 못했지만, 지금 잡으면 됩니다. 한다고 했다가 실수하면 어쩌나 하는 생각은 잊어버리세요. 망설이지 말고 손을 드세요. "저요. 제가 해볼게요." 기회를 잡은 당신은 끝까지 잘해낼 것입니다.

오늘의 한마디

오늘이 새로운 기회이고 내 미래의 시작입니다.

오늘 가장 감사한 세 가지를 적어보세요

4월 16일 _ 아름다운 눈동자

튤립 *Tulip*

무엇보다도 너 자신에게 진실하라 - 윌리엄 셰익스피어

인생의 중요한 결정은 스스로 해야 합니다. 부모님이 조언해줄 수는 있겠지만, 최종 결정은 당신이 해야 하고 그 결정에 책임을 지는 것도 당신입니다. 결과가 두려워 누군가에게 결정을 미루고 결과에 대한 책임을 묻는다면, 당신은 인생을 홀로 걸어갈 수 없습니다.
자신의 의견과 생각으로 인생의 행로를 정해야 합니다. 혹시 부모님이 서운해 한다고 해도 당신은 홀로 서야 합니다. 당신 인생의 주인공은 당신이니까요. 원하는 것이 무엇이고 어떻게 살아야 할지 자신에게 솔직히 물어 길을 찾아가길 바랍니다.

✎ 오늘의 한마디

나는 용서를 통해 사랑합니다.

✎ 오늘 가장 감사한 세 가지를 적어보세요

4월 17일 _ 멋진 결혼

독일 붓꽃 *German Iris*

결혼에서의 성공이란 단순히 올바른 상대를 찾음으로써 오는 게 아니라 올바른 상대가 됨으로써 온다 - 바네트 브리크너

사랑하지만 다름으로 부딪치면 서로를 아프게 합니다. 그래서 결혼 생활은 끝없는 인고의 세월이라고 하지요. 비혼을 선택하는 이유도 누군가를 자신보다 더 사랑하고 자신을 희생하면서 사는 것이 힘들기 때문일 겁니다.

비혼이 아닌 결혼을 선택한 당신이 행복하게 사는 비결은 무엇일까요? 첫 번째, 나를 잘 알아야 합니다. 두 번째, 나와 잘 맞는 사람을 만나야 합니다. 첫 번째와 두 번째는 아주 긴밀하게 연결되어있답니다. 첫 번째를 잘 이루어야 진정 원하는 사람을 만나 오래 사랑하고 행복하게 살 수 있습니다. 당신은 어떤 사람이라고 생각하나요?

℘ 오늘의 한마디

나는 나의 감정 하나하나를 평화롭게 받아들입니다.

℘ 오늘 가장 감사한 세 가지를 적어보세요

4월 18일 _ 감화

자운영 *Astragalus*

더 많이 사랑하는 것 외에 다른 사랑의 치료약은 없다
- 헨리 데이비드 소로

부모는 자식을 더 사랑하기 때문에 부모입니다. 살면서 어려운 일을 겪을 때 부모님조차 당신의 마음을 알아주지 못한다고 생각하나요? 그렇다면 부모님은 참 마음이 아플 거예요. 당신을 위해 한없는 사랑을 쏟고 있으니까요.

부모님에게 기회를 주세요. 당신을 사랑해서 행복할 수 있도록 말이죠. 부모님은 인생의 황혼길에서 가장 잘했던 일로 당신을 사랑으로 키운 것을 꼽을 것입니다. 힘든 일이 있나요? “엄마, 나 좀 안아줘”라고 해보세요. 토닥토닥 따스한 온기가 당신을 감쌀 것입니다.

℘ 오늘의 한마디

지금 내가 하는 생각이 미래를 창조합니다.

℘ 오늘 가장 감사한 세 가지를 적어보세요

4월 19일 _ 청명

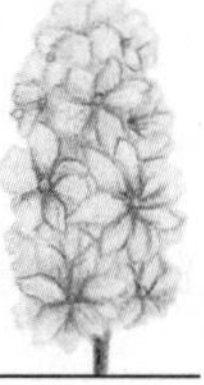

참제비고깔 *Larkspur*

무엇을 받을 수 있나보다 무엇을 주는가에 한 사람의 가치가 있다
– 알베르트 아인슈타인

배움은 짧으나 먹고살기 위해 배운 미용기술로 봉사하는 사람이 있습니다. "내 기술이 특출나지는 않지만, 힘든 분들을 도와드릴 수 있어 보람됩니다."
누구에게나 다른 사람을 도울 수 있는 무언가가 있답니다. 다른 사람의 이야기를 잘 들어주나요? 청소와 정리를 잘하세요? 무엇이 되었든 다른 사람을 위해 나눌 수 있다면 삶의 가치는 달라집니다.
당신이 알고 있는 것, 잘하는 것, 좋아하는 것을 나눠보세요. 당신을 응원하고 지지해주는 진짜 친구들을 만날 것입니다. 그게 나눔이 주는 행복입니다.

✎ 오늘의 한마디

나는 나의 내면의 힘을 믿습니다.

✎ 오늘 가장 감사한 세 가지를 적어보세요

4월 20일 _ 온화한 애정

배꽃 *Pear blossom*

온화한 인품보다 더 사랑스러운 것은 없으며, 그보다 더 애정을 불러일으키는 것도 없다 - 발타사르 그라시안

요즘 젊은이들은 취직이 어려워 결혼하기도 어렵고, 결혼해도 아이 가질 생각을 못 합니다. 그들이 감사를 배우면 좋겠습니다. 자신에게 주어진 모든 것에 감사하는 마음이 모인다면 세상은 좀 더 아름답고 살기 좋게 변화할 것입니다.

"내가 뭐라고 세상을 변화시키겠어"라고 생각하나요? 작은 일이라도 고맙다는 인사를 하면, 내 마음이 따뜻해지고 상대의 마음도 따뜻해집니다. 그 마음이 도미노처럼 퍼져 분명 세상을 더 온화하고 편안하게 만들어줄 것입니다. 쉽습니다. 당장 앞에 있는 누군가에게 인사하세요. "고마워." 이렇게요.

오늘의 한마디

나는 과거로부터 자유롭습니다.

오늘 가장 감사한 세 가지를 적어보세요

4월 21일 _ 내 가슴의 슬픔

수양버들 *Weeping willow*

만나고 알고 사랑하고 이별하는 것이 모든 인간의 공통된 슬픈 이야기다
- S. T. 콜리지

소중한 사람하고도 언젠가는 헤어집니다. 상담가들은 슬픈 이별을 하면 애도 기간이 필요하다고 합니다. 헤어짐에서 오는 상실감을 위로받는 시간입니다. 그 시간에 좋은 추억을 생각하고, 행복한 마음을 추억하고, 이별을 받아들입니다.
지금 곁에 있는 이들에게 한 번 더 사랑한다 말해주세요. 시간을 내서 함께 식사하고 종종 여행도 하며 추억을 만드세요. 우리의 삶에 끝이 있다는 걸 잊지 않는다면, 삶을 바라보는 마음가짐은 달라집니다. 그래서 하루하루 살아가는 삶이 기쁨과 행복으로 가득하게 됩니다.

오늘의 한마디

나의 현재는 기쁨으로 가득 차오릅니다.

오늘 가장 감사한 세 가지를 적어보세요

4월 22일 _ 믿음직한 사랑

과꽃 *China aster*

지금 이 시간 당신을 사랑하는 누군가가 멀리서 당신을 생각하며 당신을 사랑하고 있다 – 애들레이드 앤 프록터

서로를 아끼고 그리는 사람들 사이에서는 느낌이 전달된다고 합니다. 당신이 어쩔 수 없이 떨어져 살고 있어도 서로를 생각하는 마음의 끈은 연결되어있습니다. 당신은 가족과 친구들의 관심과 사랑을 먹고 자랐으니까요.

갑자기 누군가가 생각났나요? 그럼 전화해보세요. 깜짝 놀랄 일이 생길 것입니다. "어머, 네 생각하고 있었어." 친구가 당신을 그리워했다는 것을 알게 될 거예요. 자주 볼 수는 없어도 당신을 생각하는 사람들을 아끼고 사랑해주세요. 오늘 갑자기 생각나는 이가 있나요? 그럼 지금 바로 전화하세요.

℘ 오늘의 한마디

나는 도움이 필요할 때 기꺼이 도움을 받습니다.

℘ 오늘 가장 감사한 세 가지를 적어보세요

4월 23일 _ 상냥하고 따뜻함

도라지 *Balloon flower*

사랑은 끝없는 용서의 행위이며, 습관으로 굳어지는 상냥한 표정이다
– 해브록 엘리스

'우리 엄마는 도대체 나를 사랑하기는 하는 걸까?' 일하는 엄마는 세세하게 챙겨주지 못하기도 합니다. 그래도 엄마 마음은 한결같습니다. 자식이 밥은 먹고 다니는지, 어디 아프지는 않은지 더욱 신경 쓰이고 걱정이 됩니다.
반찬 투정하지 말고 먹고 싶은 반찬이 있다면 엄마에게 상냥하게 말해보세요. 엄마는 기쁜 마음으로 맛있게 준비할 것입니다. 맛있는 음식을 먹을 때, 나중에 함께 오자고 문자 한번 보내보세요. 어린아이처럼 좋아하는 엄마를 보게 될 것입니다. 일이 바쁜 엄마도 언제나 마음은 자식과 함께 있답니다.

✎ 오늘의 한마디

나를 지지하는 환경은 견고하고 다양합니다.

✎ 오늘 가장 감사한 세 가지를 적어보세요

4월 24일 _ 결심

제라늄 *Geranium*

하고 싶은 것을 하면 성공이 뒤따르게 됩니다. 이것이 유일한 성공 비결입니다 – 말콤 포브스

공무원이 인기 직업이 되었습니다. 대학을 졸업하고 몇 년씩 시험을 준비하지요. 그런데 다니다가 갑자기 퇴사하는 경우가 종종 있습니다. 안정적인 직업이 최고라 생각해 몇 년을 고생했는데, 막상 일을 해보니 적성에 맞지 않았던 것입니다.
이 길이 아니어도 죽지 않습니다. 인생을 살다 보면 혹시 결과가 좋지 않더라도 분명 얻을 것이 있을 거란 믿음이 필요합니다. 어떤 상황에서도 당신이 일어설 수 있게 잡아주는 첫 번째 사람은 당신입니다. 그 손을 잡고 일어나 다시 시작하면 됩니다.

✎ 오늘의 한마디

나의 내면의 힘은 점점 커집니다.

✎ 오늘 가장 감사한 세 가지를 적어보세요

4월 25일 _ 위엄

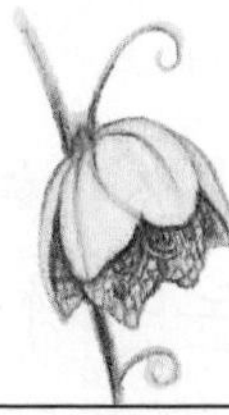

중국패모 *Fritillary*

이상적인 인간은 삶의 불행을 위엄과 품위를 잃지 않고 견뎌내, 긍정적인 태도로 그 상황을 최대한 이용한다 - 아리스토텔레스

돈은 사람의 관계를 끊기도 하고 이어주기도 합니다. 친구에게 빌려주었던 돈 때문에 친구도 잃고 돈도 잃었나요? 일부러 그런 것이 아니라면 친구를 얻기 바랍니다. 친구의 아픈 마음을 위로하고 재기할 수 있는 용기를 준다면, 친구는 힘을 얻고 어쩌면 잃은 돈도 돌아올 수 있답니다.

이익이 되는 사람들만 옆에 두고 도와줘야 하는 사람들은 멀리한다면 당신의 성공을 진정으로 응원하는 사람이 얼마나 될까요? 힘든 삶의 한복판에서 인간의 품격을 잃을 수 있는 순간을 잡아주는 단 한 명의 친구가 당신이 되기를 바랍니다.

℘ 오늘의 한마디

나는 용서를 넘어서 이해를 합니다.

℘ 오늘 가장 감사한 세 가지를 적어보세요

4월 26일 _ 불타는 애정

논냉이 *Cardamine lyrata*

정열적인 사랑은 빨리 달아오른 만큼 빨리 식는다. 은은한 정은 그보다 천천히 생기며, 헌신적인 마음은 그보다 더디다 - 로버트 스턴버그

모든 사랑은 인내를 필요로 합니다. 만난 지 얼마 되지 않은 그 사람이 아니면 죽겠다고 고집을 부리는 딸에게 부모는 봄, 여름, 가을, 겨울 사계절을 만나보라고 설득합니다. 빨리 타오르는 불은 금방 식기 마련이니까요.

인내하며 생긴 지혜는 당신의 인생을 견고하게 합니다. 고집하고 싶은 일이 있나요? 그럼 세 번만 생각해보세요. 세 번의 인내의 시간은 미처 보지 못했던 면을 볼 수 있는 눈을 갖게 하고, 모든 일은 깊이 생각해봐야 한다는 것도 알게 합니다. 그래서 사랑도 사계절 정도의 시간이 필요합니다.

오늘의 한마디

나는 모든 것에 연민을 느낍니다.

오늘 가장 감사한 세 가지를 적어보세요

4월 27일 _ 청순한 마음

수련 *Water lily*

진실만큼 아름다운 것은 없고, 진실만이 사람에게 사랑을 받는다
- 니콜라 부알로

태어난 아이의 외모로 인해 성형한 것을 알게 되어 불화가 생겼다는 이야기를 심심치 않게 듣습니다. 사랑하는 사람에게 감추고 싶은 것이 있나요? 그것이 신체의 문제든, 마음의 문제든 사랑한다면 그 사람의 모든 것을 사랑해야 한답니다.
보여주는 것만 사랑한다면 그 사랑은 모래 위에 지어진 성과 같습니다. 언젠가 보여주기 싫은 면을 보게 되면 허물어져버릴 성이지요. 당신의 아픔까지도 보듬을 수 있는 사람, 지금 옆에 있는 사람이 그런 사람이라면 있는 그대로를 보여주세요. 진실에서 출발한 사랑이 견고한 믿음을 만듭니다.

℘ 오늘의 한마디

긍정적인 생각이 나를 채웁니다.

℘ 오늘 가장 감사한 세 가지를 적어보세요

4월 28일 _ 비할 바 없는 아름다움

빨강 앵초 *Red primrose*

아름다움은 자기 자신을 인정하고 사랑할 때 생기는 법이다. 그럴 때 당신은 가장 아름답다 - 조이 크라비츠

이 세상에 같은 얼굴은 존재하지 않습니다. 쌍둥이조차도 미세한 다름은 있으니까요. 당신의 아름다움은 세상에 단 하나뿐입니다. 자신의 아름다움을 스스로 알지 못한다면 누가 찾아줄까요?

세수하고 거울 속의 자신을 보세요. 솜털이 보송한 이마, 둥근 눈썹, 적당히 올라온 코, 둥근 콧방울, 도톰한 입술을 바라보세요. 웃어도 보고, 찡그려도 보고, 어떤 표정을 지을 때 매력적인지 찾아보는 거예요. 자신조차 빠져들 매력적인 얼굴을 기억하고 당당하게 보여주세요. 최고로 아름다운 당신을요.

✎ 오늘의 한마디

어떤 문제라도 사랑으로 풀립니다.

✎ 오늘 가장 감사한 세 가지를 적어보세요

4월 29일 _ 매력

동백나무 *Camellia*

당신은 아름다운 사람을 바라보지만, 매력적인 사람은 당신을 보아주는 사람이다 - 애들레이 스티븐슨

엄마는 당신의 자유의지를 존중합니다. 다만 몸이 상할까 걱정이고, 한쪽에 너무 치우쳐서 다른 것들을 놓치지 않을까 걱정할 따름이지요. 당신의 중요한 결정을 SNS의 친구들에게 묻는 것도 나쁘지는 않지만, 결정하기 힘든 고민을 엄마에게 먼저 얘기해보면 어떨까요?
물론 잔소리를 할 수도 있습니다. 엄마니까요. 그래도 엄마는 당신에게 최선이 무엇인지 깊이 고민하고 조언해주실 거예요. 오매불망 당신의 이야기에 귀 기울이는 엄마에게 사소한 무엇이라도 조언을 구해보세요. 반짝이는 미소가 번질 것입니다.

℘ 오늘의 한마디

나는 나의 삶에 최선을 다합니다.

℘ 오늘 가장 감사한 세 가지를 적어보세요

4월 30일 _ 슬픈 아름다움

금사슬나무 *Golden chain*

인간의 감정은 누군가를 만날 때와 헤어질 때 가장 순수하며 가장 빛난다
- 장 폴 리히터

이유 없는 슬픔이 올라오거나 화가 날 때 당신 안에 있는 자라지 않은 아이와 만나보는 시간이 필요합니다. 미성숙한 부모의 양육 태도로 아무것도 모르는 어린아이가 느꼈을 수치심, 불안감, 외로움 등은 성인이 된 당신의 감정에도 영향을 미칠 수 있습니다.
당신의 어린 시절을 떠올리면서 생각나는 사건들의 꼬리를 물고 가다 보면 그때 해결되지 못했던 감정들을 찾게 됩니다. 하나씩 알게 된 내면 아이의 감정을 이해하고 보듬어주는 시간을 가져보세요. 어릴 적 자신의 상처를 보듬는 시간은 꼭 필요합니다.

✐ 오늘의 한마디

이제 어린 시절의 상처가 치유되고 편안합니다.

✐ 오늘 가장 감사한 세 가지를 적어보세요

"

당신이 만나고 싶은 사람, 사랑하고 싶은 사람을 그려보세요.
그리고 그 사람도 당신을 만나기를
고대하고 있다는 것을 믿어보세요.
당신이 간절히 그리면 시간이 그 사람을 데려다줄 것입니다.

"

May

5월

5월 1일 _ 젊은 날의 슬픔

카우슬립 앵초 *Cowslip*

젊음은 행복을 약속하지만, 인생은 슬픈 현실을 가져다준다
- 니콜라스 스파크스

취직하고 돈 모아 결혼해야 한다는 어른들의 인생 로드맵이 힘들게 느껴질 수 있습니다. 풍요로운 세상이지만, 자신만 그렇지 않아 상대적 박탈감에 괴로워하기도 하지요. 행복한 삶을 위해서 갖춰야 할 것들을 마련하는 청춘의 세상살이는 힘이 듭니다.

어느 시대나 청춘은 도전이고, 그래서 힘이 듭니다. 가능성을 믿고 도전해 삶에서 이룰 많은 일을 경험하기를 바랍니다. 그 여정에는 기쁨도 있지만 고생과 슬픔도 있습니다. 모두 당신 이야기 속의 소중하고 멋진 에피소드입니다.

오늘의 한마디

나는 나에게 오는 좋은 것들과 풍요를 온 마음으로 받아들입니다.

오늘 가장 감사한 세 가지를 적어보세요

5월 2일 _ 천진난만

미나리아재비 *Buttercup*

나는 사랑으로 내가 이해하는 모든 것들을 이해한다 - 레프 톨스토이

어린 시절 원두막에서 시원한 수박을 잘라주시던 할머니는 어린아이가 되셨습니다. 먹기 좋게 자른 수박을 건네주는 손녀에게 "고맙습니다. 그런데 누구세요?"라고 합니다. 사람의 수명이 길어졌지만, 질병에서는 자유롭지 못합니다. 특히 망각을 가져오는 치매는 가족의 마음을 더 아프게 합니다.

치매에 걸려도 얌전하게 살다 가시고 싶다던 할머니는 가끔 정신이 돌아오실 때 자손들 잘되라고 기도하십니다. 치매 속에서도 가족을 위해 기도하며 평생을 한결같이 사셨던 그 마음이 손주의 손주, 그 후손들에게 면면히 흐를 것입니다.

℘ 오늘의 한마디

나는 어디에서든 번창합니다.

℘ 오늘 가장 감사한 세 가지를 적어보세요

5월 3일 _ 감사하는 마음

민들레 *Dandelion*

사람이 얼마나 행복한가는 감사의 깊이에 달려있다 – 존 밀러

알고 싶은 지식과 방법들은 인터넷에서 찾을 수 있습니다. 지식을 찾아보는 시대는 어떤 의미일까요? 뉴스거리를 찾아보는 것에 그칠 것이 아니라 미래를 위한 도구로 잘 사용해보세요.

살아가면서 직업을 세 번은 바꾸게 될 것이라고 합니다. 그래서 평생교육이 필요하다고 하지요. 원하는 공부를 위해 시간을 효율적으로 사용하며 배우기만 하면 되는 시대입니다. 전공 서적을 사기 위해 긴 시간 줄 서지 않아도 인터넷만 켜면 원하는 공부를 할 수 있는 세상입니다. 얼마나 감사한가요? 원하는 그 무엇도 이룰 수 있는 시대를 살아가니 참 감사합니다.

오늘의 한마디

나의 수입은 계속 증가합니다.

오늘 가장 감사한 세 가지를 적어보세요

5월 4일 _ 존중과 애정

딸기 | *Strawberry*

누군가를 신뢰하면 그들도 너를 진심으로 대할 것이다
- 랠프 왈도 에머슨

세 사람이 길을 가면 그중 반드시 스승이 있다고 합니다. 함께하는 동반자와 친구도 스승입니다. 사춘기에 함께 방황하고 꿈을 이야기 했던 친구가 곁에 있나요?
"엄마, 저번에 얘기한 파자마 파티가 오늘이라니까." 어릴 적 친구들과 오랜 우정을 나누며 잘 자라준 딸이 대견합니다. 서로 아픔을 보듬으며 함께 성장했고, 이젠 꿈꾸던 미래를 향해 가며 서로 격려하고 이끌어주지요. "어머니, 안녕하세요. 하하, 호호, 오늘 너무 재미있어요. 건강하세요." 화상통화로 만나는 딸과 친구들의 웃음 섞인 안부 인사가 즐겁습니다.

✎ 오늘의 한마디

나는 성공의 빛으로 가득합니다.

✎ 오늘 가장 감사한 세 가지를 적어보세요

5월 5일 – 섬세함

은방울꽃 *May lily*

사랑은 여자의 섬세함을 줄이고, 남자의 섬세함을 늘인다 – 장 파울

먼저 인사를 건네라, 칭찬의 말을 해라, 상대방 말에 맞장구를 쳐줘라, 공감의 말을 해라…. 흔히 말하는, 상대에게 호감을 주는 방법입니다. 이런 방법은 알지만, 호감을 주는 사람과 그렇지 못한 사람은 차이가 있습니다. 바로 상대를 잘 살피는 섬세함입니다.

상대방의 행동을 살피고, 말을 주의 깊게 들어보세요. 상대가 무엇을 원하는지 찾을 수 있습니다. 이런 섬세함은 처음 보는 사람뿐 아니라 사랑하는 이에게 마음을 전하고 사랑을 키워가는 데도 큰 도움이 됩니다.

오늘의 한마디

나는 내가 원하는 풍요로움을 잘 알고 선택합니다.

오늘 가장 감사한 세 가지를 적어보세요

-

-

-

5월 6일 _ 영원한 아름다움

비단향꽃무 *Stock*

아름다운 것은 영원한 즐거움이다. 그 사랑스러움은 더해지고, 허무로 끝나는 법이 없다 - 존 키츠

은퇴 후 유니세프 활동으로 선행을 실천한 아름다운 배우 오드리 헵번은 성공한 배우였습니다. 세월 속에 미모는 변했어도 선행의 실천은 그녀를 영원한 아름다움으로 기억하게 합니다.
돈이면 다 되는 세상이라고 사람들은 말합니다. 당신이 부자가 되어야 하는 이유가 풍성한 나눔을 위한 것이라면 반드시 그 꿈은 이루어질 것입니다. 아름다운 다짐은 당신의 삶이 풍요로워야만 하는 이유를 만들고, 그 풍요가 필요한 이들에게 흘러가도록 하기 위해 부를 가져다줍니다. 꿈꾸세요. 그런 당신을 풍요롭게 해줄 세상은 언제나 준비돼있답니다.

오늘의 한마디

나는 풍요를 자석처럼 끌어당깁니다.

오늘 가장 감사한 세 가지를 적어보세요

5월 7일 _ 사랑과 존경

딸기 *Strawberry*

공경의 극치에 이르면 무늬나 장식은 필요 없게 된다 – <예기>

"자, 오늘 국어 시간은 자유토론을 하겠어요. 존경하는 인물과 그 이유에 대해 토론해봅시다." 의사인 아버지를 존경하고, 그 이유는 아픈 사람들을 치료해주시기 때문이라고 친구는 자랑스럽게 발표합니다.

어릴 적엔 내세울 것 없고 배움이 짧아서 부끄럽게 여겨졌던 부모가 어느 순간 존경하는 인물로 바뀌는 시점이 옵니다. 정말 늦는다면 영원한 이별을 맞게 되는 순간 깨닫게 되지요.

아낌없는 희생을 당연하게 한 부모의 인생은 숭고하기까지 합니다. 생명을 주고 먹이고 입히며 세상에서 잘 살아가도록 힘써 길러준 아버지 어머니는 세상의 어떤 위인보다 존경받아야 합니다.

℘ 오늘의 한마디

나는 나의 삶에 풍요를 받아들이도록 마음의 문을 엽니다.

℘ 오늘 가장 감사한 세 가지를 적어보세요

5월 8일 _ 청순한 마음

수련 *Water lily*

사랑은 화관에 머무는 이슬방울같이 청순한 얼의 그윽한 곳에 머문다
– 펠리시테 라므네

사업이 망해 끼니조차 해결 못 하고 피눈물을 흘렸던 분이 하는 천 원 식당이 있습니다. 배고팠던 설움에 자신과 같은 사람들을 돕겠다는 일념으로 시작했다고 합니다. 지금은 그분의 따님이 어머니의 뜻을 이어받아 운영하고 있습니다.
천 원은 어려운 분들이 공짜가 아니라 떳떳하게 사드실 수 있도록 배려한 밥값입니다. 이야기가 입에서 입으로 전해져 지금은 후원이 끊이지 않는다고 합니다. 식사하고 나서 지갑을 잃어버렸다며 난처해하는 사람을 만난다면 "제가 계산할게요" 해보세요. 그 나눔이 릴레이가 되는 멋진 일이 일어날 것입니다.

오늘의 한마디

나는 내가 일하는 곳에 마음 깊이 감사하고 후한 보상을 받습니다.

오늘 가장 감사한 세 가지를 적어보세요

5월 9일 _ 정숙, 단아함

겹벚꽃 *Donarium cherry*

열렬하라. 그러나 순결하라, 요염해라, 그러나 정숙하라
– 조지 고든 바이런

유명 연예인을 실제로 보면 흔히들 후광이 비친다고 합니다. 연예인에게만 후광이 있을까요? 당신에게도 당신만의 빛이 존재합니다. 당신의 마음속 정숙함과 단아한 아름다움이 빛의 크기와 색을 결정합니다. 지금의 모습으로 단정 짓지 말고 원하는 빛과 색의 사람이 되세요.
바라는 색을 정하고 원하는 성공의 색을 선명하게 그린다면 그것이 당신에게 올 것입니다. 자신을 믿으세요. 어두운 길을 걸어가도 당신은 안전합니다. 왜냐고요? 당신의 빛이 당신을 인도하니까요. 믿고 바라보면 자신의 빛이 보일 것입니다. 당신의 빛은 무슨 색인가요?

℘ 오늘의 한마디

나에게 필요한 것은 나에게 옵니다.

℘ 오늘 가장 감사한 세 가지를 적어보세요

5월 10일 _ 우아한 마음

꽃창포 *Flag iris*

우아함은 내면과 외면의 아름다움이 공존할 때 나타난다 - 코코 샤넬

여성의 몸을 답답한 코르셋으로부터 자유롭게 만든 멋진 여성 코코 샤넬. 그녀는 자신의 재능을 세상을 이롭게 하는 데 바친 여성입니다.
형편이 어렵다고, 부모가 가난하다고, 자신의 꿈을 쉽게 포기하기에는 인생에 풍요가 가득합니다. 그 풍요의 열쇠는 마음입니다. 하루 중 하는 생각과 느낌이 당신의 마음을 이끌어갑니다. 마음이 눈에 보인다면 당신은 절대 긍정만 떠올릴 것입니다. 자신의 가치를 발견하는 하루하루를 살아가며 "난 멋져, 나니까"라고 아침마다 외쳤으면 좋겠습니다.

℘ 오늘의 한마디

나는 풍요로움으로 항상 기쁩니다.

℘ 오늘 가장 감사한 세 가지를 적어보세요

5월 11일 _ 유혹

사과 *Apple*

우리를 유혹으로부터 보호해주는 것들은 여럿 있다. 그중에서도 가장 확실한 건 두려움이다 - 마크 트웨인

당뇨병은 몸이 썩거나 실명을 할 수 있는 무서운 병이지만, 관리를 잘하면 건강하게 살 수 있습니다. 당뇨병 환자가 먹지 말아야 할 음식이나 술, 담배의 유혹을 이기게 하는 힘은 무엇일까요? 아마 합병증일 것입니다.
당신이 성공을 위해 노력할 때 다가오는 유혹은 무엇인가요? 좀 더 자자, 오늘은 그만하자, 포기하자 등이 있겠지요? 그 작은 포기들로 당신에게 올 행복과 풍요가 더디게 온다면 어떨까요?
좋은 습관을 갖기 위해 노력하세요. 좋은 습관은 유혹을 이기고, 기회의 여신 오카시오의 앞머리를 잡을 수 있게 할 것입니다.

오늘의 한마디

나의 삶에서 풍요의 기회는 언제 어디에든 있습니다.

오늘 가장 감사한 세 가지를 적어보세요

5월 12일 _ 사랑의 싹

라일락 *Lilac*

자연을 보라. 그리고 자연을 배우라. 자연은 끊임없이 자신을 단련한다
– 장 자크 루소

부모님은 말씀하십니다. "처음부터 잘하는 사람이 어디 있니? 천천히 하나씩 하다 보면 어느 순간 잘하게 되는 거지. 조바심 내지 말고 그냥 즐겨. 그러다 보면 시나브로 잘하게 될 거야."
당신의 재능은 무엇인가요? 일찍부터 하고자 하는 일을 찾아 열심히 달려가고 있나요? 아니면 아직은 무언지 모르는 꿈을 찾아 하나하나 시도해보고 있나요?
그 무엇이라도 당신은 잘될 수밖에 없답니다. 어떤 시도를 하든 응원하고 지지해주는 부모님이 계시니까요. 부모님은 당신이 아프다며 엄살을 부릴 때 살살 달래주는 당신바라기입니다.

오늘의 한마디

풍요를 선택하는 능력이 나에게 있습니다.

오늘 가장 감사한 세 가지를 적어보세요

5월 13일 _ 유일한 사랑

산사나무 *Hawthorn*

진짜 유일한 마술, 유일한 힘, 유일한 구원, 유일한 행복, 사람들은 이것을 소위 사랑하는 것이라고 부른다 – 헤르만 헤세

의학적으로 도저히 설명될 수 없는 일들, 그런 기적을 이루어낸 힘은 무엇일까요? "당신 손톱이 많이 자랐네, 깔끔해야 멋있죠. 예쁘게 잘 깎아줄게요." 미동도 없는 남편의 손톱을 깎아주면서 아이들 유치원 이야기, 길고양이 새끼 낳은 이야기를 들려줍니다.

어두운 동굴에 있는 남자는 끝없는 어둠이 두렵습니다. 가족을 불러보지만 아무런 대답이 없습니다. 갑자기 희미한 빛줄기 하나가 들어옵니다. 무작정 빛을 따라가자 멀리서 희미한 소리가 들립니다. "여보, 여보, 내 말 들려요? 나 보여요?" 사랑이 있는 곳에 기적은 있습니다.

오늘의 한마디

나는 다른 사람을 기꺼이 돕고 나에게 놀라운 도움을 줍니다.

오늘 가장 감사한 세 가지를 적어보세요

5월 14일 _ 승리의 맹세

매발톱꽃 *Columbine*

도전을 받아들여라. 그러면 승리의 쾌감을 맛볼지도 모른다
- 조지 S. 패튼

"한 판 더 하자, 한 판만." 가방을 챙기는 친구들을 조르는 모양새가 친구들이 그리 좋은가 봅니다. 이제는 다 커서 진로를 두고 고민하는 딸아이에게 이야기합니다. 무엇이든 원하는 것에 도전하자고요. 친구들과 게임을 하면서 즐거웠던 느낌을 떠올리며 도전을 즐겨보라고 합니다. 승리하지 못하더라도 분명 얻는 것들이 있을 것이니까요.
당신이 도전하고 싶은 것은 무엇인가요? 성공 가능성에 얽매이지 말고 가슴이 시키는 대로 따라가보기 바랍니다. 젊은 날에 도전하세요. 무슨 일이든 도전해봐야 자신에게 맞는지 알 수 있답니다.

℘ 오늘의 한마디

나는 내가 원하고 좋아하는 일을 합니다.

℘ 오늘 가장 감사한 세 가지를 적어보세요

5월 15일 _ 진실한 사랑

물망초 *Forget-me-not*

우리는 위대한 일을 할 수는 없습니다. 우리는 위대한 사랑으로 다만 작은 일을 할 수 있을 뿐입니다 - 테레사 수녀

"당신은 사랑받기 위해 태어난 사람" 차분하고 조용한 병원 로비에 환우들이 삼삼오오 모여있고, 작은 무대의 수화기에서 아름다운 노랫소리가 흘러나옵니다. "엄마, 대걸레 어디서 가져와요?" 봉사 시간을 채우러 온 딸아이는 대걸레로 복도를 닦습니다.

우리는 언제가 마지막일지 알 수 없는 삶을 영원히 살 것처럼 살아갑니다. 자신이 이 세상에 온 이유를 하루 한 번쯤 생각해보면 어떨까요? 사랑을 많이 받고 받은 사랑을 돌려주며 살아가는 하루하루가 된다면, 평범한 일상도 의미 있는 삶일 것입니다.

℘ 오늘의 한마디

나는 나의 풍요한 삶을 믿고 감사합니다.

℘ 오늘 가장 감사한 세 가지를 적어보세요

5월 16일 _ 선언

조밥나물 *Hieracium*

신의 은총으로 우리가 누릴 수 있는 소중한 세 가지는 표현의 자유, 양심의 자유, 그리고 이 두 가지를 행동에 옮기지 않는 신중함이다
– 마크 트웨인

계산이 안 된 비누 한 장. 다시 가서 계산할까 하다가 비싼 것도 아니라는 생각에 지나쳤던 일이 내내 불편합니다. 아이들에게는 정직하라고 하면서 정작 자신은 정직하지 못했다는 자책감도 듭니다.
살다 보면 계산이 더 되기도 덜 되기도 하고, 공짜로 얻은 것은 금세 다시 나가버리기도 합니다. 엄마는 결국 마트로 갑니다. 계산 순서를 기다리며 얼굴이 화끈거립니다 "저번에 비누 한 장 계산을 안 했더라고요. 같이 계산해주세요.", "엄마 계산하고 왔다. 아우! 시원해." 딸은 동그란 눈으로 빤히 바라봅니다. 엄마는 함박웃음을 지었습니다.

℘ 오늘의 한마디

나의 삶은 내가 원하는 것으로 가득합니다.

℘ 오늘 가장 감사한 세 가지를 적어보세요

5월 17일 _ 사랑의 표시

노랑 튤립 *Tulip*

사랑은 끝없는 신비이다. 그것을 설명할 수 있는 것이 전혀 없기 때문이다
- 타고르

"혹시 요만한 여자아이 보셨어요?" 지하상가를 오가는 사람들을 붙잡고 딸아이를 찾습니다. 분명 옆에 있었는데, 잠깐 옷을 둘러보는 사이 감쪽같이 사라진 아이. 지하상가 계단 앞에서 엄마는 현기증을 느낍니다. 그 순간 "어린아이를 찾았습니다. 보호자께서는 상점으로 오시기 바랍니다." 옷가게로 들어서자마자 우두커니 서 있는 딸을 와락 끌어안습니다.

딸아이와 그때 이야기를 하면 꼭 이럽니다. "붕어빵인데 왜 못 찾겠어? 얼굴에 엄마 딸이라고 쓰여 있잖아." 엄마와 자식은 보이지 않는 사랑의 끈이 연결되어있습니다.

℘ 오늘의 한마디

나는 삶에서 내가 원하는 것을 끌어당깁니다.

℘ 오늘 가장 감사한 세 가지를 적어보세요

5월 18일 _ 첫사랑

옥슬립 앵초 *Oxlip*

사랑하지 말아야겠다고 하지만 뜻대로 안 되는 것과 같이, 영원히 사랑하려고 해도 뜻대로 되지 않는다 – 장 드 라브뤼예르

남자친구를 만나고 뾰로통해서 들어온 딸아이. 엄마는 방문 밖에서 서성입니다. 엄마는 딸이 아름다운 사랑을 하고, 행복하기를 바랍니다. 엄마에게 당신의 연애를 들려줘보세요. 그리고 엄마와 아빠의 연애는 어땠는지 들어보세요. 엄마와 이야기를 나누면 어느새 여자 대 여자로 만나게 됩니다. 서로를 이해하는 폭이 넓고 깊어지는 것이지요.

엄마는 가장 좋은 카운슬러입니다. 함께 기뻐하고 고민하며 아파할 것이니까요. "엄마, 내일 데이트 뭐 입고 나갈까?" 사소한 조언을 구해보세요. 당신의 부탁에 아이처럼 좋아할 거예요.

℘ 오늘의 한마디

내가 그리는 풍요가 현실로 이루어집니다.

℘ 오늘 가장 감사한 세 가지를 적어보세요

5월 19일 _ 아름다움의 소유자

아리스타타 *Arístata*

거룩한 생활의 평온하고 우아한 아름다움은 이 세상에서 하나님의 힘 다음으로 막강한 영향력을 가진다 - 파스칼

"김밥 싸둔 거라도 한두 개 먹고 가.", "아, 몰라. 늦었다고.", "엄마, 나도 다녀오겠습니다." 갑자기 온 세상이 조용해졌습니다. 옷가지가 널브러진 방, 김밥 재료와 설거지거리가 잔뜩 쌓인 주방, 거실 창으로 비추는 햇살에 떠다니는 먼지들도 정지한 듯합니다.
살림과 일을 같이 하면서 정신없이 바쁘다 보니 언젠가는 조용히 살고 싶었습니다. 그러던 어느 날 아침의 정적은 서두르지 않아도 그렇게 될 것을 알려주었습니다. 사소한 모든 것이 언젠가 소중하고 그리운 추억이 됩니다. 지금 함께하는 이들과의 시간을 소중하게 지내기를 바랍니다.

오늘의 한마디

나의 삶은 풍족함으로 가득하고 안전합니다.

오늘 가장 감사한 세 가지를 적어보세요

5월 20일 _ 빛나는 마음

괭이밥 *Wood sorrel*

겸손함은 반짝이는 빛이다. 겸손함은 정신이 지식을 받아들이고 마음이 진실을 받아들이도록 준비시킨다 – 마담 귀조

빠르게 변하는 세상을 어느 정도는 따라가며 살고 있다고 생각했습니다. 이 정도면 십대하고도 얘기가 통할 거라는 자신감은 딸의 한마디에 무너져버렸습니다. 정말 확실하게 알고 하는 말인데도 검색하고 나서야 "어, 그러네" 합니다.

처음엔 그럴 수도 있다고 생각했는데, 여러 번 반복되자 마음이 상합니다. 딱 딸만 할 때 엄마에게 했던 말들이 생각납니다. "엄마가 뭘 안다고, 몰라도 돼." 엄마는 한 번도 화를 내거나 서운한 내색을 보이지 않으셨습니다. 오늘 친정엄마와 점심 약속이 있습니다. 트로트를 열심히 배우시는 엄마 이야기를 아주 많이 들어드려야겠습니다.

℘ 오늘의 한마디

나의 삶에 감사할수록 풍족함은 더해집니다.

℘ 오늘 가장 감사한 세 가지를 적어보세요

5월 21일 _ 자유

참제비고깔 *Larkspur*

남의 자유를 방해하지 않는 범위 내에서 자기의 자유를 확장하는 것, 이것이 자유의 법칙이다 - 임마누엘 칸트

어릴 적 친구들과 다투면 잘잘못을 따지다가 마지막에 나오는 말이 있습니다. "내 맘대로 할 거야." 상대방의 마음이야 어떻든 자기 위주로 생각하는 것이죠. 하지만 어른이 되어도 상대를 배려하지 못하고 자신의 처지만 고집한다면 어떨까요? 그런 사람들과 함께 살아간다면요?

부모님은 항상 말씀하십니다. 내가 싫은 것은 남에게 요구하지 말고, 받기 전에 먼저 주고, 다른 이들을 위해 솔선수범하라고요. 그 말을 지키는 사람들이 가득하면 좋겠지요? 상대를 배려할 줄 아는 사람은 타인과 자신의 자유가 똑같이 소중하다는 것을 아는 멋진 사람입니다.

℘ 오늘의 한마디

매일 멋지고 새로운 일들이 일어납니다.

℘ 오늘 가장 감사한 세 가지를 적어보세요

5월 22일 _ 열렬한 마음

귀고리꽃 *Ear drops*

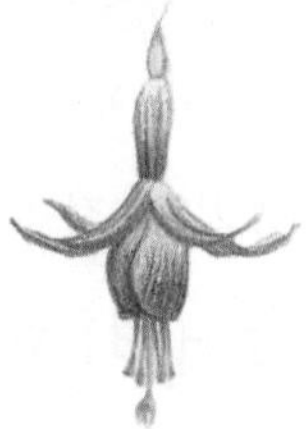

마음을 위대한 일로 이끄는 것은 오직 열정, 위대한 열정뿐이다
- 드니 디드

"엄마, 할머니 원픽은 임영웅이래." 어쩐지 어젯밤에 통화할 때 친정엄마는 "얘, 지금 시작했다. 담에 통화하자"라며 서둘러 전화를 끊었습니다. 자라면서 보았던 엄마의 모습이 아니라 의아하기도 했지만, 누군가를 좋아하는 것은 나이와 상관없는 것이겠지요.
그 사람이 연인이 아니라도 생각만 해도 좋고 삶의 활력소가 된다면 좋은 일입니다. "엄마는 좋아하는 연예인 없어?" 묻는 딸아이에게 문 워킹을 두세 번 하고 엉덩이를 왔다 갔다 하다가 둥글게 둥글게 두 손으로 딸아이를 가리킵니다. "그건 바로바로 너."

오늘의 한마디

나는 좋은 것을 받을 자격이 있습니다.

오늘 가장 감사한 세 가지를 적어보세요

5월 23일 _ 첫사랑의 추억

풀의 싹 *Leaf buds*

여자는 첫사랑에서 남자를 사랑하지만, 두 번째 사랑부터는 연애 그 자체를 사랑하는 것이다 – 프랑수아 드 라 로슈푸코

아련한 첫사랑을 그리며 막연한 설렘이 있던 중학생 때였습니다. 고등학생 오빠에게 손편지를 받았던 그 날을 생각하면 지금도 가슴이 두근거립니다. 기억은 잘 나지 않지만, 사랑을 고백했던 편지를 읽어 내려가며 화끈거리던 느낌, 쿵쾅대던 심장 소리, 중학생 소녀에게 찾아왔던 서투른 첫사랑의 느낌이랍니다.
세월이 지나도 첫사랑 하면 떠오르는 그 느낌. 당신도 설레는 첫사랑을 만났으면 좋겠습니다. 세월이 지나도 가끔 꺼내 보는 소중한 추억 말이죠.

℘ 오늘의 한마디

내가 어디에 있든 풍요롭고 행복합니다.

℘ 오늘 가장 감사한 세 가지를 적어보세요

5월 24일 _ 사랑이여 영원하라

헬리오트로프 *Heliotrope*

우리는 오로지 사랑을 함으로써 사랑을 배울 수 있다 - 아이리스 머독

아빠와 비행기 놀이를 하며 깔깔대던 방 안이 어느새 조용합니다. 살며시 문을 열어보니 잠이 든 두 사람, 자는 자세도 똑같네요. "제발 담배 좀 끊으면 안 돼? 몸 좀 생각해야지. 아빠도 이젠 중년이라고." 엄마처럼 잔소리하는 딸을 보니 이젠 부모 생각도 하는 게 엿보이네요.

해마다 종이로 접은 카네이션을 달아주던 고사리손은 향기로운 생화를 안겨주는 손이 되었고, 엄마 아빠 사랑한다는 삐뚤빼뚤 손편지는 카카오톡으로 보내는 이모티콘이 되었습니다. 삶이 허무한 갱년기 엄마 아빠가 다시 시작할 힘을 주는 귀한 딸들입니다.

✐ 오늘의 한마디

내가 누구와 함께 있든 기쁨으로 가득합니다.

✐ 오늘 가장 감사한 세 가지를 적어보세요

5월 25일 _ 순애

팬지 *Pansy*

바다에는 진주가 있고, 하늘에는 별이 있다. 그러나 내 마음에는 사랑이 있다 – 헨리 워즈워스 롱펠로

어릴 적 하루는 참 길었습니다. 소꿉놀이와 숨바꼭질을 하고 또 해도 하늘은 아직 밝았습니다. 그렇게 놀다 놀다 하늘을 보며 구름을 타고 어디론가 날아가는 상상을 했습니다. '불멍', '물멍'이란 요즘 말이 있던데, 하늘을 보는 것이니 '하멍'이라고 해야 할까요?
침대 속에서 핸드폰만 보지 말고 하늘을 바라보며 생각의 나래를 펼쳐보면 어떨까요? 구름과 바람을 느끼고 날아가는 새를 보며 생각에 잠겨보는 겁니다. 집 앞 공원이든 옥상이든 하늘이 보이는 곳에서 바쁜 일상을 내려놓고 잠시 쉬어가는 시간을 가져보세요. 힐링이 될 거예요.

✎ 오늘의 한마디

나는 풍요로운 나의 삶을 신뢰합니다.

✎ 오늘 가장 감사한 세 가지를 적어보세요

5월 26일 _ 평화

올리브나무 *Olive*

평화는 무력으로 유지될 수 없다. 오직 이해를 통해서만 유지될 수 있다
- 알베르트 아인슈타인

아이들이 어렸을 때 가까운 이웃들과 부부동반 모임을 가끔 했습니다. 이야기를 나누다 보면 어느새 남편들과 아내들로 나뉘고 각자의 관심사로 이야기꽃을 피웁니다. 엄마들은 아이들 이야기를 하다가 출산 이야기로 눈물을 찍어냅니다. 남편들은 군대 이야기로 열을 올립니다. 남편과 아내는 관심사도 다르고 말하는 방법도 다릅니다.

한참 재미있게 이야기할 무렵 졸린 아이들이 집에 가자고 조릅니다. "다음에 또 만나요." 다음 모임을 기약합니다. 오랜만에 일상 스트레스를 해소한 남편들과 아내들, 오늘 같은 날은 집집마다 평화로운 밤입니다.

오늘의 한마디

삶은 나에게 필요한 것들을 풍족하게 채워줍니다.

오늘 가장 감사한 세 가지를 적어보세요

5월 27일 _ 순수한 마음

데이지 *Daisy*

미소 만들기는 사람들에 대한 사랑의 출발점이다 – 노사카 레이코

부모는 세상을 살아가는 힘이 어디서 나올까요? 건강한 체력과 의지일까요? 부모의 책임감일까요? "어머, 저 옷 좀 봐. 어쩜 저렇게 작고 귀여울까?" 진열장의 아기 옷을 보면 누구도 눈을 떼지 못합니다. 옷이 그렇게 귀여운데, 아기는 얼마나 예쁠까요?
순수함 그 자체인 아기를 보면서 부모는 모든 것을 바쳐 아기를 위해 살겠노라 맹세합니다. 아기를 위한 사랑의 맹세는 세월이 갈수록 커집니다. 그렇게 한 인간이 순수한 마음으로 숭고한 사명을 시작합니다. 우리 모두의 부모입니다.

℘ 오늘의 한마디

삶은 순수함 그 자체이며, 풍요로움으로 가득합니다.

℘ 오늘 가장 감사한 세 가지를 적어보세요

5월 28일 _ 미덕

박하 *Mint*

우리는 받아서 삶을 꾸려나가고 주면서 인생을 꾸며나간다
- 윈스턴 처칠

향기를 지닌 사람이 되기를 바랍니다. 만나면 미소 지으며 인사하고, 외모나 옷차림으로 판단하지 않고, 친절하게 대해주세요. 당신의 상냥한 인사와 친절한 태도는 당신에게 호감으로 다가오게 할 것입니다.

무거운 짐을 함께 들어주는 손, 울고 있는 아이에게 다가가 이야기를 들어주는 귀, 멍하니 있는 사람에게 "괜찮으세요?" 할 수 있는 입을 갖기를 바랍니다. 타고난 부끄럼쟁이라도 충분히 할 수 있답니다. 타인을 바라보는 따뜻한 시선과 친절한 마음, 손, 발, 입으로 말이죠.

℘ 오늘의 한마디

삶은 나에게 맞는 풍요로운 사랑을 가져다줍니다.

℘ 오늘 가장 감사한 세 가지를 적어보세요

5월 29일 _ 쾌활

토끼풀 *Clover*

자신감 있는 표정을 지으면 자신감이 생긴다 - 찰스 다윈

이를 잘 닦으라는 말이 활짝 웃지 못하게 만들었습니다. 사람들이 이만 보는 것도 아닌데 왜 그리 신경을 썼는지, 활짝 웃으며 자신 있게 말하면 그런 것쯤은 문제가 되지 않는데 말이죠.
한쪽 귀가 잘 안 들려서 만나는 사람에게 한쪽 귀가 안 들리니 이쪽에 앉겠다는 말을 매번 했다던 그분은, 사람들은 다른 사람의 일에 별반 신경을 안 쓴다는 것을 나이 들어 깨달았다고 했습니다. 괜한 자격지심에 혼자서만 전전긍긍했다고요. 자신 있게 당신을 이야기하세요. 당신이 생각하는 약점은 문제되지 않습니다. 밝고 유쾌한 당신의 모습은 충분히 매력적입니다.

오늘의 한마디

삶에 대한 나의 자신감은 날로 더해집니다.

오늘 가장 감사한 세 가지를 적어보세요

5월 30일 _ 사랑의 싹

라일락 *Lilac*

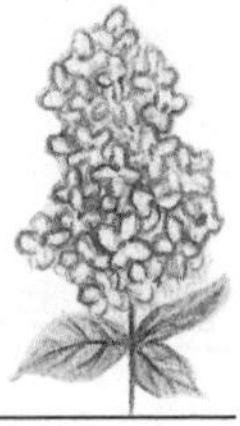

친절한 말은 봄볕과 같이 따사롭다 – 러시아 속담

다툰 아이들을 한쪽으로 데려가 왜 그랬는지 상냥하게 물어보고 등을 토닥이며 안정시키던 그 언니는 지금도 사람들의 아픈 마음을 보듬어주고 이해해주는 친절한 사람입니다. 초보 엄마였던 내가 아이를 잘 보살피고 어려운 상황을 헤쳐가도록 도움을 주던 참 좋은 사람입니다.

"어머머, 어떠니? 괜찮아. 너 정도면 잘하는 거야." 걱정거리를 날려버리게 해주었던 그 한마디는 죽을 사람도 살리는 말이 아닐까요? 당신의 친절한 한마디가 사람을 살리는 말이 될 수 있답니다. 세상을 향한 사랑의 싹을 틔워주는 생명의 말입니다.

✎ 오늘의 한마디

삶이 나에게 준 완벽한 풍요에 감사합니다.

✎ 오늘 가장 감사한 세 가지를 적어보세요

5월 31일 _ 강한 자제력

무릇 *Scilla*

제가 이루어낸 일들은 모두 저 자신을 억제한 덕분입니다
- 벤저민 프랭클린

서로 다른 사람이 만나 아이를 낳고 기르다 보니 어쩔 수 없이 부끄러운 모습을 보여주게 됩니다. 문을 닫고 부부싸움을 해도 아이들은 다 알고 있었습니다. 엄마와 아빠가 힘들다는 것을요.
어느새 아이들은 졸업하고 성인이 되었습니다. 그만두고 싶었던 순간들을 참고 하루하루 살다 보니 참 좋은 날을 맞이한 것이지요.
그때는 어렸고 철이 없던 부모였나 봅니다. 삶을 인내하여 얻은 가장 귀한 선물은 엄마다움, 아빠다움인가 봅니다. 딸들도 엄마도 아빠도 나이가 들어갑니다. 진정한 사랑을 알아갑니다.

오늘의 한마디

삶은 나에게 풍요를 주고, 나는 기꺼이 사랑하는 이들에게 흘려보냅니다.

오늘 가장 감사한 세 가지를 적어보세요

June

6월

6월 1일 _ 나의 마음 그대만이 아네

연분홍 장미 *Maiden blush rose*

사랑은 삶의 최대 청량제이자 강장제이다 – 파블로 피카소

밤 12시 반, 딸아이 방을 열어봅니다. "아직 안 잔 거야?" 어릴 적부터 시험 스트레스가 심한 딸아이는 어김없이 불안한 눈동자입니다. 아는 문제도 시험지만 보면 생각이 안 난다는 아이에게 잔소리를 안 하려고 노력하지만, 매번 아는 문제도 실수하니 답답하기는 합니다.

"엄마가 마사지해줄게. 잠도 잘 오고 내일 시험도 잘 볼 거야. 누워봐." 며칠 후 "엄마, 합격이야. 한 문제 차이로 합격했어." 당신이 자신감을 갖고 살아가기를 바랍니다. 자신을 믿는 마음이 능력을 가져옵니다.

℘ 오늘의 한마디

나의 잠재력은 무한합니다.

℘ 오늘 가장 감사한 세 가지를 적어보세요

6월 2일 _ 솔직

빨강 매발톱꽃 *Red columbine*

상식이나 솔직한 처신만큼 사람을 놀라게 하는 것은 없다
- 랠프 왈도 에머슨

작은아이가 잘하는 말이 있습니다. "나 좀 멋진 듯." 머리를 자르거나 새 옷을 입거나 하면, 한참을 거울 앞에서 이리저리 비춰보다가 하는 말이지요. 그 멋지다는 말이 자신이 생각하는 기준에서 만족한다는 뜻이라는 걸 엄마는 알고 있습니다. 아직 어리지만 타고난 미모를 지닌 사람을 부러워하거나 남과 같이 되고 싶어 안달하지 않지요. 자신에게 솔직한 성품을 지닌 작은아이는 그래서 더 행복합니다.

당신은 자신에게 솔직한가요? 자신에게 솔직할 수 있다면 타인에게도 솔직할 수 있을 것입니다. 그 솔직함이 소중하고 오랜 인연들로 이어질 것입니다.

℘ 오늘의 한마디

나는 타고난 창조력에 기뻐하고 감사합니다.

℘ 오늘 가장 감사한 세 가지를 적어보세요

6월 3일 _ 감사

아마 *Flax*

사람들이 감사하지 않을 때 인간성을 상실하게 된다. 사람의 됨됨이는 그 사람의 감사 태도로 알 수 있다 – 엘리 비젤

"요건 할아버지 갖다 드리자." 연세 드신 아버지께 가끔 새로운 음식을 맛보시게 합니다. 해물파전, 해신탕, 엄마와는 다른 파김치, 오이소박이, 딸기 찹쌀떡…. 드시는 걸 워낙 좋아하시던 아버지는 서투른 딸의 솜씨를 연신 칭찬해주셨지요.
말기 암을 선고받고 호스피스 병원으로 옮기던 날, 한 달 가까이 금식하신 아버지를 위해 도시락을 준비했습니다. 김밥 반 줄, 딸기 한 알, 포도 두 알, 자몽 한 조각을 드신 아버지는 잘 먹었다며 웃으셨습니다. 마지막이 될지 모르는 식사를 기쁘게 하신 아버지의 사랑, '감사' 두 글자로 표현하기에는 부족합니다.

℘ 오늘의 한마디

내가 하는 모든 것에 성취감을 느끼고 만족합니다.

℘ 오늘 가장 감사한 세 가지를 적어보세요

6월 4일 _ 아름답게 빛나는 얼굴 모습

담홍색 장미 *Damask rose*

감사의 마음은 얼굴을 아름답게 만드는 훌륭한 끝손질이다 – T. H. L. 파커

"오늘도 행복한 하루 감사하자." 출근하랴 등교하랴 서로 마주 보고 인사할 정신이 없어 엄마는 카카오톡에 인사를 올립니다. 감사와 긍정을 이야기하는 엄마인데 정작 딸들에게 표현하려니 쑥스러운 건 왜 이럴까요? 딸들이 먼저 해주면 좋을 텐데 말이죠.
카카오톡에 이모티콘은 올리면서도 얼굴 보고는 데면데면합니다. 서로의 마음을 알면서도 표현 못 하고 지나가는 시간들이 나중엔 참 아쉬울 텐데 말입니다. 오늘 엄마 아빠를 한번 안아주면 어떨까요? 그냥 말없이 잠깐 안아주기만 해도 사랑하는 마음이 가득 느껴질 것입니다.

✎ 오늘의 한마디

내가 원하는 재능을 충분히 발휘합니다.

✎ 오늘 가장 감사한 세 가지를 적어보세요

6월 5일 _ 가련한 애정

매리골드 *Marigold*

두려운 것은 사랑이 깨지는 것보다 사랑이 변하는 것이다
- 프리드리히 니체

어디 남녀 사이만 사랑일까요? 부모 자식 간에도, 친구 간에도, 이웃 간에도 사랑이 있지요. 자기만 고집할 것이 아니라 상대를 이해하고 배려했으면 좋겠습니다.
"아랫집에 이사 와서 인사드리려고요." 먹음직한 시루떡을 들고 온 아기 엄마는 아이가 아직 어려서 가끔 뛰기도 한다며 이해를 구했습니다. 일요일 아침, 쿵 쿵 쿵, 다다다다, 아이가 일찍부터 뛰어노는가 봅니다. "시끄러워서 강의를 못 듣겠어." 딸아이는 도서관으로 가버립니다. 저녁 시간 "아랫집 아이 귀엽더라. 이름이 수민이래. 가끔 놀러 오라고 했어." 이웃을 이해하고 배려하면 좋겠습니다.

오늘의 한마디

나는 나의 창조력으로 주변에서 인정받습니다.

오늘 가장 감사한 세 가지를 적어보세요

6월 6일 _ 믿는 자의 행복

노랑 붓꽃 *Yellow water flag*

삶을 두려워 말아라. 삶은 살아볼 만한 가치가 있는 것이라고 믿어라. 그 믿음이 가치 있는 삶을 창조하도록 도와줄 것이다 – 로버트 H. 슐러

엄마가 되고 나서 만나는 문제에 대해 어떤 선택을 해야 할지 고민될 때가 있습니다. 그럴 때 읽었던 책들을 떠올립니다. 지혜로운 선택을 해서 해피엔딩을 이뤄낸 주인공이지요.
세상을 살다 보니 현실이 동화보다 더 동화 같고, 책 속 이야기 같은 일들도 많습니다. 당신이 주인공인 이야기를 매일 만들어가고 있다는 것을 아시나요? 당신도 동화 속 주인공처럼 멋지게 만들어 갈 수 있답니다.

오늘의 한마디

나는 내가 하는 일에서 재능과 창조력을 발휘합니다.

오늘 가장 감사한 세 가지를 적어보세요

6월 7일 _ 사모하는 마음

슈미티아나 *Schmidtiana*

진실한 사랑의 실체는 믿음이다 - 발타사르 그라시안

한가롭게 공원을 산책합니다. 사람들의 모습에 미소가 절로 납니다. "어머나, 괜찮아?" 엄마는 넘어진 아이를 안아 올립니다. "엄마, 찾았어! 네 잎 클로버야." 풀밭에 코를 박고 있던 꼬맹이가 소리칩니다.

미소가 나오는 이유를 눈치채셨나요? 아기를 안고 걷는 엄마, 넘어진 아이를 일으키는 엄마, 아이와 클로버를 찾는 엄마, 거기에 내가 있습니다. 시간은 달라도 그 자리에 그렇게 있던 추억이 있으니까요. 새록새록 생각이 납니다. 추억을 꺼내 보며 사랑을 그립니다.

℘ 오늘의 한마디

나는 나의 일에서 기쁨을 느낍니다.

℘ 오늘 가장 감사한 세 가지를 적어보세요

6월 8일 _ 사랑스러움

재스민 *Jasmine*

사랑하는 것은 천국을 살짝 엿보는 것이다 - 카렌 선드

세 돌이 조금 넘은 아이 앞머리를 단정하게 땋아서 더듬이처럼 만들어 데리고 다녔습니다. 서점에 가서 동화책을 읽어주고, 점심을 먹고, 시장에 들러 장을 봐서 돌아왔습니다. "엄마 정리하고 들어갈게, 방에 있어."
한참 치우는데 문틈 사이로 딸아이가 잠시 보였다 사라집니다. "안 자고 뭐 하지?" 맙소사, 딸아이가 큰맘 먹고 산 아이크림을 잔뜩 바른 채 구석에 앉아있습니다. 엄마는 그 모습이 사랑스러워 사진을 찍습니다. "엄마 화장품은 우리 딸이 꼭 사주는 거야." 네 살 아이랑 손가락 걸고 약속합니다.

℘ 오늘의 한마디

나는 새로운 창조를 위해 배우고 있습니다.

℘ 오늘 가장 감사한 세 가지를 적어보세요

6월 9일 _ 우아한 추억

스위트피 *Sweet pea*

시간은 흘러 다시 돌아오지 않으나, 추억은 남아 절대 떠나가지 않는다
– 샤를 오귀스탱 생트뵈브

나이가 들면 초록이 좋고 어린아이가 예뻐지는 모양입니다. "좋을 때다." 어릴 적부터 동네 어르신들이 저를 보면 하시던 말씀입니다. 세월을 먼저 사신 눈에는 젊음의 푸릇함과 물오름이 보이는 것이지요.
당신의 인생도 물이 오르고, 싹이 나고, 잎이 무성해지고, 꽃이 피어납니다. 자연과 다름이 없는 것이지요. 흔들리지 않고 피는 꽃은 없다고 합니다. 지금은 고단하고 조금은 버겁더라도 분명 싹이 자라 잎은 무성해지고 꽃은 필 것입니다. 당신만의 인생의 꽃이 향기롭게 만개하기를 바랍니다.

℘ 오늘의 한마디

나는 우주가 주는 창조력에 마음의 문을 엽니다.

℘ 오늘 가장 감사한 세 가지를 적어보세요

6월 10일 _ 의협심

수염패랭이꽃 *Sweet william*

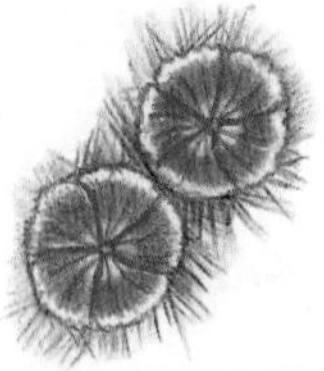

약속으로 친구를 얻을 수도 있다. 그러나 실천으로 친구를 보호하고 지켜야 한다 - 오웬 펠담

딸아이는 친구가 많지는 않은 것 같습니다. 다행히 엄마는 오랫동안 사귄 친구들은 알고 있습니다. 대부분 초등학교 때부터 만난 친구들이지요. "엄마만 알고 있어." 이런 말을 절대 안 했던 아이. 그래서 오랫동안 만나는 친구들이 있는가 봅니다.

친구의 이야기를 소중하게 지켜주는 친구가 있나요? 아플 때는 함께 아파해주고, 기쁠 때는 누구보다 먼저 축하해주는 친구지요. 당신의 삶을 풍요롭게 하는 우정을 잘 가꾸기 바랍니다.

"엄마, 오늘 친구랑 저녁 먹고 와." 엄마는 딸들이 소중한 친구와 더불어 살아가기를 기도한답니다. 행복한 이야기를 전해주세요. 우정으로 피어난 이야기 말이에요.

오늘의 한마디

나는 내면의 생각을 쉽게 표현합니다.

오늘 가장 감사한 세 가지를 적어보세요

6월 11일 _ 위엄

중국패모 *Fritillary*

인간에게서 모든 것을 빼앗아갈 수는 있지만, 자유는 빼앗아갈 수 없다. 어떠한 상황에서도 삶에 대한 태도만큼은 자신이 선택할 수 있는 자유이다
– 빅토르 프랑클

"엄마 괜찮아?" 묻는 딸아이에게 "괜찮아, 걱정하지 마." 희미한 미소까지 띠며 제법 씩씩하게 말합니다. 건강하게 옆에 계시던 친정아버지와의 이별은 어느 날 갑자기 다가왔습니다.
우리는 모르지만, 이별은 정해져 있습니다. 그래도 우리는 남은 날들을 사랑과 감사로 살아갈 수 있습니다. 똑같은 일상이지만 한 번 더 웃어주고, 한 번 더 안아주세요. 한 번 더 편들어주고, 한 번 더 등 두드려주세요. 그렇게 소중한 추억을 만들어두세요. 언젠가 꺼내 볼 수 있게 말이죠.

오늘의 한마디

내가 하는 생각이 경험을 창조합니다.

오늘 가장 감사한 세 가지를 적어보세요

6월 12일 _ 매력

레세다 오도라타 *Reseda Odorata*

행동만이 삶에 힘을 주고, 절제만이 삶에 매력을 준다 – 장 폴 리히터

당신의 매력은 무엇일까요? 장점과 단점은 무엇일까요? 친구나 가족 중 다섯 명을 골라서 이렇게 한번 보내보는 거예요. 1 당신이 생각하는 나의 매력은 무엇인가요? 2 당신이 생각하는 나의 장점은 무엇인가요? 3 아쉽게 생각하는 나의 단점은 무엇인가요? 미처 알지 못했던 이야기를 듣게 될 것입니다.
당신이 진로를 정하거나 사업을 할 때 자신에 대해 잘 알아야 합니다. 가까운 이들이 보는 모습이 어떤지 알면 도움이 되겠지요? 당신에 대해 솔직하게 이야기해 줄 다섯 명은 누구일까요? 지금 바로 꼽아보세요.

℘ 오늘의 한마디

내가 좋아하는 활동이 나의 창조성을 끌어냅니다.

℘ 오늘 가장 감사한 세 가지를 적어보세요

6월 13일 _ 가슴속의 생각

디기탈리스 *Fox glove*

인생은 우리가 하루 종일 생각하는 것으로 이루어져있다
- 랠프 왈도 에머슨

아침입니다. 좀 더 자려고 이불 속을 파고들 것인지, 벌떡 일어나 세수하러 갈 것인지 결정해야 합니다. 눈을 뜨자마자 하는 선택이 하루의 기분을 좌우할 수 있습니다. "오늘은 정말 멋진 날이야. 혈색도 좋고 아름다워!" 이런 말은 절대 해본 적 없는 당신이라면 오늘부터 한번 해보면 어떨까요? 매일 맞는 아침을 자신을 격려하고 칭찬하는 것으로 시작하는 겁니다.
누군가에게 듣고 싶은 칭찬이나 격려의 말을 스스로 해보세요. 긍정의 칭찬은 당신의 삶을 원하는 방향으로 이끌어줍니다. 조금 더 용기 내고 인내하면서 살아가도록 힘을 줄 것입니다.

℘ 오늘의 한마디

나는 상쾌한 하루를 창조합니다.

℘ 오늘 가장 감사한 세 가지를 적어보세요

6월 14일 _ 추상

뚜껑별꽃 *Anagallis*

위대한 인물에게는 목표가 있고, 평범한 사람들에게는 소망이 있을 뿐이다
- 워싱턴 어빙

아이가 원하는 것은 고려하지 않고 학교에서 어떻게 따라가야 하는지만 고민했습니다. 아이가 그렇게 따라가다 보니 새로운 것을 생각하는 불꽃이 사그라졌습니다.

당신의 불꽃은 어떤가요? 활활 타오르고 있나요? 아니면 언젠가 타오르길 기다리고 있나요? 당신이 진정으로 바라는 일을 찾아서 그 불씨를 살리고 활활 타오르게 하기를 바랍니다. 그날이 오면 당신은 아침마다 거울을 보며 하루를 새롭게 도전할 것입니다. 당신의 불꽃은 하루하루 가슴 뛰는 기쁨을 안겨줄 것이며, 매 순간 새로운 아이디어가 번뜩이게 해줄 것입니다.

℘ 오늘의 한마디

내가 창조하는 하루는 내가 원하는 미래를 열어줍니다.

℘ 오늘 가장 감사한 세 가지를 적어보세요

6월 15일 _ 정열

카네이션 *Carnation*

당신의 정열을 지배하라. 그리하지 않으면 정열이 당신을 지배할 것이다
- 호라티우스

"엄만 참 뭐든 열심히 하는 것 같아." 엄마가 되고 일을 시작하면서 다짐했습니다. 아이들에게 부끄러운 엄마가 되지 말자고요. 뭐든 열심히 해서 잘해내는 사람이 되자고요. 그래서 못하는 컴퓨터를 12시간씩 해가면서 일을 배우고 또 했습니다.
당신에게도 열정을 끌어내 줄 무언가가 있습니다. 간절하게 하고 싶거나 되고 싶은 무언가를 찾아보세요. 어떻게든 해내고 싶은 그 일이 당신의 열정을 끌어내 인생을 새로운 길로 이끌어줄 것이니까요. 어떤 사람이 되고 싶은가요? 당신에게 물어보세요.

오늘의 한마디

나의 창조적인 생각이 나를 행복으로 이끌어줍니다.

오늘 가장 감사한 세 가지를 적어보세요

6월 16일 _ 위험한 쾌락

월하향 *Tube rose*

그 냄새가 아무리 감미롭다고 해도 쾌락은 부패보다 고통에 훨씬 더 가깝다
- 칼릴 지브란

1년을 계획하고 분기를 계획하고 한 달을 계획하면서 다이어리를 꾸밉니다. 한때는 무계획으로 즐겁게 살면 좋지 않을까 꿈꾸기도 합니다.

그거 아세요? 당신이 계획하고 꿈꾸는 인생은 당신에게 오기 위해 준비하고 있답니다. 아직 보이지는 않지만, 당신이 아침에 일어나 계획을 말하고 자신을 격려하며 사는 평범한 날이 미래를 당신에게 오게 만든다는 것을요. 당신이 꿈꾸는 것이 실현될 거라고 믿으세요. 계획대로 살아가는 당신은 원하는 어떤 것도 이룰 것입니다.

오늘의 한마디

내가 내 삶에 기적을 만들 수 있음을 알고 있습니다.

오늘 가장 감사한 세 가지를 적어보세요

6월 17일 _ 감화

토끼풀 *Clover*

사람을 가장 감동시키는 것은 가슴속에서 우러나오는 말이다
- 요한 볼프강 폰 괴테

사람 사는 모습은 비슷합니다. 그러면서도 아주 다릅니다. 어떤 아이들은 환경이 좋아도 비뚤어지고, 어떤 아이들은 환경이 넉넉지 못해도 열심히 자신의 삶을 개척해 나갑니다.
부모를 선택해서 태어나면 좋겠지만 우리는 모두 그럴 수 없다는 것을 압니다. 그렇다고 부모 탓을 하면서 소중한 인생을 저버리거나 낭비하는 어리석음을 선택하면 안 되겠지요. 경청하고 공감하는 방법만 안다면 그게 부모든 선생님이든 친구이든 당신의 응원 부대로 만들 수 있답니다. 경청과 공감은 당신을 어디서든 반기는 사람으로 만들어줄 것입니다.

℘ 오늘의 한마디

나는 창조적인 생각들이 쉽게 떠오릅니다.

℘ 오늘 가장 감사한 세 가지를 적어보세요

6월 18일 _ 용기

백리향 *Thyme*

용기란 죽을 만큼 두려워도 일단 한번 해보는 것이다 – 존 웨인

"짜잔, 엄마 출간 계약했어." 축하한다고 한마디씩 합니다. 딸아이는 글짓기 대회마다 상을 받았습니다. 대회를 나갈 때마다 "엄마, 내가 잘할 수 있을까?"라며 물었고, "당연하지. 꼭 상을 받아야만 하는 건 아니야. 도전하는 게 중요하지" 했던 말들이 떠오릅니다. 그래서 글을 씁니다. 이 글을 읽고 힘을 낼 그 사람을 위해서요. "엄마, 엄마가 우리 엄마라서가 아니라 참 대단해. 책을 쓰겠다는 생각은 해도 실천하기는 어려운데, 도전하고 실천하잖아. 엄마 정말 멋져." 딸에게 들은 최고의 칭찬입니다. 그래서 오늘도 씁니다.

℘ 오늘의 한마디

가족들은 내 꿈을 응원하는 적극적인 지지자입니다.

℘ 오늘 가장 감사한 세 가지를 적어보세요

6월 19일 _ 사랑

해당화 *Sweet brier*

사랑은 마음의 즐거운 특권이다. 사랑은 모든 살아있는 것의 이유다
- 필립 제임스 베일리

집 앞 공원 담에 핀 진분홍 철쭉이 아름답습니다. 장미꽃, 안개꽃, 코스모스를 좋아하던 우리 밍키는 그곳에 있습니다.
고양이 딸 밍키는 길고양이였습니다. 전 주인이 한 살도 안 된 새끼를 위협하고 수염을 모두 깎고 괴롭혔던 모양입니다. 어린 밍키는 살기 위해 도망쳤고, 지나던 남편을 무작정 따라와 우리 집에 왔습니다. 털 알레르기가 심해 세 번이나 내보내려 했지만 결국 함께하게 되었고, 4년 후 크리스마스이브 아침에 무지개다리를 건넜습니다. 우리 가족에게 밍키는 영원히 첫사랑 고양이입니다.

℘ 오늘의 한마디

내가 선택하는 어떤 분야라도 나의 창조력은 충분합니다.

℘ 오늘 가장 감사한 세 가지를 적어보세요

6월 20일 _ 달성

꼬리풀 *Speedwell*

꿈을 기록하는 것이 나의 목표였던 적은 없다. 꿈을 실현하는 것이 나의 목표다 - 만 레이

목표했던 것을 이루기 위해 다이어리를 사용하면 좋다고 합니다. 길게는 10년, 다이어리를 이용해 삶의 목표를 세우고 진행해야 하는 일들을 세분화해보세요. 1년 계획을 하고, 분기 계획을 하고, 월 계획을 하고, 주 계획을 하면, 미세한 계획이 나오고 그날그날 해야 할 일이 나옵니다.

하지만 계획보다 중요한 것은 목표를 위한 실천입니다. 당신의 꿈을 현실로 만드는 계획을 반드시 실천하세요. 그래야만 성공이라는 이름을 다이어리에 넣을 수 있답니다.

℘ 오늘의 한마디

나는 새로운 기회를 창조합니다.

℘ 오늘 가장 감사한 세 가지를 적어보세요

6월 21일 _ 자유스러운 마음

달맞이꽃 *Evening primrose*

자유란 그 누가 그 누구에게 주는 것이 아니라, 단지 자기 자신에 의해서만 얻을 수 있는 것이다 - 레프 톨스토이

돈을 위한 일자리를 찾으시나요? 당신의 꿈을 이루기 위한 일을 찾으시나요? 사람들이 좋다고 하는 일도 자신에게 맞지 않는다면 괴롭고 답답할 것입니다. 그러나 그 일이 꿈을 이루기 위한 마중물이고 자양분이라면 어떨까요?

수입도 보이고 보장되고 공부도 할 수 있다면 즐겁게 일할 수 있을 것입니다. 시작은 돈을 위해서였어도 하다 보면 꿈을 위한 일이 될 수도 있습니다. 주어진 일에 정성을 다하는 당신에게는 어떤 일인지가 중요한 게 아닙니다. 최선을 다하는 태도가 바로 당신의 인생을 자유롭게 해주는 열쇠가 될 것입니다.

℘ 오늘의 한마디

나는 내면에 있는 창조의 힘을 잘 알고 사용합니다.

℘ 오늘 가장 감사한 세 가지를 적어보세요

6월 22일 _ 사랑은 죽음보다 강하다

가막살나무 *Viburnum*

죽음보다 더 강한 것은 이성이 아니라 사랑이다 – 토마스 만

두 딸은 외할아버지가 철철이 사주시던 간식거리를 좋아했습니다. 이젠 만날 수 없지만 사과, 토마토, 참외, 수박, 옥수수, 생과자를 보면 외할아버지를 떠올립니다. 손녀들을 향한 사랑을 간식으로 표현하셨죠.

그런 마음을 들키면 멋쩍게 웃던 외할아버지의 사랑을 기억하는 딸들이 참 고맙습니다. 아버지가 보고 싶어 찾아가는 길에 동행해주는 딸들이 고맙습니다. 외할아버지로부터 흐르는 사랑에 힘을 얻어 세상을 강단 있게 살아나가기를 바랍니다.

℘ 오늘의 한마디

나의 창조성을 도와주는 것은 내게로 옵니다.

℘ 오늘 가장 감사한 세 가지를 적어보세요

6월 23일 _ 열렬한 연애

접시꽃 *Hollyhock*

천재를 만드는 것은 지성도 아니고 상상력도 아니다. 열렬한 사랑이 천재의 영혼을 만든다 – 볼프강 아마데우스 모차르트

"결혼한다고?" 지인의 딸이 결혼한다고 했을 때 참 놀랐습니다. 아직은 어린 스물한 살에 결혼이라는 중대 결정을 하다니, 그런 판단력이 어디서 나왔을까 궁금했습니다. 혹시나 어린 열정에 결혼을 선택했다가 빠른 후회를 하는 것은 아닌지 엄마도 아니면서 걱정했었지요.
며칠 전 소식을 들었습니다. 아주 잘 산다고 합니다. 어린 나이에 한 판단이었지만 참 잘했다는 생각이 들었습니다. 남자나 여자나 상대를 만나 연애를 하고 결혼을 합니다. 세상을 따뜻한 시선으로 바라보는 사람이 당신의 연인이 되고, 결혼 상대가 되기를 바랍니다.

℘ 오늘의 한마디

나의 창조적인 삶은 새롭고 기쁨을 줍니다.

℘ 오늘 가장 감사한 세 가지를 적어보세요

6월 24일 _ 가족의 화합

버베나 *Verbena*

가족들이 서로 맺어져서 하나가 되어있다는 것이 정말 이 세상에서의 유일한 행복이다 – 마리 퀴리

영화 〈코코〉에서 주인공 미구엘은 음악을 하고 싶은 꿈이 있었으나 가족들에게 인정받지 못했습니다. 우연히 죽은 자들의 세상에 들어가 모험을 하면서 할아버지를 만나고 생전의 오해를 풉니다. 그리고 할아버지의 재능을 이어받아 음악가로서의 꿈과 실력을 인정받게 됩니다.

자신의 꿈을 인정하지 않는다고 가족을 미워하고 등을 지는 사람들이 있습니다. 그래도 포기하지 말고 부모님을 설득했으면 합니다. 당신의 뜻이 확고하다면 이해해줄 것입니다. 부모님을 사랑하기에 응원받고 싶은 당신의 뜻을 보여주는 것이 필요합니다.

℘ 오늘의 한마디

나의 삶은 계속 발전하고 있습니다.

℘ 오늘 가장 감사한 세 가지를 적어보세요

6월 25일 _ 덧없는 사랑

나팔꽃 *Morning glory*

사랑은 싱싱할 때는 좋지만 즙이 없어져 쓴맛만 남으면 버려야 하는 야자 열매와 같다 - 베르톨트 브레히트

맏딸로 태어나 아들이 아니어서 속상했던 나는 첫아들을 낳고 싶었습니다. 당시는 태아의 성별을 미리 알려주는 것이 불법이었던지라 아무리 물어봐도 알려주지 않고 의사 선생님의 말씀을 듣고 싶은 대로 듣고 해석해 아들이라 생각했습니다. 출산 준비물은 모두 파란색이었지요.

아들인 줄 알았던 큰딸은 철없는 엄마에게 아들이 중요한 게 아니라 자식이니까 당연히 예쁘고 소중하다는 것을 깨닫게 해줬습니다. 파란색 옷과 이불로 신생아 시절을 지냈던 딸에게 너여서 좋았다는 얘기를 가끔 해줍니다. 엄마는 그저 당신이어서 감사합니다. 충분합니다.

℘ 오늘의 한마디

나의 창조성은 나의 내면에서 나옵니다.

℘ 오늘 가장 감사한 세 가지를 적어보세요

6월 26일 _ 아름다운 맹세

흰 라일락 *White lilac*

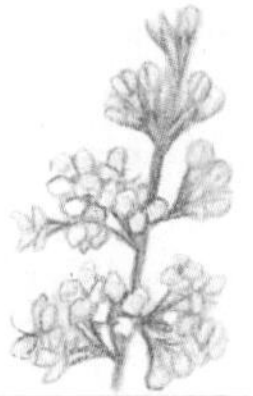

자기를 속이는 일 없이 영원의 사랑을 맹세하는 인간은 애정의 표시를 영원히 약속하는 것이다 – 프리드리히 니체

사춘기를 지나는 작은딸이 언니와의 사소한 말다툼으로 속상해할 때마다 큰딸에게 말합니다. "아니 넌 동생 낳아달라고 졸라서 낳아줬더니 잘해줘야지 그러면 어떡하니?" 이 말이 끝나기가 무섭게 두 딸이 똑같이 "됐거든" 하며 각자 방으로 들어가 버립니다.

"엄마, 동생을 잘 지켜줄 거예요. 아프면 호 해주고, 맛있는 것도 나눠주고, 예쁜 옷도 입혀줄 거예요." 분명 태중에 있던 둘째가 들었을 겁니다. 동생을 기다리면서 했던 언니의 사랑 맹세를 말이죠. 함께 사는 세월 동안 서로가 연결되어있다는 걸 알았으면 좋겠습니다. 형제자매는 또 다른 당신입니다.

℘ 오늘의 한마디

나는 나의 창조의 목소리에 귀 기울입니다.

℘ 오늘 가장 감사한 세 가지를 적어보세요

6월 27일 _ 성스러운 사랑

시계꽃 *Passion flower*

만물은 성스러운 사랑에 의해 움직여진다 – 단테 알리기에리

아래층 아저씨가 어느 날 기르기 시작한 아기 고양이를 귀요미, 요미라고 불렀습니다. 저녁 식사 중 요미의 외마디 비명에 나가보니 우리 집 난간 전깃줄에 걸려 괴로운 비명을 지르고 있었습니다. 위험천만한 상황에서 남편이 구해주었고, 요미는 남편과 우리 집 식구들에게 절대 충성을 하는 고양이가 되었습니다.
이후 우리 집도 길냥이를 들였고, 길냥이 밍키가 외로울까 봐 친구 슈니까지 입양해 밍키 슈니 집이 되었습니다. 세상은 아름다운 생명으로 빛이 납니다. 그 생명을 사랑으로 바라보았으면 좋겠습니다.

℘ 오늘의 한마디

나는 아이디어가 쉽게 생각납니다.

℘ 오늘 가장 감사한 세 가지를 적어보세요

6월 28일 _ 그대가 있어 행복이 있네

제라늄 *Geranium*

지금 바로 여기서 행복을 찾아라. 행복해할 시간은 지금이며, 행복해할 곳은 여기다 – 로버트 잉거솔

딸들과 함께 뮤지컬 〈맘마미아〉를 보러 갔습니다. 시집가는 딸의 머리를 빗겨주며 노래를 부르는 대목에서 눈물을 삼켰습니다. 커버린 딸들과 함께하는 시간이 점점 짧아지고 있음에 아쉬움을 느끼는 것은 엄마라서겠지요. 빨리 커서 꿈을 펼치고 싶은 딸들은 엄마의 그 마음을 아직 이해하기 어려울 듯합니다.

씩씩하게 홀로 서는 딸이 대견하지만, 한편으로는 엄마가 필요했던 날들이 그립기도 합니다. "엄마, 원피스 좀 다려줘." 엄마는 원피스를 깨끗하고 반듯하게 다림질합니다. 당신의 미래가 반듯하게 펴지도록 마음을 담아서요.

℘ 오늘의 한마디

나는 단어를 떠올리면 새로운 창조력을 발휘합니다.

℘ 오늘 가장 감사한 세 가지를 적어보세요

6월 29일 _ 그대가 있어 사랑이 있네

빨강 제라늄 *Red Geranium*

사랑받고 싶다면 사랑하라. 그리고 사랑스럽게 행동하라
- 벤저민 프랭클린

동생네 부부는 남자아이를 둔 부모입니다. 아이가 싫다던 둘은 부모가 되더니 아이를 목숨보다 귀하게 기릅니다. "아, 애들 정말 싫어. 울기만 하고." 철없는 큰딸은 아이가 싫다고 합니다. 그럴 때 외삼촌 이야기를 해주며 좋은 사람 만나면 결혼도 하고 분명 아이를 갖고 싶을 거라고 합니다. 내 아이는 정말 예쁘다고 말이죠.
부모가 되면 자식을 사랑하고 잘 키우려고 합니다. 부모님은 당신이 있기에 희생을 동반한 깊은 사랑을 알게 되고, 기꺼이 사랑을 줍니다. 그래서 압니다. 당신도 아낌없는 사랑을 줄 것을 말이지요.

오늘의 한마디

나는 새로운 재능을 계속 발견합니다.

오늘 가장 감사한 세 가지를 적어보세요

6월 30일 _ 사랑의 인연

인동 *Honeysuckle*

인연이란 인내를 가지고 공과 시간을 들여야 비로소 향기로운 꽃을 피우는 한 포기 난초다 - 헤르만 헤세

당신이 세상을 살아가면서 만나는 인연들이 소중하고 고운 인연이기를 바랍니다. 그리고 그런 인연을 꿈꿨으면 좋겠습니다. 꿈꾸던 이상형을 만났다고 하는 사람들은 오랫동안 바라고 기도했다고 합니다. 외모에서부터 성격에 이르기까지 자신이 원하는 이상형을 그리는 것이지요.

성공을 위한 꿈과 목표만 그리고 원하는 게 아니라 자신이 만날 인연도 그릴 수 있다는 것을 꼭 기억하세요. 당신이 만나야 할 인연은 어딘가에 있습니다. 비껴가는 인연이 되지 않도록 원하고 바라세요. 그 인연의 끈이 당신과 맞닿을 수 있도록 말이지요.

℘ 오늘의 한마디

나는 즐겁게 새로운 일을 시도합니다.

℘ 오늘 가장 감사한 세 가지를 적어보세요

“

흔들리지 않고 피는 꽃은 없다고 합니다.
지금은 고단하고 조금 버겁더라도 분명 싹이 자라
잎은 무성해지고 꽃은 필 것입니다.
당신만의 인생의 꽃이 향기롭게 만개하기를 바랍니다.

”

July

7월

7월 1일 _ 태만

솔잎국화 *Fig marigold*

태만은 천천히 움직이므로 가난이 곧 따라잡는다 - 벤저민 프랭클린

힘들 때 가끔 꺼내 보는 보물상자가 있습니다. 그 안엔 아이들이 태어났을 때 함께했던 인식표, 자라면서 엄마에게 준 편지, 생일이라고 주었던 쿠폰 등이 있습니다.

가끔은 지치고 힘들어 엄마를 그만두고 싶다고 생각했던 이기적인 엄마는 딸들의 사랑을 몰래몰래 꺼내 보며 에너지를 충전합니다. "그래, 참 예뻤지. 그 나이에 어쩜 이런 편지를 썼을까?" 하나하나 살펴봅니다. 그리고 게으름 피우지 말자고 다짐합니다.

오늘 저녁은 해물 스파게티입니다. 며칠을 일에 치여 소홀했던 저녁 식사를 맛있게 준비해야겠습니다.

℘ 오늘의 한마디

나는 함께하는 이들과 더불어 행복합니다.

℘ 오늘 가장 감사한 세 가지를 적어보세요

7월 2일 _ 욕망

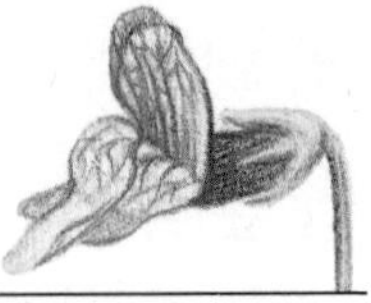

금어초 *Snapdragon*

최초의 욕망을 잘라 없애는 것이 연달아 생기는 욕망을 만족시키는 것보다 훨씬 쉽다 - 프랑수아 드 라 로슈푸코

바쁜 엄마를 힘들게 하지 않으려고 하고 싶은 것, 갖고 싶은 것이 있어도 표현 안 하던 딸이 처음엔 기특하고 고마웠습니다. 하지만 지나고 보니 그런 생각을 하게 만든 엄마가 참 부족했고, 원하는 것을 자신 있게 말하도록 가르쳤어야 했습니다. 바쁘다는 핑계로 조르지 않는 아이를 대견하게 생각했던 것이 잘못이었지요.

욕망은 누구에게나 있습니다. 그것을 가졌을 때의 성취감이 인생을 살아가는 데 도움이 됩니다. 자신이 갖고 싶은 것이 무엇인지 알고, 하나하나 이루어가는 기쁨을 맛보기 바랍니다

℘ 오늘의 한마디

나는 모든 관계 속에서 가득한 사랑으로 행복합니다.

℘ 오늘 가장 감사한 세 가지를 적어보세요

7월 3일 _ 망각

흰 양귀비 *White poppy*

과거를 기억 못하면 반복하게 된다 – 조지 산타야나

삶에서 당신은 주인공이기도 하고, 어디서는 조연이며, 또 어떤 곳에서는 행인 1입니다. 행인 1로 있더라도 당신은 자신이 주인공인 삶을 살았고, 모든 일은 당신 삶을 풍요롭게 만드는 한 페이지입니다.

행인 1이든 조연이든 당신은 제 몫을 잘 감당합니다. "할머니 늦었는데 어서 팔고 들어가셔야지요. 나머지 다 주세요." 수많은 손님들 속에서 생각나지 않는 사람이더라도 마음을 다했으면 합니다. 기억에서 지워져도 순간순간 따뜻한 마음은 당신의 삶에 쌓여 보람 있고 멋진 추억이 될 것입니다.

℘ 오늘의 한마디

나는 모든 관계 속에서 나 자신에게 만족합니다.

℘ 오늘 가장 감사한 세 가지를 적어보세요

7월 4일 _ 자연애

자목련 *Lily magnolia*

자연은 신의 묵시이며, 예술은 인간의 묵시이다 – 헨리 워즈워스 롱펠로

창밖 풍경은 시간의 흐름이 펼쳐집니다. 마른 가지에 뾰족한 새싹이 올라오더니 무성한 나뭇잎이 내리쬐는 햇살을 가려줍니다. 그리고 어느새 노랗게 빨갛게 물이 듭니다. 바쁘게 하루하루 살다 보니 창밖의 멋진 변화를 알아보지 못했습니다. 그런 사람들을 보며 자연은 그 자리에서 묵묵히 주어진 삶을 살고 있습니다.

너무 피곤하다며 여덟 시간을 침대 속에 있던 딸이 부스스 나옵니다. "이리 와봐, 딸. 단풍이 참 곱다. 이런 걸 보고 감탄을 해줘야 나무도 행복할 거야. 그렇지?" 딸과 함께 창밖 단풍을 봅니다. 딸의 얼굴에 편안한 미소가 번집니다.

오늘의 한마디

나는 가족을 사랑하고 가족들도 나를 사랑합니다.

오늘 가장 감사한 세 가지를 적어보세요

7월 5일 _ 풍부한 향기

라벤더 *Lavendar*

꽃향기는 바람의 방향으로만 퍼집니다. 그러나 사람의 선함은 모든 방향으로 퍼집니다 - 차나키아

두 딸을 데리고 친정에 놀러 간 어느 날, 아이들이 소꿉놀이를 한다며 할머니 옷을 입어보고 할머니 화장품을 만집니다. "와, 할머니 냄새다. 아, 좋아." 딸들이 할머니 옷 냄새를 맡으며 하는 이야기에 돌아가신 외할머니를 떠올립니다. 엄마도 할머니를 추억하는 향기가 있는데 딸들도 그런가 봅니다.
아이들이 키워주신 외할머니의 향기를 오래오래 기억하고 추억하기를 바랍니다. "엄마, 할머니 아프지는 않지?" 가끔 물어오는 딸들이 참 고맙습니다. 할머니의 사랑은 언제까지나 딸들과 함께할 것입니다.

℘ 오늘의 한마디

나의 내면은 고요하고 안정되어있습니다.

℘ 오늘 가장 감사한 세 가지를 적어보세요

7월 6일 _ 애모

해바라기 *Sunflower*

사랑이란 자기희생이다. 이것은 우연에 의존하지 않는 유일한 행복이다
- 레프 톨스토이

"엄마 꼭 잘할게." 일을 하면서 딸들에게 무수히 약속했습니다. 그만하고 싶을 때 스스로에게 거는 최면이었지요. 컴퓨터를 잘 못 하는 내가 일을 잘하기 위해선 독수리 타법부터가 넘어야 할 산이었습니다. 이른 아침부터 컴퓨터 앞에 앉아 자정을 훌쩍 넘을 때까지 연습했습니다.
몸살이 몇 번 나고 인내의 시간이 흘렀습니다. "와, 엄마 상 받았다." 우수사원 상장과 트로피를 자랑스레 내밀었을 때 놀라는 딸들과 남편의 얼굴을 보며 참 뿌듯했습니다. 가족들의 사랑과 배려가 지금의 나를 만들어준 것이었습니다. 언제나 마음 깊이 감사를 전합니다.

오늘의 한마디

가족들은 나를 이해하고 지지해줍니다.

오늘 가장 감사한 세 가지를 적어보세요

7월 7일 _ 예상

서양 까치밥나무 *Gooseberry*

장벽이 서있는 것은 가로막기 위함이 아니라 우리가 얼마나 간절히 원하는지 보여줄 기회를 주기 위해 거기 서있는 것이다 - 랜드 포시

예상치 못한 일을 당하고 전혀 다른 인생길을 걷는 사람들을 우리는 만납니다. 역경을 겪었지만 오히려 새로운 삶을 멋지게 살아내는 사람들이 있습니다.
인생이 원치 않는 방향으로 흘러가 실패와 좌절을 맛볼 때 당신은 기억해야 합니다. 그 상황에서 당신의 선택에 따라 삶이 더욱더 멋지게 변할 수 있다는 것을요.
삶이 당신에게 가져다줄 선물을 미리 감사할 수 있는 긍정 에너지가 당신 안에 있습니다. 그것은 어떤 상황에서도 당신을 일어서게 할 것입니다.

℘ 오늘의 한마디

나는 나의 기쁨을 주변에 전파합니다.

℘ 오늘 가장 감사한 세 가지를 적어보세요

7월 8일 _ 다시 만날 날까지

버드풋 *Birdfoot*

잘 있거라! 우리가 언제 다시 만날지는 아무도 모른다
– 윌리엄 셰익스피어

“어머, 오랜만이에요.” 예전 동료를 새로운 일터에서 만났습니다. 전보다 더 활기차 보이는 그녀는 힘들었던 신입 시절을 함께했던 동료입니다. 일이 너무 힘들어 그만두고 싶다고 하다가도 결국엔 그래도 열심히 해보자며 서로 위로했던 좋은 기억이 다시 찾아온 만남을 더욱더 반갑게 합니다.
헤어진 사람의 기억 속에 어떤 모습으로 남을지는 평소 자신의 행동과 마음 씀씀이에 달려있겠지요? 어디서라도 마주치면 반가운 얼굴이 될 수 있기를 바랍니다. 언젠가 한 번은 꼭 만나고 싶은 그리운 사람으로요.

오늘의 한마디

나를 지지해주는 새로운 관계들이 생깁니다.

오늘 가장 감사한 세 가지를 적어보세요

7월 9일 _ 진실한 애정

아이비 제라늄 *Ivy-leaved geranium*

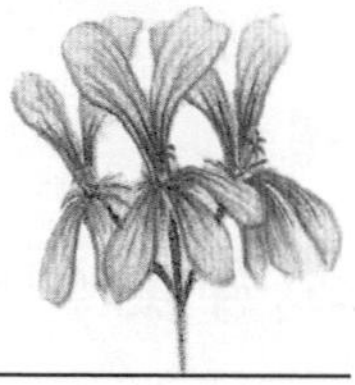

참된 영속적 연애는 존경이 없으면 성립되지 않는다
- 요한 고틀리프 피히테

"당신, 나 만나서 참 고생이 많아. 나 같은 사람과 함께 살아줘서 고마워." 두 살 많은 남편의 말은 짧지 않은 세월 철없던 나를 돌아보게 했습니다. 이젠 엄마가 아빠를 위해 했던 모든 것이 존경의 표시였음을 압니다. 간소한 상이나마 정갈하게 내놓는 손길, 발 씻을 물을 준비해주던 배려, 사랑을 넘어 존경이 바탕이 되어야 할 수 있는 일들이었지요.
아이들의 아버지를 존경하는 마음이야말로 깊은 사랑임을 알고 있습니다. 오늘은 손잡고 산책을 해야겠습니다. 세월의 무게만큼 깊은 사랑을 키우고 싶습니다.

오늘의 한마디

나의 내면은 중심이 잡혀있고 흔들리지 않습니다.

오늘 가장 감사한 세 가지를 적어보세요

7월 10일 _ 감사

초롱꽃 *Bellflower*

감사의 역량에 따라 행복의 크기가 결정된다 - 해롤드 밀러

"고마워." 남편은 감사 인사를 건넵니다. "네." 짧은 한마디를 합니다. 속으로는 참 좋으면서 표현하지 못하고 덤덤하게 말하는 습관은 어릴 적부터 그랬나 봅니다. 어릴 때는 작은 일에도 뛸 듯이 기뻐하던 딸들도 지금은 "잘됐네, 좋아." 말이 짧습니다.

당신은 어떤가요? 작은 일에도 크게 표현하는 센스가 있나요? 감사를 크게 표현하면 자다가도 떡이 생깁니다. 당신이 아는 모든 이들에게 감사의 마법을 마음껏 활용하기 바랍니다. 감사를 넘어 감동하는 사람에게 더 주고 싶은 것이 사람 마음입니다.

℘ 오늘의 한마디

내가 행복해야 그 행복이 다른 사람에게 흘러감을 알고 있습니다.

℘ 오늘 가장 감사한 세 가지를 적어보세요

7월 11일 _ 나는 당신의 것

아스포델 *Asphodel*

사랑해서 사랑을 잃은 것은 전혀 사랑하지 않는 것보다 낫다
- 알프레드 테니슨

당신의 재능을 펼칠 기회는 얼마든지 있습니다. 당신은 자신이 원하는 것을 위해 어떻게 해야 하는지를 찾아, 이룰 수 있다는 자신감을 가지고 끈기와 인내로 해낼 것입니다. 미래는 스스로 결정해야 하는 것을 알고 있으니까요.
무엇보다 자신을 믿는 마음과 의지를 가지세요. 믿음과 의지가 있으면 원하는 꿈을 향해 달려가게 되고, 그러다 보면 어느새 그 꿈은 이루어집니다. 자신을 응원하세요. 나는 나의 것이며, 세상 누구보다 소중한 나입니다.

오늘의 한마디

나는 주변 사람들과 도움을 주고받습니다.

오늘 가장 감사한 세 가지를 적어보세요

7월 12일 _ 참을 수 없어

배풍등 *Solanum*

친구를 사귀는 데는 분명한 과정이 하나 있다. 매번 몇 시간에 걸쳐 이야기를 하고 이야기를 들어주는 것이다 – 레베카 웨스트

친구지만 정말 이해 안 되는 일로 다툴 때가 있나 봅니다. 부모와 자식 간에도 마음에 안 들 때가 있는데, 친구 사이엔 충분히 있을 수 있지요.
서운한 마음이 들고 화가 날 때 꼭 세 번만 생각했으면 좋겠습니다. 참지 못하고 던진 말 한마디로 평생 후회할 수도 있습니다. 말이란 것은 주워 담을 수가 없으니까요.
친구의 말에 화가 나서 날카로운 말을 쏟아낼 뻔했나요? 세 번 생각해보세요. 화를 내지 않고 현명하게 표현할 방법이 분명 있을 거예요.

오늘의 한마디

나는 주변 사람들에게 행복을 전해주는 사람입니다.

오늘 가장 감사한 세 가지를 적어보세요

7월 13일 _ 현실적인 사람

잡초의 꽃 *Flower of grass*

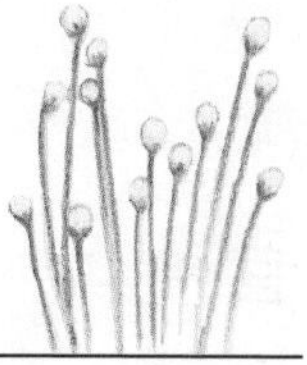

나는 당신이 할 수 없는 일을 할 수 있고, 당신은 내가 할 수 없는 일을 할 수 있다. 따라서 우리는 함께 큰일을 할 수 있다 - 테레사 수녀

지식이 많은 사람보다는 지혜로운 사람이 되기를 바랍니다. 세상의 다양한 지식을 끊임없이 배운다 해도 자고 나면 새로운 지식이 또 넘칩니다. 필요한 지식을 찾을 수 있는 능력이 중요합니다. 이미 있는 것들을 찾아보면서 만들어가는 것, 당신의 꿈은 지금이라서 좀 더 이루기 쉬울 수 있습니다.
당신이 불편하다고 느끼는 것은 다른 사람들도 느끼는 불편입니다. 당신이 해결해주는 작은 편리함에 사람들은 아낌없이 손뼉을 쳐줄 것입니다. 불현듯 떠오른 그 생각들을 꼭 적어두세요. 엄청난 아이디어일 수 있습니다.

오늘의 한마디

나는 주변 사람들에게 긍정 에너지를 전합니다.

오늘 가장 감사한 세 가지를 적어보세요

7월 14일 _ 온화

플록스 *Phlox*

온화하게 말하라, 모두가 사랑에 대해 알 수 있도록. 존중하면서 말하라, 누구나 굴욕감을 느끼지 않도록. 사랑으로 말하라, 모든 음절이 치유의 힘을 갖도록 – 닐 도널드 월시

한 방송에서 쌀밥을 비커에 넣고 한쪽에는 '사랑해', '예뻐' 같은 긍정적인 말을, 다른 쪽엔 '싫어', '미워' 등의 부정적인 말을 해주면서 부패 과정을 살펴봤습니다. 긍정적인 말을 들은 밥에선 예쁜 곰팡이가 피고, 부정적인 말을 들은 밥에선 지저분하고 어두운 곰팡이가 자라났다고 합니다.
말은 에너지입니다. 당신은 말을 어떻게 사용하고 있나요? 당신의 말은 당신의 가족을 살리고, 주변을 살리고, 결국엔 당신을 살릴 것입니다. "오늘도 잘해보자.", "참 멋진걸.", "잘해낼 거야.", "꿈을 향해 정진하자." 이런 말 습관은 당신의 최고 장점이 될 것입니다.

✎ 오늘의 한마디

나는 주변에서 오는 긍정 에너지를 받아들입니다.

✎ 오늘 가장 감사한 세 가지를 적어보세요

7월 15일 _ 사랑스러움

들장미 *Wild rose*

햇빛은 달콤하고, 비는 상쾌하고, 바람은 시원하며, 눈은 기분을 들뜨게 만든다. 세상에 나쁜 날씨란 없다. 서로 다른 종류의 좋은 날씨만 있을 뿐이다 – 존 러스킨

평범한 사람들이 남다르게 보이는 방법을 알려드리려 합니다. 첫 번째는 상냥하게 인사하기입니다. 만나고 헤어질 때 하는 인사는 그 사람의 이미지를 만듭니다. 만날 때마다 한결같이 하는 상냥한 인사는 당신을 함께하고 싶은 사람으로 만들어줄 것입니다.

두 번째는 '고마워요', '감사해요', '죄송해요'입니다. 외모를 바꾸기는 어렵지만, 말을 바꾸는 것은 바로 실천할 수 있습니다. 아침마다 크게 소리 내어 연습해보세요. 평범하지만 당신을 참 멋진 사람으로 만들어줄 마법의 말입니다.

℘ 오늘의 한마디

나의 주변은 긍정 에너지로 가득합니다.

℘ 오늘 가장 감사한 세 가지를 적어보세요

7월 16일 _ 영원한 아름다움

비단향꽃무 *Stock*

아름다운 것은 영원한 기쁨이다 - 존 키츠

예전엔 50대가 되면 손자 손녀를 보는 것이 자연스러웠습니다. 주름도 지고 머리도 세었습니다. 그런 50대에게 할머니라고 하며 자란 꼬맹이가 중년의 나이가 되었습니다. 할머니와 비슷한 나이가 된 꼬맹이는 아주 젊습니다. 지금의 50대는 꽃중년입니다.
그렇다고 세월을 막을 수는 없습니다. 당신의 외모가 영원한 아름다움으로 기억될 수는 없습니다. 하지만 마음의 향기는 변하지 않습니다. 당신을 영원히 아름답게 기억하게 하는 것은 마음입니다.

℘ 오늘의 한마디

나는 좋은 사람들과의 관계가 계속해서 형성됩니다.

℘ 오늘 가장 감사한 세 가지를 적어보세요

7월 17일 _ 존경

흰 장미 *White rose*

사람을 존경하라. 그러면 그는 더 많은 일을 해낼 것이다 – 제임스 오웰

지금은 과거의 자신이 만든 결과입니다. 지금 불평만 한다면 미래의 자신도 지금보다 나을 수 없는 것입니다. 사람은 생각하는 대로 됩니다. 그래서 매일 아침 좋은 생각을 하고 꿈을 향해 나아가라고 현인들이 외치는 것이지요. 미래를 여는 열쇠는 바로 자신에게 있기 때문입니다.

닮고 싶은 멘토를 찾아 배우고 따라 해보세요. 당신의 미래가 현실이 되었을 때, 존경했던 멘토와 닮은 당신이 있을 것입니다. 그때는 당신을 멘토로 삼는 이들이 생겨납니다. 찾아보세요. 당신이 이루고 싶은 꿈을 먼저 이룬, 당신이 닮고 싶은 그 사람을요.

✎ 오늘의 한마디

나의 미래는 내가 만들어갑니다.

✎ 오늘 가장 감사한 세 가지를 적어보세요

7월 18일 _ 가련함

이끼장미 *Moss rose*

고립된 개인은 존재하지 않는다. 슬픈 자는 타인을 슬프게 한다
– 생텍쥐페리

엄마는 못도 뚝딱 박고 전구도 갈아 끼우며 웬만한 집 안 수선은 알아서 척척 해냅니다. "당신은 못 하는 게 없어. 대단해." 남편은 치켜세워주는 듯 은근슬쩍 떠맡깁니다. "나 없으면 어쩌려고 그래." 모든 일을 엄마로 해결하는 딸들과 남편을 걱정스러운 눈빛으로 바라봅니다.
오랜만에 친구들과 여행을 다녀왔습니다. 엉망일 거라고 걱정했던 집 안은 깨끗했고, 빨래는 세탁되어 있었으며, 설거지도 말끔했습니다. 그동안은 힘들어도 혼자 감당했지만, 이젠 남편과 딸들에게 도와주며 칭찬받는 즐거움을 주겠습니다. 기다렸던 모양입니다.

오늘의 한마디

나는 내가 만나는 사람들과 좋은 관계를 만듭니다.

오늘 가장 감사한 세 가지를 적어보세요

7월 19일 _ 아름답게 빛나다

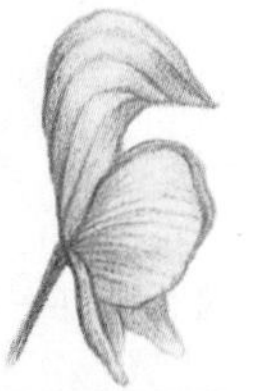

백부자 *Aconite*

성공한 사람이 되려고 노력하기보다 가치 있는 사람이 되려고 노력하라
- 알베르트 아인슈타인

친구 딸들은 어쩜 그렇게 하나같이 예쁘고 공부도 잘하고 좋은 대학에 척척 들어가는지 부럽습니다. 정말 가끔은 우리 딸과 비교도 했고, 샘이 나기도 했습니다.
자식 이기는 부모 없고 자식이 좋으면 다 좋은 부모입니다. 자식이 살아갈 앞날이 꽃길이 되기를 바라는 마음은 모두 같습니다. 공부를 잘하고 좋은 대학을 가지 않아도 엄마에게 자식은 소중합니다. 자식은 무엇보다 아름답게 빛나는 엄마의 보물이니까요.

✎ 오늘의 한마디

나는 먼저 배려하고 대접합니다.

✎ 오늘 가장 감사한 세 가지를 적어보세요

7월 20일 _ 진실

가지꽃 *Eggplant flower*

보는 것은 믿는 것이지만, 느끼는 것은 진실이 된다 - 토머스 풀러

진실게임은 상대가 묻는 말에 무조건 진실로 말해야 하는 게임입니다. 서로의 속마음을 알고 가까워질 수 있어서 수학여행이나 MT 때에도 많이 하는 게임이지요.
우리는 친해지려면 어느 정도 속을 알아야 하고, 그래야 진실한 우정이 싹튼다고 생각합니다. 친구나 연인과는 깊은 마음을 나누고 서로를 알아가는 기쁨을 느끼면서도, 부모나 배우자의 속마음, 형제자매의 생각은 알려고 하지 않았던 것은 아닐까요? 오는 주말 함께 모인 가족들과 진실게임을 해보면 어떨까요? 몰랐던 새로운 면을 알아가는 기쁜 시간이 될 것입니다.

오늘의 한마디

나와 내가 함께하는 사람들은 신뢰 관계입니다.

오늘 가장 감사한 세 가지를 적어보세요

7월 21일 _ 아름다움

노랑 장미 *Yellow rose*

그것을 갈망하는 마음속에 존재하는 아름다움은 그것을 보는 사람의 눈속에 존재하는 아름다움보다 훨씬 숭고하다 - 칼릴 지브란

아주 멋진 선생님이 생각납니다. 과학 과목을 좋아하게 만드셨지요. 생머리 단발을 휘날리고 이국적인 깊은 쌍꺼풀의 큰 눈을 가진 과학 선생님은 졸리고 따분한 수업 시간을 호기심으로 가득 채워 질문하고 싶게 만드는 재주가 있는 분이었습니다.

활기찬 선생님이 좋았습니다. 문제의 정답을 맞혀 칭찬도 듬뿍 받았습니다. 선생님의 기대에 부응하는 학생이 되고자 과학을 제일 열심히 했습니다. 이렇듯 한 번의 칭찬과 인정이 그 믿음을 저버리지 않도록 노력하는 계기가 되기도 합니다.

℘ 오늘의 한마디

나는 신뢰하는 관계들에서 에너지를 받습니다.

℘ 오늘 가장 감사한 세 가지를 적어보세요

7월 22일 _ 사모

패랭이꽃 *China pink*

사랑은 사람들을 치료한다. 사랑을 받는 사람, 사랑을 주는 사람 할 것 없이
-칼 메닝거

"사랑해." 오늘 누구에게 했나요? 혹은 들었나요? 마음이 따뜻해지는 말입니다. 쏟아져 나오는 책들이 이야기하는 주제가 사랑이고, 매일 듣는 음악의 가사가 사랑입니다.

부모님의 사랑을 먹고 자란 당신은 자신을 사랑하고 친구를 사랑하며 평생 함께할 누군가를 사랑하게 됩니다. 처음엔 받으려고만 하지만 주는 사랑의 기쁨을 알게 될 거예요. 마음을 주고 인생을 함께 채워가는 사랑들이 당신의 삶을 아름답게 해줍니다. 당신은 당신을 지지하고 좋아해주는 사람들과 함께 행복한 인생길을 걸어갈 것입니다. 그렇게 믿고 바라면 이루어집니다.

℘ 오늘의 한마디

나의 좋은 마음을 선하게 받아들이는 사람들이 가득합니다.

℘ 오늘 가장 감사한 세 가지를 적어보세요

7월 23일 _ 온화한 마음

튜더 로즈 *Tudor rose*

모든 사람의 얼굴에는 그 사람이 온화한지 아니면 실의에 잠겨있는지를 파악할 수 있는 삶의 경력과 앞으로의 인생관이 나타나있다
– 새뮤얼 테일러 콜리지

친구나 가족이 힘들어할 때 꼭 위로의 말을 할 필요는 없답니다. 그저 옆에서 온화한 얼굴로 바라보고 등을 도닥여주는 것만으로 당신의 마음을 느끼고 위로받을 테니까요. 문제의 답은 이미 그 사람이 알고 있습니다. 해결 방법을 제시해줄 필요는 없는 것이지요.
힘든 사람은 단지 따뜻한 위로가 필요합니다. 함께 있는 것만으로도 좋은 사람이 되었으면 좋겠습니다. 온화한 미소를 보기만 해도 힘이 되고 약이 되는 사람이지요.
"그냥 왔어." 한참을 앉아만 있다 가도 좋은 친구가 있나요? 멋진 당신을 알아보는 친구입니다.

℘ 오늘의 한마디

나의 마음과 주변 사람들의 마음은 함께 빛이 납니다.

℘ 오늘 가장 감사한 세 가지를 적어보세요

7월 24일 _ 그윽한 마음

연령초 *Trillum*

마음속의 생각이 그대를 만들고, 미래의 모습을 만들고, 기쁨을 만들기도 슬픔을 만들기도 한다 - 제임스 앨런

살다 보면 세상에 나와 다른 사람이 많다는 것을 알게 됩니다. 어쩌면 그렇게 다양할까요? 같은 영화를 봐도 각자의 느낌이 다르니까요.

그런데 같은 것이 있다는 것도 알게 됩니다. 사람의 마음은 숨길 수 없다는 것이지요. 마음에 품고 있는 생각은 말로 행동으로 나오게 마련이거든요. 마음속에 화가 가득한 사람은 다른 사람의 싫은 점을 이야기하며 열을 냅니다. 사랑하고 있는 사람은 사랑의 아름다움과 행복을 말합니다. 따뜻한 마음이 말에 배어 나오는 당신이었으면 좋겠습니다. 그런 당신의 말에 담긴 그윽한 마음이 힘든 이에게 위로가 될 것입니다.

℘ 오늘의 한마디

나는 함께하는 사람들과 함께 성장합니다.

℘ 오늘 가장 감사한 세 가지를 적어보세요

7월 25일 _ 열심

말오줌나무 *Elder tree*

무엇을 하거나 무엇이 되거나 무엇을 갖는가는 모두 우리 생각에 달려있다
- 로버트 콜리어

시험 날 아침, 절대 지각하면 안 된다는 생각이 가득하면 늦을 수 있습니다. 당신이 내내 늦어서는 안 된다고 생각하고 있었기 때문이지요. 당신이 생각하는 것이 부정적이든 긍정적이든 생각하는 대로 된다는 것을 반드시 알아야 합니다.

현명한 당신은 눈치를 챘을 것입니다. 이제부터는 당신이 원하는 좋은 것만을 열심히 생각해야 한다는 것을요. 간절하게 원하는 것들은 당신에게 반드시 찾아옵니다. 그것이 긍정이든 부정이든 가리지 않습니다. 이제 당신이 어떤 생각을 해야 하는지 알게 되었을 것입니다.

℘ 오늘의 한마디

나는 만나는 사람에게 좋은 에너지를 주는 사람입니다.

℘ 오늘 가장 감사한 세 가지를 적어보세요

7월 26일 _ 평화

향쑥 *Wornwood*

분노를 켜면 우리 자신이 분노가 되고, 평화와 기쁨을 켜면 우리 자신이 평화와 기쁨이 된다 - 틱낫한

당신의 생각이 그대로 나오는 텔레비전에서는 어떤 방송이 나올까요? 모든 사람에게 보여줄 수 있을까요? 우리는 남을 쉽게 판단합니다. 자신의 잘못은 어쩌다 한 번 하는 실수이고, 다른 사람이 하는 실수는 남에게 피해를 주는 나쁜 일인 것이지요.

남이 볼 수 없는 생각 속에서 벌어지는 일들이 당신을 말해줍니다. 아무도 보지 않는 곳에 홀로 있을 때의 모습이 솔직한 당신의 모습이죠. 누가 보거나 보지 않거나 솔직하고 평화롭기를 바랍니다. 그런 당신의 생각과 삶은 유유자적 편안함을 유지할 것입니다.

℘ 오늘의 한마디

나는 나를 깊이 이해합니다.

℘ 오늘 가장 감사한 세 가지를 적어보세요

7월 27일 _ 진실한 애정

제라늄 *Geranium*

자신을 먼저 사랑하세요. 그러면 다른 모든 것이 해결됩니다. 세상에서 어떤 일을 하려면 자신을 정말 사랑해야 합니다 - 루실 볼

"나는 할 수 있어"라고 매일 말하라는 이유가 뭘까요? 세상을 변화시킨 위인들이 어떤 일이든 해내는 방법을 알았던 것이 아닙니다. 그저 해낼 것이라고 자신을 믿는 마음이 강력했던 것이지요.
세상을 바꿀 큰일의 시작은 거창한 것이 아닙니다. 아침 일찍 10분 책 보기, 명상하기, 영어 공부하기 등 해낼 수 있는 일을 목표로 정하고 자신과의 약속을 하루하루 지키는 것입니다. 그러다 보면 당신에 대한 믿음은 점점 더 커질 것입니다. 자신감도 함께 말이지요. 매일 당신이 해낸 일들을 기록하고 칭찬과 격려를 꼭 해보세요. 아주 멋진 일이 일어날 것입니다.

℘ 오늘의 한마디

사물과 관계 속에서 새로운 아이디어가 내게 옵니다.

℘ 오늘 가장 감사한 세 가지를 적어보세요

7월 28일 _ 언제나 사랑

술패랭이꽃 *Dianthos superbus*

사랑은 지배하는 것이 아니라 자유를 주는 것이다 - 에리히 프롬

연애하면 상대의 일거수일투족이 궁금하고 소유하고 싶어 안달이 납니다. 두 사람이 같은 마음이라면 예쁜 질투를 부르겠지만, 어느 한쪽의 마음만 그렇다면 시작부터 다툼이 끊이지 않지요.
사랑하는 사람을 구속하기보다 자유로울 수 있게 배려하는 사랑을 하세요. 다른 면이 있어도 서로 인정하고 이해해주는 사랑 말이지요. 상대가 성장하고 발전하는 것이 자기 일처럼 기쁠 수 있는 사랑을 한다면, 당신은 좀 더 괜찮은 사람으로 변화할 것입니다.

℘ 오늘의 한마디

나의 특별함을 알아보는 사람들이 내게 옵니다.

℘ 오늘 가장 감사한 세 가지를 적어보세요

7월 29일 _ 불타는 마음

선인장 *Cactus*

사랑은 행복의 문을 여는 열쇠다 - 올리버 웬들 홈스

"우리 딸은 천재인가 봐." 엄마가 딸을 보며 생각합니다. 어쩜 그리 조그만 아이가 한글을 빨리 떼고, ABC 노래를 잘하는지 분명히 이 세상을 떠들썩하게 할 천재라고 믿어버립니다.
어려선 의사나 판사가 될 거라고 씩씩하게 얘기했습니다. 이젠 대학이나 갈지 걱정이라며 넋두리를 합니다. 엄마는 잘될 거라고 믿고 간절하게 기도합니다. 건강하게 자라준 것만으로도 감사하면서요.
엄마는 무엇이든 당신이 원하는 미래를 위해 기도합니다. 당신을 잉태하던 순간부터 그랬고, 마지막 순간까지 그럴 것입니다. 당신을 사랑하니까요.

오늘의 한마디

나는 나를 위해 오는 축복과 지지를 감사히 받습니다.

오늘 가장 감사한 세 가지를 적어보세요

7월 30일 _ 부부애

서양종 보리수 *Linden*

부부 생활은 길고 긴 대화 같은 것이다. 결혼 생활에서는 다른 모든 것이 변화해가지만, 함께 있는 시간의 대부분은 대화에 속하는 것이다
- 프리드리히 니체

"엄마, 오누이 같아." 며칠 전 산책하면서 찍은 사진을 보며 딸들이 얘기합니다. 부부는 닮는다고 하지요. 우리 부부가 처음부터 닮았던 것은 아닙니다. 결혼사진을 보면 닮은 구석이 하나도 없으니까요. 오랜 시간을 함께 살면서 닮게 된 모양입니다.

이젠 사랑은 같은 곳을 바라보는 것이라는 말이 이해됩니다. 서로의 자리에서 같은 곳을 바라보며 상대를 인정합니다. 그렇게 부부는 진짜 어른이 되었습니다. 내 다리가 가려운데 상대의 다리를 긁어도 전혀 이상하지 않은 부부가 된 것입니다.

오늘의 한마디

관계 속에서 오는 긍정 에너지를 받아 나는 성장합니다.

오늘 가장 감사한 세 가지를 적어보세요

7월 31일 _ 광대함

호박꽃 *Pumpkin flower*

우리는 작은 생명체로서 오직 사랑을 통해서만 우주의 광대함을 견딜 수 있다 - 칼 세이건

사람들의 사는 방식은 참 다양합니다. 차 한 대를 집 삼아 전국을 유랑하는 사람, 산속으로 들어가 자기만의 세상에서 유유자적 사는 사람, 직장과 가산을 정리하고 가족과 함께 전 세계를 여행하는 사람 등 평범한 사람들이지만 절대 평범하지 않게 살아가는 사람들이 있습니다.

세상은 넓고 당신이 경험할 수 있는 일도 아주 많습니다. 세상이 당신에게 가져다줄 이야기와 감동을 찾아가는 인생이 되기를 바랍니다. 광대한 세상을 온몸으로 경험하고 느낀 당신은 좀 더 깊은 사람이 될 것입니다.

℘ 오늘의 한마디

모든 관계 속에서 나는 중심을 잡고 있고 편안합니다.

℘ 오늘 가장 감사한 세 가지를 적어보세요

August

8월

8월 1일 _ 위로

빨강 양귀비 *Red poppy*

고통스럽고 지쳤을 때 종종 음악으로 위로받고 다시 생기를 띤다
- 마틴 루터

당신이 힘들고 지칠 때 엄마의 말 한마디, 친구의 말 한마디는 위로가 됩니다. 따뜻한 차 한잔도 위로가 되지요. 지치고 힘들 때 위로해주는 것에 감사하고 힘을 내기를 바랍니다. 마음대로 되지 않는 일에 한탄하고 속상해한다고 변하는 것은 없으니까요.
이렇게 위로해주는 이들이 곁에 있고 아름다운 음악과 노래를 들을 수 있으니 얼마나 다행인가요. 그래서 당신은 힘든 상황을 이겨내고 언제라도 다시 시작할 수 있습니다. 위로받은 당신도 소중한 이들을 위로해주는 멋진 사람입니다.

℘ 오늘의 한마디

나는 주변의 위로를 감사로 받습니다.

℘ 오늘 가장 감사한 세 가지를 적어보세요

8월 2일 _ 행복

수레국화 *Cornflower*

행복은 사물에 있는 것이 아니라 취향에 있다 - 프랑수아 드 라 로슈푸코

오랜만에 함께 모인 주말 저녁, 딸들은 치킨을 먹자고 합니다. "파닭이 좋아.", "아니야, 프라이드가 좋지.", "아니야, 요즘 새로 나온 거 먹자!" 메뉴를 정하는 데도 한참이 걸립니다. 세 가지 치킨을 놓고 네 식구 옹기종기 모여 각자 좋아하는 치킨을 집어 들고 즐거워합니다.

"치킨엔 역시 엄마 피클이지." 치킨 취향은 각각 달라도 피클 취향은 같습니다. "역시 엄마 피클이 진리야. 엄만 어쩜 그렇게 피클을 잘 만들어?" 너무도 다른 두 딸이지만 엄마 음식에 행복해하는 공통점은 있습니다. 가족이니까 달라도 같은 행복을 느끼니 참 감사합니다.

℘ 오늘의 한마디

사랑은 내 주위를 감싸고 있습니다.

℘ 오늘 가장 감사한 세 가지를 적어보세요

8월 3일 _ 아가씨의 아름다운 자태

수박풀 *Hibiscus trionum*

너그럽고 상냥한 태도와 사랑을 지닌 마음, 사람의 외모를 아름답게 하는 이 힘은 말할 수 없이 큰 것이다 – 파스칼

가진 것을 주변 사람과 나누는 기쁨을 당신이 느끼기를 바랍니다. 나누려면 주변을 살펴야 하고 관심을 가져야겠지요? 관심을 가지면 몰랐던 친구의 이야기를 알게 될 것이고, 주변 사람의 상황도 알게 될 것이니까요.
당신의 관심이 다른 사람을 배려하는 지혜를 줄 거예요. 얼굴을 찡그리면서 나누는 사람은 없겠지요? 자연스레 당신은 상냥한 미소로 대할 것이고 상대는 당신을 미소와 함께 기억합니다. 그런 행동이 당신이 나눈 것보다 더 많은 친절과 관심으로 돌아온답니다.

℘ 오늘의 한마디

나는 좀 더 사랑을 주기 위해 주변에 관심을 가집니다.

℘ 오늘 가장 감사한 세 가지를 적어보세요

8월 4일 _ 재화와 보물

옥수수 *Corn*

인간의 부는 그가 사랑하고 축복하며, 사랑받고 축복받은 것들이다
- 토머스 칼라일

오랜만에 엄마와 식사하는 자리에서 엄마는 식전 기도를 하십니다. 생각해보니 엄마는 새벽마다 거실 한편에서 기도하셨습니다. 우리 딸 아프지 않고 건강하게 해달라고, 시험에 붙게 해달라고, 좋은 사람 만나게 해달라고 말이지요.
지금도 여전히 기도를 하시니 울컥합니다. 엄마는 긴 세월 딸을 위해 기도하고 축복하며 살아오셨습니다. "엄마, 이거 소화 잘돼요. 이거 먼저 드세요." 찔끔 나온 눈물을 들킬까 봐 크게 웃으며 음식을 권합니다. 사랑하는 엄마와 앞으로도 오래오래 함께하고 싶습니다.

℘ 오늘의 한마디

나에게 꼭 맞는 사랑은 찾아옵니다.

℘ 오늘 가장 감사한 세 가지를 적어보세요

8월 5일 _ 고독

에리카 *Heath*

강한 사람은 가장 훌륭하게 고독을 견뎌낸 사람이다 - 프리드리히 실러

남편을 먼저 떠나보낸 아내의 모습은 다양합니다. 자식과 함께 살겠다고 하는 경우, 자식들이 서로 미룬다면 갈등이 깊어지죠. 자식에게 짐이 되지 않겠다는 엄마도 있습니다. "엄마, 우리 집에 와 있어요. 혼자 있으면 쓸쓸하잖아." 홀로 된 엄마가 걱정되어 가끔 말씀드리지만, 엄마는 마다합니다.
어느 날 잠시 들른 친정집, 엄마가 안 계십니다. 엄마의 공부상에 놓인 공책을 펼쳐 보다가 울컥합니다. 홀로 있는 고독한 일상에서 엄마는 자식을 위한 기도를 쓰고 계셨습니다. 뚝, 뚝, 공책 위로 눈물이 번집니다. "우리 딸 왔니?" 엄마가 환하게 웃으십니다.

℘ 오늘의 한마디

나는 사랑으로 둘러싸여 있습니다.

℘ 오늘 가장 감사한 세 가지를 적어보세요

8월 6일 _ 명예

능소화 *Chinese trumpet creeper*

삶의 무대에서는 좋은 자질을 보이는 자에게 명예와 보상이 주어진다
- 아리스토텔레스

집 정리를 하다 오래된 카메라를 열어봅니다. 잊고 있었던 오랜 추억들이 거기에 있습니다. 동요대회에 나가서 씩씩하게 노래하는 큰딸, 어린이집 재롱잔치에서 염소 옷을 입고 잔뜩 인상을 쓴 채 율동하는 작은딸을 시간 가는 줄 모르고 봅니다.
왜 그때 더 기뻐하고 감동하지 못했을까 아쉽습니다. 엄마의 작품이 아이들이란 것을 이젠 압니다. 그 어떤 성공도 엄마라는 이름보다 더한 것이 없다는 것을요. 긴 시간 인내하고 깨닫게 된 소중한 이름. 세상에서 가장 명예로운 이름은 바로 엄마! 소중한 이름입니다.

오늘의 한마디

사랑은 나의 삶에 가득합니다.

오늘 가장 감사한 세 가지를 적어보세요

8월 7일 _ 원숙한 아름다움

석류 *Pomegranate*

화장은 우리의 외모를 아름답게 꾸며주지만, 내면이 아름답지 않다면 아무 의미도 없다 - 오드리 헵번

"기초화장품이라도 잘 발라야지." 큰딸아이와 달리 기초화장도 귀찮아하는 작은딸에게 잔소리를 했었습니다. 다 때가 있더라는 어른들 말씀이 맞나봅니다. "엄마, 눈썹 칼이 어디 있지?" 눈썹을 다듬는다는 작은딸에게 눈썹 칼을 찾아주고 걱정스레 바라봅니다. "에잇, 한쪽이 이상해." 한쪽 끝을 싹둑 잘라버려 뭉툭한 눈썹이 되었습니다. "금방 자랄 거야. 자연스럽게."
작은딸은 엄마가 예쁘고 사랑스럽다고 해도 자신감이 없어 보였습니다. 그런 딸이 변하고 있네요. 자신을 가꾸는 법을 알아갑니다. 이번 주말 색조화장품 세트를 사줘야겠습니다.

℘ 오늘의 한마디

나는 나의 모든 것이 좋습니다.

℘ 오늘 가장 감사한 세 가지를 적어보세요

8월 8일 _ 사랑의 희열

진달래 *Azalea*

사랑이란 젊은 마음에는 너무나도 강력한 즐거움이다. 다른 어떤 신앙이 연애와 양립될 수 있을 것인가 – 로맹 롤랑

친구 딸의 100일 기념까지 기억하고 있는 엄친들은 친구 딸도 내 딸인 것처럼 기뻐하고 걱정해줍니다. 엄마들은 알고 있습니다. 청춘이란 다시 오지 않을 아름다운 시절이란 것을요. 그래서 딸들이 젊은 날을 아름답게 수놓기를 바라는 것입니다.

연애소설이나 드라마보다 친구 딸의 연애 이야기에 쫑긋하는 이유는 우리 딸도 그렇게 예쁜 사랑을 했으면 하는 마음이겠지요? "공부만 하지 말고 누구 좀 만나. 소개팅 안 하니?" 하지 말라고 해도 언제가는 하겠지요?

엄마는 정말 당신의 연애가 궁금합니다. 예쁘게 사랑하는 뜨거운 젊은 날의 당신이요.

℘ 오늘의 한마디

나는 사랑스러운 말로 대화합니다.

℘ 오늘 가장 감사한 세 가지를 적어보세요

8월 9일 _ 인기

시스투스 *Cistus*

이성은 결코 인기가 없다. 열정과 감정은 대중의 것이 될 수 있겠지만, 이성은 항상 소수의 뛰어난 자들의 자산으로 남을 것이다
- 요한 볼프강 폰 괴테

반에서 인기투표를 해서 주는 상이라며 상장을 내미는 딸아이를 물끄러미 바라봅니다. 무뚝뚝하기만 한 딸이 인기투표로 받은 상이라니 엄마가 보는 모습이 다는 아닌가 봅니다. 조용하고 자기주장을 잘 못 해서 걱정했는데, 딸아이의 좋은 면을 알아보는 친구들이 있다니 참 좋습니다.
당신이 가장 좋아하는 친구는 누구인가요? 당신이 꼽는 그가 당신이기를 바랍니다. 스스로를 이해하고 사랑할 때 비로소 다른 이들도 당신의 좋은 면을 알아보는 것이니까요. 세상을 살아내는 힘은 자신을 사랑하는 마음에서 나온답니다.

오늘의 한마디

거울을 보며 나를 사랑한다고 말하는 내가 자연스럽습니다.

오늘 가장 감사한 세 가지를 적어보세요

8월 10일 _ 모성애

이끼 *Moss*

모성애의 위엄, 숭고함, 상냥함, 영원함과 거룩한 그 의미를 무엇으로 표현하랴 - 토머스 드위트 탈마지

시원찮은 손목은 딸들을 키울 때부터 문제였습니다. 안고 젖먹이고 빨래하고 손목을 쓰지 않는 일은 없으니 매일 파스를 달고 살았지요. 바쁘게 살다 보니 잘하는 요리는 별로 없고 기본 반찬에 가끔 해주는 겉절이가 다인데, 맛있다며 먹어주니 시큰한 손목은 문제되지 않습니다.

엄마의 사랑이 보고 싶다면 엄마의 음식을 보세요. 설령 타고난 음식 솜씨가 부족해서 조금 짜고 시더라도 말이지요. 가족을 위해 장을 보고, 반찬거리를 다듬고, 데치고 무치고 하면서 엄마는 사랑이라는 조미료를 넣습니다. "진짜 맛있는데?" 엄마가 기다린 한마디입니다.

오늘의 한마디

나와 주변의 사랑이 모여 세상을 평화롭게 합니다.

오늘 가장 감사한 세 가지를 적어보세요

8월 11일 _ 위안

빨강 무늬 제라늄 *Geranium zonal*

절망하지 마라. 열쇠 꾸러미의 마지막 열쇠가 자물쇠를 연다
- 필립 체스터필드

인생에 정답은 있을까요? 인생을 살아본 누구도 그 질문에 답을 말해주기는 어렵다고 합니다. '살다 보니 그게 인생이고, 그냥 살아지더라'라는 말을 할 뿐이죠.
살아가는 동안 당신은 많은 힘든 상황을 접하게 될 수 있습니다. 삶이란 내가 원하는 대로만 살 수 있는 것은 아니니까요. 힘들 때 잘될 거라는 엄마의 말을 믿고 힘을 내기를 바랍니다. 힘들었던 순간마다 엄마가 당신을 위로하던 말을 기억한다면 어떤 고난도 당신을 포기하게 할 순 없을 거예요. "그래, 괜찮아. 다음엔 잘될 거야." 털어버리고 힘을 내보는 거예요.

오늘의 한마디

나는 나의 사랑으로 기쁩니다.

오늘 가장 감사한 세 가지를 적어보세요

8월 12일 _ 위험

협죽도 *Oleander*

위험은 자신이 무엇을 하는지 모르는 데서 온다 - 워런 버핏

"힘들어 죽겠다." 사소한 일에 죽겠다는 말을 입버릇처럼 하곤 합니다. 지나는 말이라도 그러면 안 되는 걸 알면서도 말이죠. 힘들다, 죽겠다는 말은 마음속의 작은 우울감을 키워 위험한 상황을 만들 수 있습니다. 당신이 마음 한구석에 있는 우울감을 키우지 않았으면 합니다.

행복했던 감정을 꼭 부여잡아보세요. 생각만 해도 기쁜 순간들이죠. 그런 순간의 느낌을 수시로 꺼내 볼 수 있다면 우울감이 가져올 어떤 위험도 당신 삶에 들어올 수 없습니다. 어떤 상황에서도 기쁘고 행복한 생각을 할 수 있다면, 당신의 입가에 미소가 항상 머무를 것입니다.

℘ 오늘의 한마디

내가 보내는 것이 나에게 돌아옵니다. 나는 사랑을 보내고 사랑을 받습니다.

℘ 오늘 가장 감사한 세 가지를 적어보세요

8월 13일 _ 경계

골든로드 *Goldenrod*

순간을 사랑하라. 그러면 그 순간의 에너지가 모든 경계를 넘어 퍼져갈 것이다 – 코리타 켄트

그해 여름은 몇 년 만에 온 무더위라고 했습니다. 첫 아이를 갖고 좋은 음악을 듣고 예쁜 것만 보려고 애쓰는 임산부였지요. 정기검진에서 듣는 아이의 심장 소리는 마냥 신기했고, 기대감에 아이 신발이며 옷을 준비했습니다.

다행히 입덧은 수월하게 지나갔고, 친정아버지가 상자째로 보내주신 방울토마토를 매일 먹으며 가장 더운 여름에 만날 아이를 기대했습니다. 예정일이 2주나 남았는데 새벽부터 산통이 시작되었습니다. 비지땀을 흘리며 신음하는 딸을 친정엄마는 눈물을 삼키며 바라보셨습니다. "으앙" 드디어 만났습니다. 그렇게 엄마에게 왔습니다.

오늘의 한마디

나의 세상은 사랑으로 가득합니다.

오늘 가장 감사한 세 가지를 적어보세요

8월 14일 _ 경애

저먼더 *Germander*

친절한 마음가짐의 원리, 타인에 대한 존경은 처세법의 제일 조건이다
– 앙리 프레데릭 아미엘

흔한 인상이라 그런지 사람들은 나에게 말을 참 잘 겁니다. "엄마, 눈에 힘을 주고 걸어봐. 말을 걸면 눈에서 레이저를 발사해." 도움을 청하는 사람들에게 일일이 답을 하는 엄마가 딸은 답답한가 봅니다.
지금도 길을 묻거나 곤란한 상황에서 도움을 청하는 사람들을 만나면 도움을 주곤 합니다. 나도 나이가 들 것이고 지금처럼 혼자서 척척 다 해낼 수 없는 나이가 될 것입니다.
당신이 우연히 주었던 도움들이 살 만한 세상을 만듭니다. 받은 도움을 세상에 돌려주는 사람들이 생겨나는 시작일 수 있답니다.

℘ 오늘의 한마디

나에게는 멋진 사랑이 있습니다.

℘ 오늘 가장 감사한 세 가지를 적어보세요

8월 15일 _ 광휘

해바라기 *Sunflower*

연애는 청년에게는 광휘를, 노인에게는 후광을 준다. 그것은 배후에 비치는 빛으로 현재를 밝히고, 전방에 비치는 빛으로 미래를 밝힌다
– S. 스마일스

아빠가 유명 배우랑 많이 닮았다고 하는 엄마의 말이 딸들은 의아한 모양입니다. 짧지 않은 세월을 살면서 미워도 하고 원망도 했습니다. 그래도 결국 애들 아빠니까 용서하고 이해하는 것은 엄마라서겠지요.
가장의 무게를 지고 살아온 남편은 이제 머리숱도 적어지고 엉덩이도 홀쭉해졌지만, 엄마의 기억 속엔 멋진 청년으로 남아있습니다. 아내와 딸을 한 번에 업고 안고 힘자랑을 하던 남편입니다. 눈빛만은 청청하던 젊은 날 그대로인 남편을 보며 연애하자고 작정합니다. 살아있는 날까지 엄마와 아빠는 연애 중입니다.

오늘의 한마디

나는 멋지게 사랑하며 행복하고 평화롭습니다.

오늘 가장 감사한 세 가지를 적어보세요

8월 16일 _ 사치

타마린드 *Tamarind*

내가 상상할 수 있는 가장 슬픈 일은 사치에 익숙해지는 것이다
-찰리 채플린

"정말 좋다. 곱다, 고와." 생신 선물로 손녀가 드리는 카디건을 외할머니는 만져보고 또 만져보았습니다. 하얀 고무신을 보면 할머니가 떠오르는 것은 할머니가 오시면 작은 발에 할머니의 커다란 고무신을 신고 놀았던 기억이 있어서겠지요. 꼭 주무시고 가시라고 고무신을 숨겨두곤 했습니다.
우리 집에 오실 때마다 큰손녀 손에 꼬깃꼬깃한 지폐를 쥐여주신 할머니. 치매에 걸려 자식들을 못 알아볼 때도 큰손녀는 알아보시던 할머니가 참 그립습니다. "엄마, 할머니께 선물이랑 용돈 좀 드리고 왔지." 가끔 친정엄마를 만나고 오는 딸이 고맙고 대견합니다. 외할머니를 오래오래 기억했으면 좋겠습니다.

℘ 오늘의 한마디

나의 마음에는 샘솟는 사랑의 샘이 있습니다.

℘ 오늘 가장 감사한 세 가지를 적어보세요

8월 17일 _ 전원의 행복

튤립나무 *Tulip tree*

자연의 극치는 사랑이다. 사랑에 의해서만 사람은 자연에 접근 할 수 있다
- 요한 볼프강 폰 괴테

"우리 조개 잡으러 갈까?" 여러 해를 여름마다 조개를 잡으러 갔습니다. 하루에 다녀오려면 새벽부터 준비해야 하는 먼 길이었지요. 간식을 먹고 노래도 부르다가 곤하게 한숨 자고 나면 펼쳐지는 바다, 거기에 조개들이 기다리고 있었습니다.
아직 몇 마리 못 잡았는데 옆 사람을 보니 바구니에 가득합니다. 조개잡이에 지쳐 딸들은 모래 놀이를 하다 시원한 바다에 첨벙첨벙합니다. "물 들어옵니다. 이제 나가야 해요." 하나둘 사람들이 나가기 시작합니다. 멀리 조그맣게 딸들이 보입니다. "매일 이렇게 살면 좋겠다." 올여름엔 그 바닷가 꼭 가봐야겠습니다.

오늘의 한마디

나의 사랑이 새로운 세상을 열어줍니다.

오늘 가장 감사한 세 가지를 적어보세요

8월 18일 _ 열렬한 사랑

접시꽃 *Hollyhock*

정열적인 사랑은 가라앉힐 수 없는 갈증이다 - 칼릴 지브란

사랑했던 사람이 있었지만, 주변의 반대에 인연을 맺지 못하고 헤어진 경우들을 간혹 봅니다. 만나야 할 사람은 꼭 만난다고 합니다. 당신의 인생에 정말 좋은 사람이 생기기를 바라고 기도하세요.
원하는 사람을 구체적으로 바라면 깜짝 놀랄 만큼 비슷한 사람을 만나게 될 것입니다. 부모님도 주변 사람들도 모두 환영하고 축복해주는 만남이 있을 거라고 믿는다면, 당신의 생각대로 그런 사람을 만나 열렬히 사랑하고 결혼할 수 있을 거예요. 핵심은 당신이 정말 만나고 싶은 사람과 상황 등을 구체적으로 바라는 것이랍니다.

오늘의 한마디

나의 사랑을 가족과 함께 나눕니다.

오늘 가장 감사한 세 가지를 적어보세요

8월 19일 _ 성실

로사 캠피온 *Rosa campion*

단 하나의 성실한 마음이 사람을 움직이는 힘이 더 크다
- 벤저민 프랭클린

"시작했으면 끝을 봐야지, 하다 말면 시작을 안 한 것만 못해." 사소한 것이라도 시작하면 꾸준히 해내는 힘은 당신이 이루고자 하는 모든 일의 기본이 된답니다. 시작은 잘하지만 끝까지 해내는 힘이 부족하다면 공부도 사회생활도 어려움을 겪을 수 있기에 성실함이 중요합니다.

그럼 무엇으로 성실함을 보여줄 수 있을까요? 바로 약속 시각을 잘 지키는 것입니다. 시간을 잘 지키는 사람은 자기 관리를 잘하고 타인을 배려하는 사람입니다. 시간을 잘 지키는 사람은 상대방의 시간도 소중하게 여길 줄 아는 사람일 것입니다.

℘ 오늘의 한마디

나는 나를 진정으로 알아주는 사람을 만납니다.

℘ 오늘 가장 감사한 세 가지를 적어보세요

8월 20일 _ 순결

프리지어 *Freesia*

사람의 덕과 지혜가 완전히 성숙하게 되면 그는 또다시 어린아이와 같이 된다 - 노자

큰딸을 낳아 업고 다닐 무렵, 시댁에는 시할머니가 계셨습니다. 사람이 나이가 들면 모습이 다 비슷해지는지, 시할머니의 얼굴은 돌아가신 외할아버지와 느낌이 아주 비슷했지요.
큰 손주며느리인 나를 예뻐해주신 시할머니는 손주며느리가 낳은 증손녀를 안고는 보다가 웃다가 하시며 좋아하셨습니다. 시할머니가 손녀를 어르고 달래는 모습은 마치 어린아이와 같았습니다. 삶의 끝자락에 선 시할머니가 인생을 시작하는 어린 증손녀에게 아름답고 행복한 여행을 하라고 귀띔해주셨을까요? 마치 어린아이 같았던 시할머니의 해맑은 미소가 그립습니다.

℘ 오늘의 한마디

나는 사랑받을 자격이 충분합니다.

℘ 오늘 가장 감사한 세 가지를 적어보세요

8월 21일 _ 감사

짚신나물 *Agrimony*

감사하는 마음을 가지면 숙면을 취하게 되고, 좋은 기분이 유지되며, 피곤함이 없어진다. 또한 자부심이 강화되고 정서적 유대감이 생겨 인간관계가 돈독해진다 – 마이클 매컬러프

당신이 모르는 감사의 기적은 무엇일까요? 받은 것에 대해 감사를 하면 더 좋은 것을 받을 수 있다는 말은 들어보았을 것입니다. 받는 태도가 시큰둥한 자식보다 따뜻한 감사 인사를 하는 자식에게 주고 또 주고 싶습니다. 세상의 이치가 이러한가 봅니다.

당신이 이루고자 하는 무엇이 있다면 감사를 이용해보세요. 아직은 아니지만 이루어질 것에 대해 감사를 해보는 것입니다. 예를 들어 갖고 싶은 물건이 있다면 그 물건을 가지게 되어 감사하다고 하는 거예요. 감사의 기적은 당신이 원하는 것을 이루게 할 것입니다.

℘ 오늘의 한마디

나는 내가 원하는 완벽한 사랑을 만납니다.

℘ 오늘 가장 감사한 세 가지를 적어보세요

8월 22일 _ 노력

조팝나무 *Spirea*

끊임없이 노력하라. 체력이나 지능이 아니라 노력이야말로 잠재력의 자물쇠를 푸는 열쇠다 – 윈스턴 처칠

연습생 시절에 몸치인 자신을 바꾸기 위해 뼈를 깎는 노력을 했다고 하는 가수가 있습니다. 춤 실력을 보면 절대 몸치였을 거라고 상상하기 어려울 정도로 멋진 춤을 춥니다. 능력은 노력으로 바꿀 수 있습니다.

일 년에 한 번 있는 중학교 축제에 반마다 나와서 장기 자랑을 합니다. "이제 나온다." 개미만 하게 보이는 아이들 속에서 딸을 찾아냅니다. 딸은 춤에 소질은 없지만 최선을 다해 연습하고 무대에 올랐습니다. 재능 있는 사람도 노력하는 사람을 이기지 못한다고 합니다. 당신이 하고자 하는 그 무엇도 노력해서 이룰 수 있습니다.

℘ 오늘의 한마디

나는 내 삶의 모든 사랑에 감사합니다.

℘ 오늘 가장 감사한 세 가지를 적어보세요

8월 23일 _ 부부애

서양종 보리수 *Linden*

진실하게 맺어진 부부는 젊음의 상실이 불행으로 느껴지지 않는다. 같이 늙어가는 즐거움이 나이 먹는 괴로움을 잊게 해주기 때문이다
- 앙드레 모로아

무덤덤한 부모님 밑에서 자란 아빠 엄마는 연애할 때야 서로의 사랑을 표현했지만, 결혼하고서는 부모님처럼 변해버렸습니다. 함께 책임을 갖고 살아가는 모습이지요. 그게 당연하다고 생각했습니다. 부부이고, 아빠 엄마가 되었으니까요.
부부는 세월이 가면서 서로를 이해합니다. 슬며시 꺼내는 붕어빵 봉지에서 사랑을 느끼고, 산책길에 내미는 손에서 따뜻한 정을 느낍니다. 서로의 어깨에 놓여있는 삶의 무게를 안쓰러워하며 안아줍니다. 남녀 간의 사랑이 변하고 있습니다. 그렇게 진짜 부부가 되어갑니다.

℘ 오늘의 한마디

내 삶은 사랑하는 관계로 빛이 납니다.

℘ 오늘 가장 감사한 세 가지를 적어보세요

8월 24일 _ 이별의 슬픔

금잔화 *Calendula*

이별의 아픔 속에서만 사랑의 깊이를 알게 된다 - 조지 엘리엇

고양이 가족 밍키를 먼저 보낸 딸들은 이제 여덟 살이 된 슈니의 건강이 항상 염려스러운가 봅니다. 나이가 들어서인지 뛰어놀지 않고 줄곧 잠만 자는 슈니가 내심 걱정되어 병원에 갔습니다. 6개월마다 혈액검사를 하고 엑스레이를 찍었는데도 오늘따라 하악질을 해대는 슈니가 이상합니다.

불안한 마음은 어찌 비껴가지를 않는지 방광에 결석이 보였습니다. 약을 먹이고 추적 관찰을 해보자고 합니다. 눈뜨자마자 약 두 알을 먹이고, 물 열 숟가락을 억지로 떠먹입니다. 이별은 아프지만 사랑을 더욱 크게 합니다. 이별을 막을 수는 없지만, 그날까지 후회 없이 사랑할 수는 있습니다.

오늘의 한마디

내 주변은 나의 사랑에 감사하고 더 큰 사랑을 줍니다.

오늘 가장 감사한 세 가지를 적어보세요

8월 25일 _ 사랑에 번민하는 마음

안스리움 *Anthurium*

걱정 없는 인생을 바라지 말고, 걱정에 물들지 않는 연습을 하라
– 알랭 바디우

"엄마, 이런 상황에서 그렇게 편안해?" 코미디 프로를 보며 깔깔 웃는 엄마에게 큰딸이 한마디 합니다. "그럼 어쩌니? 어차피 일은 벌어졌고, 울고불고한들 뭐가 달라질까?"
몇 해 전부터 건강검진을 할 때마다 빈혈 판정이 나와 이상하다고 했는데, 다니던 병원을 바꾸고 수술을 결정했습니다. 왜 나에게 이런 일이 생긴 걸까 괴로웠지만, 누구에게나 있을 수 있는 일이라고 받아들였습니다. 수술하고 새로운 인생을 살리라 마음먹었습니다. 좀 더 사랑하고 좀 더 아끼고 이해하자고, 미움을 떼어내고 사랑으로 채우자고요. 그리고 웃기로 했습니다. 웃으며 사랑하기에도 참 짧은 인생이란 걸 아파지고 나서야 알았습니다.

ℓ 오늘의 한마디

나는 사랑 가득한 나의 삶을 오래오래 지속합니다.

ℓ 오늘 가장 감사한 세 가지를 적어보세요

8월 26일 _ 빛을 찾다

하이포시스 오리어 *Hypoxis aurea*

빛은 길을 가르쳐주기 때문에 빛을 사랑한다. 어둠은 별을 보여주기 때문에 나는 그 어둠을 견딘다 – 헬렌 켈러

빼꼼히 방문을 열어보니 큰딸은 책상에 엎드려 잠이 들었습니다. 강의 들으랴 과제 하랴 힘에 부친 모양입니다. "침대로 가서 편안히 자." 부스스 일어나 앉습니다. 그리곤 과제를 해야 하는데 어깨가 너무 아프다며 마사지를 해달라고 합니다.

20대 가장 혈기 왕성할 나이에 왜 그리 어깨가 아팠는지 살아보니 알겠습니다. 어떤 인생을 살아야 하는지 고민했고, 가려고 하는 길이 맞는지 의심했으며, 그렇게 걸어갈 날이 지루했던 마음이 어깨를 짓눌러 아팠던 것입니다. 지루하고 힘들어도 묵묵히 가다 보면 빛을 찾는 날이 올 것입니다. 지금 20대를 걸어가는 당신에게 전합니다. 잘 가고 있다고 말이지요.

℘ 오늘의 한마디

나는 나를 따스하고 사랑스럽게 감싸 안아줍니다.

℘ 오늘 가장 감사한 세 가지를 적어보세요

8월 27일 _ 몽상

고비 *Bracken*

짧은 인생은 시간 낭비에 의해 더욱 짧아진다 - 새뮤얼 존슨

"죽어도 용서 못 해." 미움을 가슴 깊이 간직한 채 버리지 못하는 사람들이 있습니다. 자신에게 잘못을 한 사람을 미워하고 원망하는 마음을 오랫동안 간직하면 누가 아플까요?
미워하는 마음이 커져서 힘들지 않았으면 좋겠습니다. 사랑하는 사람들을 미워하는 마음은 자신을 미워하는 마음이 됩니다. "분명 이유가 있을 거야, 지금은 잘 모르지만." 이렇게 생각해보세요. 그런 마음은 어떤 일도 용서할 수 있는 사람으로 만들어줄 것입니다. 미워하며 보내기에 인생은 짧습니다. 짧은 인생을 미움이 아닌 사랑으로 채우는 당신이 되기를 바랍니다.

오늘의 한마디

용서와 화해로 사랑을 만들어갑니다.

오늘 가장 감사한 세 가지를 적어보세요

8월 28일 _ 비밀스러운 애정

에린지움 *Eryngium*

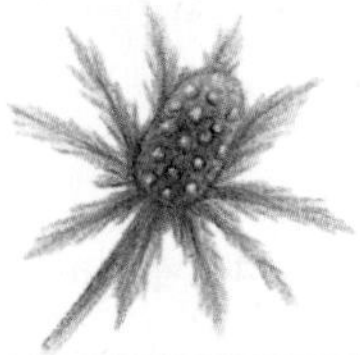

만유인력은 사랑에 빠진 사람을 책임지지 않는다 – 알베르트 아인슈타인

"그러면 그렇지!" 어쩌다 생긴 즉석복권을 치워버립니다. 살면서 덤을 얻어본 적이 없는 당신, 남들은 공짜로 얻는 것도 많고 도와주는 사람도 많은데 왜 난 이렇게 치열하게 살아야 하는지 모르겠다고 생각하나요?

세상은 당신에게 좋은 것만 주고자 하는데 당신은 모르고 있습니다. 당신이 원하는 그 무엇도 당신은 이루어낼 수 있는데 말이지요. 원하는 바를 정확히 알고 구하기 바랍니다. 당신이 원하는 것은 이미 이루어졌고, 쉽게 올 것을 믿으세요. 당신이 믿는 대로 이루어집니다.

℘ 오늘의 한마디

나는 과거의 나를 용서합니다.

℘ 오늘 가장 감사한 세 가지를 적어보세요

8월 29일 _ 그대 있어 외롭지 않네

꽃담배 *Flowering tabacco plant*

너는 혼자가 아니다. 너의 특별한 재능과 신이 네 안에 존재한다
- 에픽테토스

"왜 이렇게 쓸쓸하지?" 자라면서 부모에게 상처받은 내면 아이를 누구나 가지고 있다고 합니다. 어린 마음에 느꼈던 불안감, 공포심, 수치심 등을 가지고 있는 어린 자아지요. 내면 아이는 어렸고, 그 감정을 어찌해야 하는지 모른 채 그대로 당신과 함께했습니다.
성인이 되어서도 가끔 내면 아이의 상처들이 자극을 받으면 그 감정이 그대로 올라옵니다. 당신의 내면 아이를 위로하는 시간이 필요합니다. 어릴 적 생각나는 사건 속의 자신에게 얘기해보세요. 그렇게 공감하고 이해해주며 상처 입은 어린 자신을 달래주는 시간은 꼭 필요합니다.

오늘의 한마디

나는 나 자신을 가장 사랑하고 돌봅니다.

오늘 가장 감사한 세 가지를 적어보세요

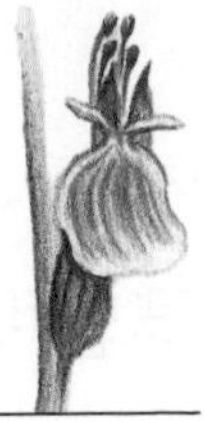

8월 30일 _ 담백

저먼더 *Germander*

풍요 속에서는 친구들이 나를 알게 되고, 역경 속에서는 내가 친구를 알게 된다 – 존 처튼 콜린스

"우리 커서 앞뒷집에 살면 좋겠다." 독서실에서 공부하다 책상을 밀어두고 누워 소곤댑니다. 미래를 얘기하며 영원한 우정을 약속했던 그 친구와 함께 어른이 되었고 엄마가 되었습니다. 서로 잘되면 축하해주고 힘들 때 울어주었던 그 친구 하나로 세상을 이겨내는 데 충분했지요. 생각만 해도 마음이 따뜻해지고, 속상할 때 붙잡고 울기만 해도 큰 위로가 되었습니다.

당신이 인생길에 만난 인연을 소중하게 가꾸고, 그런 친구와 꼭 함께하기를 바랍니다. 당신이 먼저 그런 친구가 된다면 당연히 상대방도 나의 소중한 친구가 되겠지요?

℘ 오늘의 한마디

나는 내 인생의 완성을 믿습니다.

℘ 오늘 가장 감사한 세 가지를 적어보세요

8월 31일 _ 약속

토끼풀 *Clover*

아이에게 무언가 약속하면 반드시 지켜라. 지키지 않으면 당신은 아이에게 거짓말하는 것을 가르치는 것이 된다 – 탈무드

오래된 시집 사이에서 네 잎 클로버가 나왔습니다. 코팅해서인지 처음 그대로 선명합니다. 갑자기 눈물이 납니다. 순탄하고 행복하기만 한 삶이 아니었음에도 잘 견디고 살아온 나 자신에게 고맙습니다. 클로버를 코팅하면서 나와 했던 약속을 지킨 것이지요. 다시 한번 네 잎 클로버를 보며 자신과 약속합니다. 앞으로 살아갈 삶도 흔들리지 않고 자신을 사랑하자고요.
당신이 자신과 한 약속을 잊지 않기를 바랍니다. 당신 자신을 사랑하고 삶을 소중하게 가꿔나가기를 기도한답니다.

℘ 오늘의 한마디

나는 나 자신을 인정하고 받아들입니다.

℘ 오늘 가장 감사한 세 가지를 적어보세요

September

9월

9월 1일 _ 나를 사랑해주세요

호랑이꽃 *Tiger flower*

사랑받기 위해 사랑하는 것이 인간이다. 그러나 사랑하기 위해 사랑하는 것은 천사에 가깝다 - 알퐁스 드 라마르틴

원하는 시험에 합격해서 퇴사한다는 동료를 보며 부러워합니다. 똑같은 시간 일했는데 동료는 언제 시험공부를 했을까 대단하다는 생각만 듭니다. 지금 하는 일이 원하는 일이 아니라면, 정말 하고 싶은 일이 있다면 용기를 내세요. 일에서 오는 만족감은 인생에서 아주 중요한 부분입니다.
지금의 일이 싫다고 하면서도 계속 매여있다면 10년이 지나도 당신의 삶은 오늘과 같을 것입니다. 하지 못한 일들을 아쉬워할 것이 아니라 지금 시작해보는 겁니다. 원하는 직업을 갖기 위해 어떤 것을 시작해야 하는지 알아보는 것으로 첫걸음을 뗄 수 있습니다.

오늘의 한마디

내가 원하는 직업은 나에게 옵니다.

오늘 가장 감사한 세 가지를 적어보세요

9월 2일 _ 변화

멕시칸 아이비 *Cobaea*

아무것도 바꾸지 않으면, 아무것도 변하지 않는다 - 토니 로빈스

"엄마, 벌써 금요일이네.", "어머, 벌써 주말이 다 갔네." 이렇게 몇 번 하니 한 달이 지났습니다. 새해를 맞으면서 계획했던 목표들은 정신없이 지나가는 시간에 묻혀버렸습니다.

변화하고 싶은가요? 그게 맞나요? 당신이 원하는 것이 무엇이든 처음엔 힘이 듭니다. 일찍 일어나야 하고, 조금 늦게 자야 하고, 좋아하는 영화를 보거나 친구 만나는 일을 잠시 포기해야 할 수도 있습니다. 당신이 원하는 미래를 갖길 원한다면 말이죠. 원하는 것이 이루어져 기뻐하는 당신을 상상해보세요. 이미 이루어졌다고 생생하게 느낄수록 당신은 변화를 갈망하게 될 것입니다.

℘ 오늘의 한마디

완벽한 직장은 나에게로 오고, 나는 그것을 끌어당깁니다.

℘ 오늘 가장 감사한 세 가지를 적어보세요

9월 3일 _ 마음속에 감춘 사랑

마거리트 *Marguerite*

사랑을 품을 때 삶은 진정한 의미를 되찾는다 – 미겔 데 세르반테스

어릴 때 글씨가 왜 그 모양이냐고 야단을 맞던 친구는 지금 캘리그래퍼입니다. 평범하게 결혼해서 아이를 기르던 친구가 서예학원에 다니기 시작했다고 했을 때는 그런가 보다 했습니다. 열심히 배우고 크고 작은 대회에서 입상하더니 멋진 글씨를 쓰는 캘리그래퍼가 되었습니다.

"발로 써도 이보다는 낫겠다, 이 녀석아." 취미로 서예를 시작하고 나서 어느 날 기억이 났다고 합니다. 야단맞던 자신이 오랫동안 창피했지만 지금은 괜찮다고요. 한번 해보라고 응원해준 남편에게 참 고맙다고 했습니다. 설령 잘못할 것 같은 일을 시도한다 해도 잘해보라고 응원해주는 사람은 당신을 사랑하는 사람입니다.

℘ 오늘의 한마디

나에게는 무한한 잠재력이 있습니다.

℘ 오늘 가장 감사한 세 가지를 적어보세요

9월 4일 _ 만족된 사랑

뱀무 *Geum*

사랑이 부활하는 곳에서 인생도 새롭게 시작된다 – 빈센트 반 고흐

로미오와 줄리엣. 사랑 때문에 죽음을 선택한 비련의 주인공들이지요. 설마 요즘도 그런 사랑이 있을까 하지만, 그 사랑이 아니면 평생 사랑은 없다며 헤어진 연인만 추억하고 사는 사람들이 있습니다.
사랑하면서 외롭다고 했던 친구는 이별을 택했습니다. 그리고 자신이 내면 상처로 인해 매달리는 사랑을 한다는 것을 알게 되었습니다. 친구는 내면의 상처를 잘 보듬고 안아주는 시간을 가졌습니다. 이후 긍정과 감사로 생활 태도를 바꾸고 자신이 원하는 사람을 만났습니다. 사랑도 준비가 필요합니다.

℘ 오늘의 한마디

나에게는 행복만이 존재합니다.

℘ 오늘 가장 감사한 세 가지를 적어보세요

9월 5일 _ 신뢰

느릅나무 *Elm*

나는 자신을 축하하고 노래합니다 – 월트 휘트먼

“엄마, 나 내일부터 킥복싱 다녀.” 그렇게 시작한 킥복싱을 3개월간 잘 다녔습니다. 타고나기를 운동을 잘 못 하는 딸입니다. 조심성이 많은 엄마는 혹여 넘어져서 다칠까 항상 ‘천천히’를 입에 달고 살았습니다. 그 덕에 무릎에 상처 하나 없긴 합니다.

특공무술을 배워보게 했지만 스트레칭하는 게 힘들었던지 한 달 다니고 그만두었습니다. 그러다 우연한 기회에 음악 줄넘기를 하게 되었습니다. 일주일에 한 번씩 하는 거라 부담이 없었는지 힘들다고 하지 않고 잘 다녔습니다. 작은 성공 경험은 자신감을 갖게 합니다. 당신이 잘할 수 있는 것은 있습니다.

℘ 오늘의 한마디

나는 자신감으로 충만합니다.

℘ 오늘 가장 감사한 세 가지를 적어보세요

9월 6일 _ 애국심

한련 *Nasturtium*

그대는 매일 5분씩이라도 나라를 생각해본 일이 있는가 - 안창호

"와, 멋지다. 대단해." 어딜 가나 어젯밤 역전의 드라마를 펼쳤던 축구 경기 이야기를 합니다. 축구에 전혀 관심이 없던 엄마들도 어젯밤만큼은 골인을 외치며 응원했습니다. 말 그대로 대한민국이 들썩들썩했던 밤이었습니다.

사람들이 평소 '내 나라가 있어 내가 있다'는 생각을 하면서 살까요? 하지만 나라 간에 경기할 때만큼은 온 국민이 하나가 되어 '대한민국'을 외치지요. 뜨겁게 올라오는 무언가를 느끼는 것은 모두가 같을 것입니다. 당신도 그 자리에서는 태극기를 가슴에 단 국가대표입니다. 당신 가슴에 태극기가 있습니다. 보이나요?

℘ 오늘의 한마디

나는 나의 재능과 능력을 잘 표현합니다.

℘ 오늘 가장 감사한 세 가지를 적어보세요

9월 7일 _ 새색시의 기쁨

오렌지 *Orange*

누군가가 꽃을 가져다줄 때까지 기다리지 말고, 자신의 정원을 가꾸고 자신의 영혼을 장식하십시오 – 베로니카 A. 쇼프스톨

똑같은 일이라도 하는 방식이 다릅니다. 주어진 일만 하는 타입, 주어진 일을 어떻게 하면 좀 더 효율적으로 잘할지 고민해서 하는 타입, 당신은 어떤 타입인가요?
성공한 사람들이 처음부터 그 자리에 있었던 건 아닙니다. 가장 낮은 자리에서 일을 배우고 시작합니다. 심부름이나 청소 등 허드렛일부터 시작해 주어진 일을 열심히 합니다. 드디어 기회가 왔을 때 잡은 것입니다.
기회는 성실히 자기 일을 하는 사람에게 오는 것입니다. 가진 것이 없어도, 배움이 짧아도 기회는 옵니다. 당신에게 찾아올 기회를 꼭 잡기 바랍니다.

오늘의 한마디

직업에서의 만족이 나의 삶을 더욱 행복하게 합니다.

오늘 가장 감사한 세 가지를 적어보세요

9월 8일 _ 무관심

겨자 *Mustard*

절망은 마약이다. 절망은 생각을 무관심으로 잠재울 뿐이다
- 찰리 채플린

세상을 놀라게 했던 사람들은 어떻게 그런 생각을 했을까요? 전구를 발명하고 전화기를 발명했던 사람들은 천재여서 그랬을까요? 영화 〈조이〉에 나온 주인공은 불우한 환경에서도 가족을 돌보는 사람입니다. 관심 있게 살펴주는 사람 하나 없지만, 생활 속 아이디어로 성공해 CEO가 됩니다. 그리고 무관심 속에서 굴하지 않고 노력하는 사업자들을 도와줍니다.
아무도 자신을 봐주지 않는다는 생각에 힘들 수도 있습니다. 그럴 때 묵묵히 하고자 하는 일을 해보세요. 그런 당신에게 관심을 보이고 응원하는 이들이 생겨날 거예요.

오늘의 한마디

나는 나의 목표를 향해 묵묵히 나아갑니다.

오늘 가장 감사한 세 가지를 적어보세요

9월 9일 _ 추억

갓개매취 *Michaelmas daisy*

추억은 식물과 같다. 싱싱할 때 심어두지 않으면 뿌리박지 못하니, 우리는 싱싱한 젊음 속에서 싱싱한 일들을 남겨놓지 않으면 안 된다 – 생트뵈브

상쾌한 아침입니다. 침대를 깔끔히 정리하고 집을 나섭니다. 향기로운 커피를 건네는 직원에게 눈을 맞추며 인사하고, 바쁘게 서두르는 사람을 위해 양보합니다. 밥 한번 먹자고 했던 동료와 점심을 함께 먹으면서 힘들다는 넋두리에 위로해줍니다. 틈틈이 부모님과 친구들에게 안부 전화를 하고, 업무를 정리한 뒤 퇴근합니다. 그리고 당신이 정말 좋아하는 사람과 저녁 식사를 하며 행복한 시간을 가집니다.

자, 이제 집에 왔습니다. 당신의 오늘이 어떠셨나요? 평범한 오늘 하루가 당신의 인생입니다. 아름답고 소중한 추억이 됩니다.

℘ 오늘의 한마디

나는 감사로 하루를 시작하고 마무리합니다.

℘ 오늘 가장 감사한 세 가지를 적어보세요

9월 10일 _ 믿는 마음

흰 과꽃 *White china aster*

아무도 믿지 않는 사람은 누구의 신뢰도 받지 못한다 – 제롬 블래트너

학교에서나 직장에서 함께 하는 프로젝트가 많습니다. 요즘은 드라마 대본도 여러 사람이 협업하는 경우가 흔한 일이 되었습니다. 프로젝트를 함께 하는 팀원들이 자신의 체온을 뺏길까 봐 멀리 떨어져있는 양들처럼 아이디어를 공유하지 않는다면 그 프로젝트는 잘 될 수 있을까요?
어떻게 하면 친구나 동료와 편안하게 의견을 주고받을 수 있을까요? "어머 그런 생각을 어떻게 했어요?", "참 멋지네요." 상대방의 생각을 지지하고 존중해주는 말을 할 줄 아는 사람이면 누구라도 함께하고 싶을 것입니다. 당신이 꼭 그런 사람이 되었으면 좋겠습니다.

℘ 오늘의 한마디

나는 동료와 서로 지지하고 성장을 돕는 관계입니다.

℘ 오늘 가장 감사한 세 가지를 적어보세요

9월 11일 _ 건강

알로에 *Aloe*

꽃은 항상 사람들을 더 좋고 더 행복하고 더 도움이 되게 합니다. 그것들은 영혼을 위한 햇빛, 음식, 약입니다 - 루서 버뱅크

당신의 옆자리에 앉은 동료의 생일은 언제인가요? 좋아하는 커피와 과자를 알고 있나요? 매일 같은 공간에서 일하면서도 서로에 대해 알고 싶지 않은 사람들이 많습니다. 개인사에 대해 너무 알게 되면 서로 불편할까 피하는 것이지요.
당신이 건네는 따뜻한 인사와 관심이 동료 이상의 관계를 만듭니다. 몸이 아픈 동료에게 어떤지 물어주고, 피곤한 동료에게 초콜릿을 건네줄 수 있는 당신이 되기를 바랍니다. 당신의 예쁜 마음을 알아본 동료들과 행복하게 살기를 바랍니다.

오늘의 한마디

나는 동료들과 좋은 관계를 형성합니다.

오늘 가장 감사한 세 가지를 적어보세요

9월 12일 _ 마음의 아름다움

클레마티스 *Clematis*

당신만의 아름다움으로 아름다워져라 - 미상

"고맙습니다.", "미안합니다.", "감사합니다." 이렇게 인사를 건네는 사람에게 "됐거든" 하는 사람이라면 어떨까요? 아무리 예쁘고 멋진 외모를 가졌다고 하더라도 입만 열면 험담과 부정적인 말들을 쏟아내는 사람을 좋아하는 사람은 없을 것입니다.

"웃는 눈이 예뻐요.", "목소리가 편안해요." 꼭 외모가 아니라도 함께 지내는 사람들은 상대방의 좋은 면을 알아보게 됩니다. 당신의 매력을 숨기지 마세요. 주변에서 예쁘다고 잘한다고 했던 그 매력들, 사소하다고 생각했던 당신만의 그 매력들은 당신을 특별한 사람으로 만들어줄 것입니다. 함께하고 싶은 동료로 말이죠.

오늘의 한마디

나는 직장 동료들과 긍정적인 대화를 합니다.

오늘 가장 감사한 세 가지를 적어보세요

9월 13일 _ 솔직

버드나무 *Willow*

자신에게 솔직하기란 얼마나 어려운 일인가. 남들에게 솔직하기가 훨씬 더 쉽다 - 에드워드 F. 벤슨

힘들다고 하는 동료들 대신 일을 맡아주는 친구가 참 답답합니다. "너도 힘들다고 하고 나눠서 하면 될 것을 왜 맨날 네가 도맡아 하니?" 답답한 마음에 한마디 하면 그 친구는 웃기만 합니다.
얼마 전 그 친구가 힘든 일을 겪으면서 동료들에게 도움을 구했습니다. 아픈 부모님을 간호해야 해서 당분간 업무를 분담해달라고요. "힘내세요! 곧 좋아지실 거예요.", "이거 비타민인데 피곤할 때 먹으면 좋대요."
당신이 바라보는 대로 상대방은 바뀐답니다. 그 친구처럼 당신이 먼저 손을 내밀어보세요. 당신이 있는 곳은 항상 따뜻한 온기로 가득할 것입니다.

℘ 오늘의 한마디

나는 동료들을 연민의 마음으로 바라봅니다.

℘ 오늘 가장 감사한 세 가지를 적어보세요

9월 14일 _ 유혹

마르멜로 *Quince*

우리가 이겨낸 유혹의 기억보다 더 만족스러운 기억은 없다
– 제임스 브랜치 카벨

날짜대로 발표를 시키는 선생님 수업이 있는 날은 결석이나 조퇴를 하고 싶었습니다. 가끔 꾀병을 부리고 결석한 기억도 있습니다. 지금의 나를 보면 상상하기 힘들겠지만, 호기심이 많았고, 배우고 싶은 마음에 시작은 해도 끝까지 못 하고 금방 싫증을 냈습니다.
엄마가 되어서도 이것저것 배우고 싶은 유혹은 여전했고, 가끔 한 번씩 새로운 것을 시작하고 그만둡니다. 직장에 들어가면서 마음먹었습니다. 시작하면 꾸준히 해보기로. 3, 6, 9에 온다는 퇴사 유혹을 이겨내고, 엄마는 달라집니다. 뭐든 열심히 하고 최선을 다합니다. 타고난 성품도 바꿀 수 있던 이유는 '엄마'여서입니다.

℘ 오늘의 한마디

나는 직장 동료와 함께 성장합니다.

℘ 오늘 가장 감사한 세 가지를 적어보세요

9월 15일 _ 화려함

달리아 *Dahlia*

화려한 일을 추구하지 말라. 중요한 것은 스스로의 재능이며, 자신의 행동에 쏟아붓는 사랑의 정도이다 – 테레사 수녀

며칠 전부터 반장을 하면 좋은 점을 몇 번이나 얘기했는지 딸아이는 귀찮다는 표정입니다. 해마다 반장 선거에 나가보라고 했지만 매번 마다했던 딸이 올해는 꼭 반장 한 번 했으면 좋겠습니다.

그날도 딸은 반장 후보에 나가지 않았고 엄마는 반장을 포기했습니다. "엄마, 나 동아리 임원 됐어." 동아리 임원이 되었다고 합니다. 생전 엄마한테 뭐 해달라고 하지 않는 딸이 동아리 활동에 필요하다며 프린트를 해달라, 준비물이 있다 하는데 기분이 좋습니다. 남을 위해 봉사하는 모습이 흐뭇합니다. 하고 싶은 것을 찾아서 재미있게 하니 엄마는 참 좋습니다.

오늘의 한마디

나는 내가 어려움에 부닥쳤을 때 쉽게 도움을 구하고 받습니다.

오늘 가장 감사한 세 가지를 적어보세요

9월 16일 _ 슬픈 그대가 좋아

용담 *Gentiana*

슬픔의 유일한 치유제는 행동이다 - 조지 헨리 루이스

"엄마, 나가자. 바람 좀 쐬게." 아버지를 먼저 보내고 엄마는 줄곧 집 밖을 나가지 않습니다. 걱정스러운 딸은 매일 엄마를 살피러 갑니다. 깔끔하게 치워진 집 안은 적막하기만 합니다. 나에겐 아빠지만 엄마에겐 남편입니다. 함께했던 세월만큼 깊은 사랑입니다. 매일 옆에 있던 짝이 어느 날 갑자기 없어져버린 현실을 받아들이기 어려우신가 봅니다.

슬픔이 왔을 때 참지 마세요. 가슴속에 묻지 말고 애도하세요. 그 슬픔을 함께하는 이가 옆에 있을 거예요. 누구나 슬픈 이도 될 수 있고, 위로자도 될 수 있습니다. 슬퍼하는 이와 함께하는 따뜻한 사람, 당신입니다.

오늘의 한마디

나는 직장에서 최선을 다하며 적절한 보상을 받습니다.

오늘 가장 감사한 세 가지를 적어보세요

9월 17일 _ 고독

에리카 *Heath*

외로움이란 혼자 있는 고통을 표현하기 위한 말이고, 고독이란 혼자 있는 즐거움을 표현하기 위한 말이다 - 폴 틸리히

"오늘 점심은 뭘 먹나?", "난 도시락!" 오늘도 한결같이 도시락을 싸 온 모양입니다. 365일 엄마 도시락을 먹는 동료를 이상하게 봅니다. 밥정이라고 하죠. 함께 밥을 먹지 않는 사람은 친한 동료가 없습니다.

속이 안 좋아 사무실에 남은 어느 날, 그 동료가 도시락을 꺼내며 함께 먹자고 합니다. "우리 엄마 솜씨가 참 좋아요. 오늘은 특별히 나물 반찬을 싸주셨어요." 그날 이후 참 좋은 면이 많은 따뜻한 사람이란 걸 알게 되었고, 도시락을 싸 오는 동료들도 생겼습니다. 사무실 분위기가 전보다 더 화기애애해졌습니다.

오늘의 한마디

나에게 기회는 어디든 있습니다.

오늘 가장 감사한 세 가지를 적어보세요

9월 18일 _ 엄격

엉겅퀴 *Thistle*

가르치는 입장에 있는 사람은 자신을 엄격하게 해야 비로소 그가 닦는 학문의 길이 존귀하다고 사람들이 인정하게 된다 – <예기>

서버 다운. 불만 가득한 고객의 전화가 폭주하고 응대하는 직원들의 다급한 목소리가 웅성웅성합니다. 일하다 보면 의도치 않은 실수로 여러 사람을 불편하게 할 때가 있습니다. 누구라도 그런 실수를 할 수 있죠.

일을 대하는 태도는 사람마다 참 다릅니다. 처음엔 모두 신입으로 시작하지만 언젠가 당신도 후임을 가르치는 자리로 갈 수 있음을 알아야 합니다. 신입일 때 실수했던 부분을 꼭 기억하고 잘 정리해둔다면 어떨까요? “간단한 일인 줄 알았는데 정말 중요한 일이군요. 실수 없이 해오신 선배님이 존경스럽습니다.” 선배가 된 당신이 듣게 될 말입니다.

℘ 오늘의 한마디

나의 선택의 폭은 넓습니다.

℘ 오늘 가장 감사한 세 가지를 적어보세요

9월 19일 _ 자중

사초 *Carex*

행복할 때의 미덕은 자제이고, 역경에 처했을 때의 미덕은 인내이다
- 프랜시스 베이컨

"엄마, 합격했어요." 자식이 합격했다고 하는 말처럼 기쁜 일이 있을까요? 시험이든 직장이든 자식의 합격은 부모에게 더없는 기쁨을 안겨줍니다.

"함께 공부했던 친구는 어떻게 됐니?" 축하해주시고는 이내 친구의 결과를 묻습니다. 안타깝게도 친구는 이번 시험에 불합격했습니다. "그 친구, 위로해줘라. 너무 기쁜 내색 하지 말고. 알았지?" 친구가 안 되었다는 얘기에 안쓰러워하시며 그 친구를 배려하라 당부하십니다.

당신의 기쁜 일이 다른 이들의 절망을 더하지 않게 하세요. 아픈 사람의 마음을 살필 수 있는 당신이 되었으면 좋겠습니다.

오늘의 한마디

나는 내 인생의 주인공입니다.

오늘 가장 감사한 세 가지를 적어보세요

9월 20일 _ 나를 생각해요

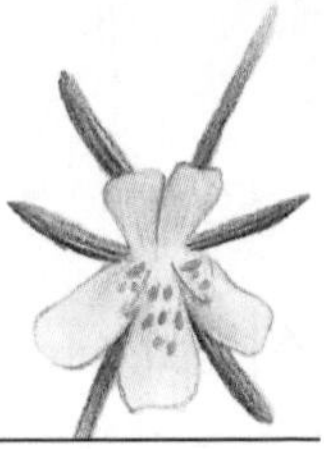

로즈메리 *Rosemary*

자신이 해야 할 일을 결정하는 사람은 세상에서 단 한 사람, 오직 나 자신뿐이다 – 오손 웰스

지금의 직장이 마지막이 아닌, 새롭게 도약하는 발판이 되게 하고 싶은가요? 그렇다면 맡은 일을 어떻게 하면 좀 더 창의적으로 진행할지 고민해보세요. 남다르게 노력하면 직장 일과 태도에서 인정을 받을 수 있습니다. 작은 인정과 격려로 자신감이 커져 당신은 어떤 일이든 도전하는 사람으로 변화할 것입니다.

"제가 해볼게요." 다른 사람이 하기 싫어하는 일을 맡아서 해보는 것도 좋은 경험이 될 수 있습니다. 수고로울 거예요. 그래도 한번 해볼까요?

℘ 오늘의 한마디

나는 직장에서 인정과 존경을 받습니다.

℘ 오늘 가장 감사한 세 가지를 적어보세요

9월 21일 _ 후회스러운 청춘

가을 사프란 *Autumn crocus*

청춘은 다시 돌아오지 않고 하루에 새벽은 한 번뿐이다. 좋은 때에 부지런히 힘쓸지니 세월은 사람을 기다리지 않는다 – 도연명

빛나는 청춘은 얼마나 귀한 시간인 줄 모르고 지나갑니다. 신나게 놀며 살거나, 어렵다고 일찌감치 포기하고 안일하게 살거나, 다가올 미래를 계획하고 열심히 살거나, 어떤 것도 당신은 선택할 수 있습니다.
신은 공평하게 청춘이란 보물을 주었습니다. 그 보물을 돌멩이라고 하찮게 여기는 것도, 다이아몬드 원석이라고 생각하는 것도 모두 당신에게 달려있습니다. 함께하는 친구들과 청춘을 노래하고 이겨내기를 바랍니다. 새로운 시작은 언제든 할 수 있지만 절정의 힘이 타오르는 시절 '청춘'입니다.

오늘의 한마디

나는 함께 일하는 동료들과 이해와 믿음을 주고받습니다.

오늘 가장 감사한 세 가지를 적어보세요

9월 22일 _ 흥분

방울새풀 *Quaking grass*

사랑은 봄에 피는 꽃과 같다. 온갖 것에 희망을 품게 하고, 달콤한 향기를 풍긴다 – 귀스타브 플로베르

"와 정말 멋지다!" 가까운 산에 올라 엄마는 생전 처음 본 것처럼 감탄합니다. "저 꽃 이름이 뭘까? 들꽃 종류도 많고, 참 이쁜 꽃들이 많아. 그렇지?", "이쁘네." 간단하게 답하는 딸들. 아빠는 멀찍이서 담배만 피웁니다.

무덤덤한 가족들 틈바구니에서 엄마는 항상 기분이 고조되어있습니다. 하늘도 구름도 꽃도 나무도 엄마에게는 항상 새롭습니다. 이렇게 네 식구 모여 산행하는 것도 바쁜 일정 속에서 손에 꼽을 정도일 듯합니다. "엄마, 산책하러 갈까? 잠깐 시간이 나네. 커피도 한잔 하고." 어서 가자고 서두르는 엄마의 얼굴이 발갛습니다.

℘ 오늘의 한마디

나에게 새로운 직업이 필요할 때 직업은 쉽게 나타납니다.

℘ 오늘 가장 감사한 세 가지를 적어보세요

9월 23일 _ 고상함

주목 *Yew tree*

부는 인간의 환경을 고상하게 만들 뿐, 인간 그 자체를 고상하게 만들지는 않는다 – 임마누엘 칸트

요즘 알파벳 네 자로 서로를 파악합니다. MBTI가 어떤 유형인지 묻고 자신과 맞는지 살펴보죠. MBTI는 변한다는 걸 아시나요? 어떤 상황을 만나는지에 따라 내향적인 성향이 외향적으로 변화할 수도 있다는 것입니다.
모든 유형의 사람을 이해해보세요. 살면서 당신과 잘 맞는 유형의 사람만 만나는 것이 아니기 때문이지요. 사람에 대해 깊이 이해하고 존중하는 당신이 된다면 어떤 사람과도 잘 지낼 것입니다. 상대의 말을 경청하기! 그게 바로 시작입니다.

오늘의 한마디

나는 동료들과 서로 존중합니다.

오늘 가장 감사한 세 가지를 적어보세요

9월 24일 _ 새색시의 기쁨

오렌지 *Orange*

가정의 단란함이 이 세상에서 가장 빛나는 기쁨이다. 그리고 자녀를 보는 즐거움은 사람의 가장 거룩한 즐거움이다 – 요한 하인리히 페스탈로치

쉬는 날이면 남편과 산행을 하는 지인은 산이 참 좋다고 합니다. 풀 냄새를 맡고 천천히 산을 오르면서 남편과 이 얘기 저 얘기로 웃음꽃을 피우지요.

남편의 사업이 잘 안 되고 하던 식당마저 그만둘 즈음 부부는 위기를 맞이했다고 합니다. 위기를 잘 넘기고 서로를 위해주며 소소한 기쁨 속에 살아가는 지인을 보면 참 배울 점이 많습니다. 지금은 개인택시를 하는 남편을 위해 늦은 저녁을 준비한다고 합니다.

인내로 사랑을 완성하는 것은 모든 부부가 할 수 있는 일은 아닙니다. 짧은 기쁨 뒤에 긴 인내의 시간을 견뎌야 하니까요.

℘ 오늘의 한마디

나는 동료들과 격려하고 격려를 받습니다.

℘ 오늘 가장 감사한 세 가지를 적어보세요

9월 25일 _ 음악을 좋아함

귀리 *Oat*

음악은 우리에게 사랑을 가져다주는 분위기 좋은 음식이다
- 윌리엄 셰익스피어

살면서 울적하거나 스트레스가 쌓여 힐링이 필요할 때 음악이 좋습니다. 예전처럼 카세트나 CD 플레이어를 들고 다니지 않아도 핸드폰 하나면 어디서든 원하는 음악을 들을 수 있으니 참 좋은 세상입니다.

"어, 엄마가 좋아하는 노래다.", "엄마가 고등학교 때 좋아하던 노래네.", "아빠랑 연애할 때 유행했던 노래야." 노래를 들으면 당시의 추억이 함께 떠오르는 것이 음악의 마법인 듯합니다. 딸들이 엄마를 노래와 함께 기억했으면 좋겠습니다. 노래를 들으며 엄마와 행복했던 한때를 추억하고 웃음 짓기를 바랍니다. 엄마는 아름다운 멜로디와 함께 언제나 그 자리에 있습니다.

오늘의 한마디

나는 사람들에게 긍정적으로 피드백합니다.

오늘 가장 감사한 세 가지를 적어보세요

9월 26일 _ 자연미

감 *Date plum*

강과 산에는 주인이 따로 없다. 보고 느끼면서 즐길 줄 아는 사람이 주인이다 – 법정 스님

고등학교까지의 친구들은 거의 동네 친구들입니다. 대학을 가면서 친구들은 전국구가 되지요. 직장에 들어가면 정말 세상엔 다양한 사람들이 있다는 것을 알게 됩니다. 그리고 동료들도 나와 같은 사람이고 비슷한 생각을 한다는 걸 느끼는 순간이 옵니다.
그런 순간을 맞으려면 당신은 열린 마음으로 다가가야 합니다. 먼저 다가오길 기대하고 당신 자리에서 꿈쩍도 하지 않는다면 서로의 사이가 좁아질까요? 상대를 칭찬하고 솔직하게 다가가는 당신에게 동료도 마음을 열고 다가올 것입니다. 당신이 동료애가 있는 직장생활의 즐거움으로 행복했으면 좋겠습니다.

℘ 오늘의 한마디

나는 직장 동료들을 관심과 사랑으로 대합니다.

℘ 오늘 가장 감사한 세 가지를 적어보세요

9월 27일 _ 사랑은 영원히

떡갈나무 *Oak*

가장 오래 지속되는 사랑은 다시는 돌아오지 않는 사랑이다
– 윌리엄 서머싯 몸

이루어질 수 없는 사랑은 더 애틋합니다. 힘든 사랑을 하는 친구의 이야기를 들어주는 당신은 친구가 아픔을 딛고 일어나 새롭게 시작하기를 바랍니다. 어쭙잖은 조언은 필요 없습니다. 문제의 답은 친구가 알고 있으니까요. 당신은 그저 이야기를 들어주기만 하면 됩니다.

얼마가 지나고 이제는 밝게 웃기도 하는 친구가 말합니다. “어쩔 수 없는 이별이었지만, 사랑했고 행복했어. 그 추억을 소중하게 간직할 거야.” 사랑이 이루어지지 않았다고 아름답던 그 사랑이 끝난 것은 아닙니다. 추억 속의 사랑은 영원하니까요. 안타까운 이별에도 담담할 수 있는 이유입니다.

오늘의 한마디

나는 나의 모든 경험을 통해 성장합니다.

오늘 가장 감사한 세 가지를 적어보세요

9월 28일 _ 애정

줄맨드라미 *Love-lies-bleeding*

사랑에는 한 가지 법칙밖에 없다. 그것은 사랑하는 사람을 행복하게 만드는 것이다 - 스탕달

인생은 자신 중심으로 써 내려가는 이야기입니다. 부부로 산다고 해도 엄마의 이야기, 아빠의 이야기가 다르니까요. "왜 당신 입장만 생각해요? 내 입장도 생각을 좀 해보라고요." 다시 생각해보면 별것도 아닌 사소한 말다툼으로, 각자의 입장에서 서로 다른 이야기를 합니다.

그러나 한 가지 같은 것은 있습니다. 서로 사랑한단 것이지요. 변함없는 사랑이 있기에 결국 화해하고 풀어집니다. 엄마 아빠와의 사랑이 진부하고 재미없다 해도 20대 청춘에 만나서 알콩달콩 살았던 시절이 있습니다. 앨범을 한번 꺼내보세요. 거기 애정이 넘치는 엄마 아빠의 빛나던 연애 시절이 있습니다.

오늘의 한마디

나에게 기회는 쉽게 자주 옵니다.

오늘 가장 감사한 세 가지를 적어보세요

9월 29일 _ 명성

사과 *Apple*

인격은 나무와 같고, 명성은 그림자와 같다 - 에이브러햄 링컨

자신의 삶에서 나이와 위치에 걸맞은 인격을 갖추는 것은 중요합니다. 목표를 향해 정진할 때도 감사는 잊지 않아야 합니다. 나를 있게 해준 부모님, 친구들, 선생님에게 감사하는 마음이 당신을 호감 가는 사람이 되게 합니다.

반갑게 미소로 인사하기, 감사한 마음 잘 표현하기, 멋지다고 칭찬해주기 등 쉽게 할 수 있는 작은 표현들은 당신을 남다르게 하는 비법임을 꼭 기억하세요. 감사하기는 어디서든 환영받는 당신의 비결이 될 것입니다.

℘ 오늘의 한마디

나의 직업에서의 성취는 삶을 풍요롭게 합니다.

℘ 오늘 가장 감사한 세 가지를 적어보세요

9월 30일 _ 웅대함

삼나무 *Cedar*

인간이 살지 않는 지구 위의 별천지, 오지는 지상에서 가장 위대한 아름다움이 있으며 숲과 야생화와 초원의 천국이다
- 라인홀트 메스너

"엄마, 힘들어." 동네 산이라고 하지만 제법 높은 산입니다. 그동안 함께 다니던 산책길 정도라 생각했던 딸들은 목까지 차오르는 숨에 헉헉거립니다. "그냥 차 타고 올라갈 걸 그랬나?" 딸들을 걱정스럽게 바라봅니다.

시원한 약수로 목을 축이고 오르기를 30여 분. "와, 멋지다. 우리가 저기로 올라온 거야?" 다양한 초록으로 펼쳐진 광경을 보며 딸들은 감탄사를 연발합니다. 웅대한 자연은 언제나 그 자리에 있습니다. 언제라도 쉬어갈 수 있는 그곳은 부모님의 품처럼 푸근하고 넉넉합니다.

℘ 오늘의 한마디

나는 날마다 성장하고 있습니다.

℘ 오늘 가장 감사한 세 가지를 적어보세요

"

당신의 매력을 숨기지 마세요.
주변에서 예쁘다고 잘한다고 했던 그 매력들,
사소하다고 생각했던 당신만의 그 매력들은
당신을 특별한 사람으로 만들어줄 것입니다.

"

October
10월

10월 1일 _ 사랑

빨강 국화 *Red chrysanthemum*

사랑의 고통은 다른 어떠한 즐거움보다도 달콤하다 – 존 드라이든

연인 사이에 사소한 줄다리기를 안 해본 사람은 모릅니다. 가장 친한 친구와 다투었다며 몇 날 며칠 기분이 안 좋더니 며칠 만에 친구를 만나고 온 얼굴이 밝습니다 "나 참, 오늘은 둘이 화해를 했는지 미안하다고 밥을 사네. 그렇게 좋을까?"
사랑을 소설이나 영화로만 안다면 인생의 중요한 부분을 놓치고 사는 것입니다. 사랑해야 사람을 이해하고 세상을 연민의 눈으로 바라볼 수 있게 되는 것이지요. 당신도 사랑하면서 삶의 부정적인 요소에 긍정으로 답할 수 있기를 바랍니다. 인생의 힘든 순간을 긍정으로 볼 수 있다면 그보다 좋을 수는 없을 것입니다.

오늘의 한마디

나는 긍정적으로 생각합니다.

오늘 가장 감사한 세 가지를 적어보세요

10월 2일 _ 아가씨의 수줍음

살구꽃 *Apricot blossom*

사람들에게 상냥하게 대하라. 이것을 계기로 남에게 호감을 받게 되고, 사람들과 이야기함으로써 소심한 성격이 개조된다 – 엘마 윌러

가슴이 두근두근, 우리 딸 차례입니다. 동요대회에 참가한 우리 딸, 멀리서 봐도 긴장한 기색이 역력합니다. 수줍음이 많던 딸아이는 그 동요대회를 계기로 쭈뼛쭈뼛하는 태도가 조금씩 달라졌습니다. "어때? 한번 해보는 거야!"라며 다짐하고 도전했던 작은 경험이 뒤로 수줍어 숨던 자신의 다른 면을 알게 한 것이지요.

수줍음이 많은가요? 괜찮아요. 누구나 그렇답니다. 용기 내서 한 발짝 떼어보세요. 스스로 모르는 자신이 보일 거예요. "누가 먼저 해볼까?" 기회가 왔습니다. 손을 들고 "저요" 하세요. 잘했어요. 수줍게 뒤로 숨던 당신은 이제 한 발 앞으로 나왔답니다.

오늘의 한마디

나는 매일 작은 도전을 하고 성공합니다.

오늘 가장 감사한 세 가지를 적어보세요

10월 3일 _ 자제

단풍나무 *Maple*

자기 스스로를 다스릴 수 없는 사람은 자유로울 수 없다 - 피타고라스

자신을 다스릴 방법을 터득한다면 살아가는 동안 건강한 몸과 평안한 마음을 유지할 수 있을 것입니다. 〈타이탄의 도구들〉이라는 책을 보면, 성공한 많은 사람은 아침에 명상하고 차를 마신다고 합니다. 명상으로 내면의 힘을 끌어모아 하루를 살아낼 에너지를 충전하는 것이지요.

나를 아는 것이 성공의 열쇠인데, 매일 하는 명상의 시간은 나에 대해 깊은 성찰을 하게 합니다. 그렇게 인생을 바라보는 태도와 사람을 대하는 태도가 깊어져 삶을 이해하고 성공의 원리를 터득하는 것이지요. 당신이 이 방법을 터득해서 건강한 몸과 마음을 유지하는 진정한 자유인이 되기를 바랍니다.

℘ 오늘의 한마디

나는 매일 조용히 명상의 시간을 갖습니다.

℘ 오늘 가장 감사한 세 가지를 적어보세요

10월 4일 _ 순진무구

호프 *Common hop*

행복은 무엇보다도 순수함에 대한 평온하면서도 기쁜 확신이다
– 헨리크 입센

아세요? 사람들이 하는 걱정의 대부분은 일어나지 않은 일에 대한 걱정입니다. 한마디로 쓸데없는 걱정이지요. 특히 다른 사람의 의견을 잘 듣는 팔랑귀들은 더욱더 걱정이 많습니다.
당신의 소중한 인생을 걱정만 하는 것으로 낭비한다면 얼마나 아쉬울까요? 그 시간에 사랑하는 사람들과 함께하고 즐거운 대화를 나누며 사랑을 표현한다면 당신의 삶은 더욱더 풍요로워집니다. 사소한 두려움과 걱정이 우울하고 어두운 사람으로 만들 수 있습니다. 당장 걱정은 내려놓고 행복하기로 하세요. 행복은 당신이 바라는 만큼 주어집니다.

오늘의 한마디

나는 모든 일에 자신감이 가득합니다.

오늘 가장 감사한 세 가지를 적어보세요

10월 5일 _ 승리

종려나무 *Windmill palm*

오늘날 너무 쉽게 볼 수 있는 가장 위대한 승리는 눈에 띄지 않는 작은 승리가 연속된 결과였다 – 파울로 코엘료

성공하고 싶다면 작은 성공의 경험을 쌓아야 합니다. 돈을 많이 벌고 싶은 사람이 처음부터 1억을 벌겠다고 하면 마음속의 자아는 그 다짐을 받아들이기는커녕 반발합니다. "무슨 일 억? 지금 이백도 못 버는데 일 억이라니 말도 안 돼." 이렇게 되면 계획은 이루어지지 않고 실망만 하게 됩니다.

그럼 어떻게 하면 될까요? 처음부터 1억이 아니라 먼저 10만 원의 부수입을 계획하고, 이루어지면 20만 원을 계획하는 겁니다. 이렇게 달성 가능한 금액으로 작은 성공을 맛보는 것이지요. 작은 성공을 맛본 당신은 좀 더 높은 목표를 설정하고, 그 목표를 실현하기 위해 구체적인 계획을 세울 것입니다.

오늘의 한마디

나의 삶은 단순하고 쉽습니다.

오늘 가장 감사한 세 가지를 적어보세요

10월 6일 _ 화해

개암나무 *Hazel*

약자는 결코 용서할 수 없다. 용서는 강한 자의 특성이므로
- 마하트마 간디

아침 명상을 하며 소문을 낸 동료를 생각합니다. 그러기를 5일째. 어떻게 해야 할지 깨닫습니다. 소문을 낸 동료와 이야기를 나누었습니다. 감정은 빼고 사실만 이야기합니다. 왜 그런 이야기를 했는지 물었고, 그 일로 인해 참 당황스러웠던 나를 담담하게 이야기했습니다. 그리고 그런 이야기를 한 이유가 있다면 듣고 싶다고 했지요.
동료는 우선 먼저 이야기해주어 고맙다고 했고, 소문이 될지 몰랐다고 사과를 합니다. 감정적으로 얘기했다면 고성이 오갈 수 있었지만, 준비하고 대화하니 잘 해결되었습니다. 명상이 가르쳐준 지혜입니다.

오늘의 한마디

나는 스트레스를 잘 조절하고 평온합니다.

오늘 가장 감사한 세 가지를 적어보세요

10월 7일 _ 고상함

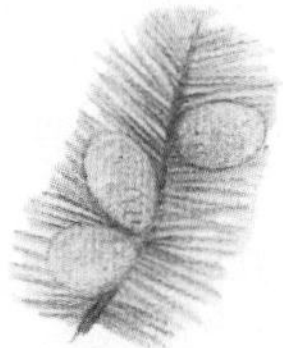

전나무 *Fir*

산은 마음의 고요와 고상함이요, 큰 산은 높은 덕이 솟은 것 같다
– <팔만대장경>

며칠째 강행군에 몸살이 났는지 힘이 들어 병원에 다녀왔습니다. 청소도 빨래도 저녁 준비도 못 한 채 약을 먹고 잠이 들었습니다. 깜짝 놀라 깨보니 벌써 9시. 저녁 시간이 지났는데 어쩌나 해서 나와보니 이미 저녁 설거지도 다 끝났고 청소며 빨래며 정리가 잘되어 있습니다.
"엄마, 괜찮아? 저녁 차려줄까?" 갑자기 울컥합니다. 딸이 차려준 저녁을 먹으며 딸의 잔소리를 듣습니다. "엄마도 어깨 아프지? 나도 그래. 엄마, 우리 잘해야 한다는 부담감을 좀 내려놓고 살아보는 건 어떨까? 엄마도 나도." 딸이 정말 어른이 되었나 봅니다. 아주 든든합니다.

℘ 오늘의 한마디

나는 내 어깨의 모든 긴장을 내려놓습니다.

℘ 오늘 가장 감사한 세 가지를 적어보세요

10월 8일 _ 승리

파슬리 *Parsley*

성공을 향한 길은 당신을 의심하는 사람들과 미워하는 사람들로 포장되어 있다 – 마초나 딜와요

"저 차 살 거예요." 동료는 당신을 물끄러미 바라봅니다. 뚜벅이인 당신이 갑자기 비싼 차를 산다고 하니 의아한 것이지요. 당신이 갖고 싶은 것과 이루고 싶은 것들로 목표를 세우고 1년 뒤, 5년 뒤, 10년 뒤의 성공한 모습을 그리고 있는 것을 알지 못하지요. 당신의 책상에 있는 붙어있는 자동차가 그 목표였음을 듣고 난 후에야 뭔가 열심히 하는 사람이란 걸 알게 됩니다.

노력하는 당신은 주변의 어떤 이야기에 흔들리지 않기 위해 직장에서도 들숨과 날숨의 호흡법이 필요합니다. 단전까지 깊은 호흡을 하면서 들숨에 좋은 기운을 받아들이고 날숨에 나쁜 기운을 내보냅니다. 그렇게 당신은 평온합니다.

오늘의 한마디

나는 천천히 호흡하면서 점점 이완됩니다.

오늘 가장 감사한 세 가지를 적어보세요

10월 9일 _ 극찬

회향 *Fennel*

가장 훌륭한 사람이란 칭찬을 해주면 얼굴을 붉히고 그대가 그를 헐뜯을 때는 침묵을 지키는 사람이다 – 칼릴 지브란

오랜만에 만난 지인은 우리 모녀를 한 번에 알아봅니다. "세상에, 어쩜 이렇게 딸을 잘 키웠대. 마트가 다 환하네. 엄마 너무 좋겠다." 돌아오는 길에 엄마는 세상을 다 얻은 듯 기쁩니다. 엄마에게 자식을 잘 키웠다는 말보다 더한 칭찬이 있을까요? "엄마, 왜 이렇게 기분이 좋아?" 콧노래까지 흥얼거리며 식사 준비를 합니다. 아빠와 딸들은 궁금합니다.

"와, 역시 엄마 솜씨가 최고야." 한마디씩 하며 먹는 모습을 물끄러미 보던 엄마는 미소 짓습니다. 엄마를 살게 하는 힘! 바로 자식을 잘 키웠다는 말과 준비한 음식이 맛있다는 말이죠. 쉽게 하는 말이어도 엄마에겐 살아갈 힘을 주는 극찬입니다. 엄마는 또 힘을 냅니다.

℘ 오늘의 한마디

나는 일상적인 일을 쉽게 잘해냅니다.

℘ 오늘 가장 감사한 세 가지를 적어보세요

10월 10일 _ 포식

멜론 *Melon*

나를 살게 하는 것은 충분한 음식이지 훌륭한 말이 아니다 – 하이너 뮐러

"매운맛은 어느 정도로 할까요?" 오랜만에 매운 낙지요리가 당긴다며 찾아간 낙지전문점. 매운맛의 정도를 골라야 합니다. 스트레스를 매운맛으로 푸는 사람들이 참 많은가 봅니다. 엄마도 청양고추를 모든 음식에 넣어 먹던 시절이 있었습니다. 매운 음식을 먹지 못하는 아이들 것을 따로 준비해야 했지만, 스트레스를 풀어야 했습니다.
이제는 아이들이 매운 음식을 찾습니다. 아이들 속이 아플까 봐 엄마는 조금만 맵게 합니다. 어떤 음식을 먹느냐에 따라 젊음이 오래 유지되기도 하고 노화가 빨리 오기도 한답니다. 건강은 건강할 때 지켜야 한다는 진리를 기억하며 맛도 좋고 몸에도 좋은 음식을 해줘야겠습니다.

오늘의 한마디

나는 안전하고 편안합니다.

오늘 가장 감사한 세 가지를 적어보세요

10월 11일 _ 사랑의 슬픔

부처꽃 *Lythrum*

사랑은 맹목적이다. 연인들은 자기 스스로 저지르는 어리석음을 잘 보지 못한다 - 윌리엄 셰익스피어

"사랑하는 사이에 자존심이 뭐가 중요해." 남편이 연애 시절부터 하던 말입니다. 철없는 애인의 마음을 풀어주는 일이라면 기꺼이 무릎이라도 꿇었죠. 가끔 버럭 하는 버릇은 마음에 들지 않지만, 그래도 아내와 딸을 위해서라면 힘든 일도 어려운 일도 마다않는 사람입니다. 왜 그럴까요? 사랑해서겠지요?

위기의 상황들이 찾아왔을 때 비껴갈 수 있는 비법은 한쪽이 화를 참는 것입니다. 정말 참을 수 없는 화가 밀려올 때 잠깐 숨 돌리고 참아내는 인내심은 당신 인생에 많은 것들을 가져다줍니다. 아주 소중한 것들을 말이죠. 인내로 더 깊은 사랑을 알게 됩니다. 서로를 이해하게 됩니다.

℘ 오늘의 한마디

나는 화를 평온하게 잘 다스립니다.

℘ 오늘 가장 감사한 세 가지를 적어보세요

10월 12일 _ 반항심

월귤 *Bilberry*

인간은 반항하는 존재다 - 알베르 카뮈

아닌 걸 알면서 가끔 고집을 부리는 일이 있습니다. 인정하기에는 자존심이 상합니다. 능력 밖의 일이라는 것, 아직은 부족한 자신을 인정하는 것이니 당연히 자존심이 상할 만합니다.
쓸데없는 아집으로 당신의 감정을 흐트러뜨리지 마세요. 실력이 부족하거나 아직 배워야 하는 것이라면 솔직히 인정하고 배우면 됩니다. 순종하지 못하고 반항하고 싶은 마음은 인간에게 있는 본성이므로 그 마음이 들 때 '당연한 감정이구나' 하고 흘려버리세요. 그리고 아직은 부족하고 배워야 하는 자신을 인정하는 겁니다. 그 용기 있는 결단이 당신의 감정을 편안하게 할 것입니다.

오늘의 한마디

나의 감정은 균형을 잘 이룹니다.

오늘 가장 감사한 세 가지를 적어보세요

10월 13일 _ 단정한 사랑

조팝나무 *Spirea*

진정한 사랑은 상대방이 잘되길 바라는 것이다. 낭만적 사랑은 단지 상대방이 있기만을 바라는 것이다 - 마거리트 앤더슨

남이 가진 것을 부러워하는 것은 사랑에서도 마찬가지인 모양입니다. 연애할 때 더블데이트를 하던 다른 커플을 부러워하여 다툼이 일어납니다. 결혼 후에는 부부 모임을 다녀와서 다른 부부와 비교하며 다툼이 생기지요.

남과 비교해서 사랑하는 사람을 아프게 하는 것은 어리석은 일입니다. 사랑의 모양에 정답이 있을까요? 자신을 잘 이해해주고 아낌없이 사랑을 주는 사람을 왜 남과 비교해서 아프게 하는 것일까요? 조용한 사랑이라고 그 중심이 뜨겁지 않을까요? 단지 사랑의 표현을 차분하고 단정하게 하는 것이겠지요. 그 사랑이 당신의 인생을 더욱 특별하게 만들어줄 것을 믿어보세요.

오늘의 한마디

나는 나 자신이 편안합니다.

오늘 가장 감사한 세 가지를 적어보세요

10월 14일 _ 진실

흰 국화 *White chrysanthemum*

아름다움은 진실이고, 진실은 바로 아름다움이다 - 존 러스킨

"참 좋아 보이세요." 사진을 찍어 주는 식당 직원이 한마디 합니다. 한 달에 한 번 모이는 지인 모임입니다. 팔팔한 30~40대에 초등학교 학부모로 만나서 긴 세월 얼굴 보는 사이지요. "어머, 그때 참 어렸고 이뻤는데 너도 이젠 나이 드나 보다. 같이 보톡스 맞으러 가자." 얼굴에 주름이 지고, 나잇살이 드러나는 배와 늘어진 팔뚝을 보여줘도 아무렇지 않은 사람들입니다. 이상한 건 세월이 한참 지났는데도 처음 보았을 때처럼 젊고 예뻐 보이는 것입니다.
당신의 인생에서 모임이 살아가는 데 큰 힘이 됩니다. 소중한 인연의 만남이 오래도록 아끼는 모임이 되도록 잘 가꾸어 나가기를 바랍니다.

℘ 오늘의 한마디

나는 사람들과 편하게 잘 지냅니다.

℘ 오늘 가장 감사한 세 가지를 적어보세요

10월 15일 _ 좋은 희망

바질 *Basil*

우리에게는 존재하지 않는 것들을 꿈꿀 수 있는 사람들이 필요하다
– 존 F. 케네디

"그렇게만 되면 얼마나 좋을까?" 엄마의 상상 속에서 자식은 의사도 되고 판사도 되고 선생님도 됩니다. 우리 아이가 하면 참 잘할 것 같은데 왜 그런 꿈을 안 꾸는지 엄마는 답답하지요. 자식이라도 말하지 않는 속내는 알 수가 없습니다. 그저 무언가 할 일을 찾고 열심히 했으면 좋겠습니다.

당신이 아침마다 생각하는 그 목표를 부모님과 형제에게 말해주세요. 혼자만의 염원이 아닌 가족의 바람이 될 것입니다. 함께하는 에너지가 당신에게 큰 힘을 주고 원하는 미래를 성취할 수 있도록 당신을 든든하게 받쳐줄 것입니다. 그게 바로 함께하는 희망이고 사랑입니다.

℘ 오늘의 한마디

가족들과의 좋은 관계는 나에게 힘을 더해줍니다.

℘ 오늘 가장 감사한 세 가지를 적어보세요

10월 16일 _ 순진무구

이끼장미 *Moss rose*

겉으로 보기에 무척 연약해 보이는 모든 것이 바로 힘이다
- 블레즈 파스칼

동료는 고민이라고 했습니다. 함께 사는 가족들도 직장 동료들도 자신에게 고맙다는 말을 안 한다는 이유였지요. 원래 남에게 베풀기를 좋아해서 그러려니 했는데 속으로는 상처를 받고 있었나 봅니다.
친절도 계속되면 당연한 권리로 안다고 합니다. 그도 그런 것이 사랑하는 가족들을 위해 가사를 도맡아 하는 엄마에게 감사 인사는커녕 세탁을 잘못했다거나 늦게 깨워 일이 잘못되었다는 등의 원망을 하기도 합니다.
동료는 자신을 귀하게 여겨야겠다고 했습니다. 이후 사무실엔 '정리는 스스로' 안내문이 붙었습니다. 가사도 가족들과 분담한다고 했습니다. 밝게 웃는 동료의 미소가 아름답습니다.

오늘의 한마디

내가 보내는 관심과 사랑은 감사로 돌아옵니다.

오늘 가장 감사한 세 가지를 적어보세요

10월 17일 _ 신뢰

포도 *Grape*

사람은 스스로 믿는 대로 된다 - 안톤 체호프

그분은 한 달에 억 소리 나게 버는 분입니다. 몇 년 전만 해도 한 달에 200~300 벌기가 힘들었다는 그분은 돈을 벌기 위해 찾아다니면서 공부했다고 했습니다. 그분이 찾은 방법은 무엇이었을까요? 너무 궁금해서 답을 기다리는데 "부자는 왜 더 부자가 되고, 가난한 사람은 왜 계속 가난할까요?"라는 이야기를 던졌습니다. 뭐라 답을 못하고 있으니 답을 주십니다.

기억하세요. 부자는 자신이 부자로 사는 게 당연하고 그 당연함을 안전하고 편안하게 유지하도록 믿음을 무의식까지 확장한다고 합니다. 그게 그들만의 비법이라고 합니다.

오늘의 한마디

풍요로운 삶으로 나의 의식과 무의식이 활짝 열립니다.

오늘 가장 감사한 세 가지를 적어보세요

10월 18일 _ 마음의 고통을 위로하다

크랜베리 *Cranberry*

리더들이 제일 먼저 극복한 것은 외부적인 것이 아니라 '나는 못한다. 나는 재능이 없다. 내가 해서는 안 된다'는 두려움이었다. 기본적으로 인간 능력의 한계는 없다 - 스티븐 코비

꼭 성공을 위해서가 아니더라도 이 세상을 잘 살아가는 요건 중에 꼭 필요한 능력이 있습니다. 다른 사람의 처지와 마음을 이해하고 공감하는 능력입니다. "엄마 피곤하지? 요즘 밤늦도록 일하는 것 같아. 몸 생각하면서 일하세요." 이 한마디가 피로가 싹 가십니다. 엄마는 당신이 가정에서도 사회에서도 공감해주는 사람이기를 바란답니다. 친구들과 동료들의 아픔에 공감하고 위로해줄 수 있는 당신이라면 긴 인생길을 좋은 사람들과 행복하게 살아갈 수 있을 것이니까요. "엄마, 오늘 친구 만나고 가요. 위로가 필요한 친구예요." 잘살고 있네요, 우리 딸!

오늘의 한마디

나의 이해와 공감 능력은 점점 깊어집니다.

오늘 가장 감사한 세 가지를 적어보세요

10월 19일 _ 날 건드리지 마세요

봉선화 *Garden balsam*

사랑은 눈이 머는 것이고, 우정은 눈을 감는 것이다 - 프리드리히 니체

누구나 혼자 있고 싶은 시간은 있습니다. 어린아이라도 그렇지요. "우리 딸 뭐하니?", "응, 그냥." 이 책 저 책 읽다가 늘어놓고는 누워버립니다. 열린 창으로 떠가는 구름을 보고 보다 눈을 감고 있습니다. 엄마는 조용히 문을 닫습니다.

사람은 누구나 성장합니다. 몸도 마음도 자라지요. 부족한 자신을 인정하는 것, 욕심 많은 자신을 인정하는 것, 자신에 대해 알아가는 과정입니다. 혹시 친구가 혼자 있고 싶다고 하나요? 그럼 잠시 기다려주세요. 머지않아 한 뼘 더 성장한 친구를 만날 수 있을 거예요. 당신이 그랬듯 친구도 자신을 견디는 시간을 지나고 있답니다.

오늘의 한마디

나의 의식은 휴식을 통해 확장되고 성장합니다.

오늘 가장 감사한 세 가지를 적어보세요

10월 20일 _ 운명

대마 *Indian hemp*

나는 내 운명의 주인이요, 내 마음의 선장이다 – 윌리엄 어니스트 헨리

과학을 몰랐던 옛날 어른들도 말의 중요성을 강조하고 강조했습니다. "재수 없어.", "왜 이렇게 운이 없냐.", "아, 짜증 나." 이런 말을 한다면 정말 말을 바꿔야 합니다.

아침에 일어나 "오늘은 정말 좋은 일이 생길 거야." 컵을 넘어뜨려 물을 쏟았다면 "물을 쏟았네! 얼른 닦자." 넘어져서 옷을 버리면 "앞을 잘 보고 걸어야겠군." 말을 바꾸기만 해도 자신에게 주는 부정적인 암시는 없습니다. 당신의 좋은 생각과 말이 당신에게 좋은 일을 불러다줍니다. 꼭 명심하기를 바랍니다.

오늘의 한마디

나는 내 안의 힘을 믿습니다.

오늘 가장 감사한 세 가지를 적어보세요

10월 21일 _ 독립

엉겅퀴 *Thistle*

나는 내 인격의 완전한 표현을 위해 자유를 원한다 - 마하트마 간디

남들이 부러워하는 대기업을 퇴사한 지인의 딸은 새롭게 시작한다고 합니다. 이제부터 정말 하고 싶은 게 뭔지 찾아본다고요. 진정한 독립을 하려나 봅니다.
당신이 정말 하고 싶은 것은 무엇일까요? 힘들어도 힘든 줄 모르고 열중할 수 있는 그 일 말이지요. 낳고 길러주신 부모님이라도 당신의 꿈을 찾아줄 수는 없습니다. 부모님의 꿈이 자신의 꿈이 아닙니다. 당신 스스로 나아갈 길을 찾아가야만 합니다. 원해서 가는 길은 어떤 고난도 달게 느껴지고 견딜만할 거예요. 당신이 꼭 되고 싶은 꿈! 그 꿈을 찾고 이루기 위해 열심히 달려가는 당신을 응원합니다.

🖉 오늘의 한마디

하루 중 일어나는 어떤 일이라도 잘 해결합니다.

🖉 오늘 가장 감사한 세 가지를 적어보세요

10월 22일 _ 신뢰

벗풀 *Arrowhead*

사람들이 진심으로 서로 신뢰할 때 속도가 생긴다 - 에드워드 마셜

살아가면서 정말 중요한 시험을 몇 번이나 보게 될까요? 초등학교 시절 엄마 손을 잡고 가서 한자능력시험이나 컴퓨터자격시험 등을 보고, 고3 때는 모두 함께 치르는 수능을 봅니다. 그 시험만 잘 보면 이제 시험은 끝날 것 같았는데, 이후에도 영어시험에 자격시험, 취직시험까지 인생은 시험의 연속입니다.
당신이 시험을 준비하며 자신에게 거는 암시는 아주 중요합니다. 보고 듣고 쓰는 것을 잘 받아들인다고 믿으세요. 자신이 보는 책에서 문제가 다 나온다, 풀어 본 문제는 꼭 맞힌다고 생각하고 합격 점수보다 한 문제 더 맞히기를 목표로 해보세요. 마음이 훨씬 가벼울 것입니다.

℘ 오늘의 한마디

내가 긴장을 느끼면 나는 나를 이완하고 편안하게 합니다.

℘ 오늘 가장 감사한 세 가지를 적어보세요

10월 23일 _ 경애

흰 독말풀 *Thorn apple*

모든 참사랑은 존경에 기초한다 - 질 드 빌리에

부모는 모든 것을 자식에게 주고 싶습니다. 설령 가진 것이 없다 해도 부모는 자신의 모든 것을 걸고 자식을 키워냅니다. 성공한 인물의 인터뷰를 보면 모두 부모에게 감사를 전합니다. 있으면 있는 대로 없으면 없는 대로 최선을 다해 살아오신 부모님께 감사를 넘어 존경을 표현하는 것이지요.

잘 몰랐던 부모님의 큰 사랑을 나이가 들어가며 알아갑니다. 일하는 딸 쉬라고 손녀를 키워주시고 김치며 반찬을 해다 주셨죠. 나이가 들고 보니 그 큰 사랑에 가끔 목이 메입니다. 머리로 알던 사랑을 가슴으로 느끼는 나이가 있습니다. 엄마 아빠, 사랑합니다. 고맙습니다.

℘ 오늘의 한마디

나는 사랑하는 사람들과 편안합니다.

℘ 오늘 가장 감사한 세 가지를 적어보세요

10월 24일 _ 고결한 마음

매화 *Apricot flower*

인간은 침묵 속에서 자신의 고결함을 더욱 쉽게 지킬 수 있다
- 마이스터 에크하르트

회사에서 영원한 당신의 자리가 있을까요? 누구도 평생 그 자리를 지키며 일할 수는 없습니다. 평사원들이야 아주 큰 손해를 입히지 않는 한 원하는 시간만큼 자리를 지키겠지만, 임원으로 올라갈수록 많아지는 연봉만큼 책임도 무거워집니다.

영원한 것은 없다는 것과 새로운 물결은 다가온다는 것을 겸허히 받아들이는 사람의 모습은 아름답습니다. 자신이 있어야 할 때와 떠나야 할 때를 아는 것이지요. 그런 사람은 자신이 변화해야 한다는 것을 압니다. 당신과 함께 일하던 사람이 담담하게 떠날 때 마음 깊은 응원을 해주세요. 어디에서 무엇이 되어 만나도 반가운 사람이 될 것입니다.

℘ 오늘의 한마디

나는 변화에 직면할 때 평정심을 유지할 힘이 있습니다.

℘ 오늘 가장 감사한 세 가지를 적어보세요

10월 25일 _ 염려

단풍나무 *Maple*

고뇌 없이 정신적 성장이란 있을 수 없고 인생의 향상도 불가능하다. 고뇌는 생활에 있어서 필요불가결의 유익한 존재다 – 랠프 왈도 에머슨

무슨 일이든 망설임의 시간이 길고 시작하기를 두려워하는 사람은 시작한 일이 어려워지면 괜히 시작했노라며 자신을 원망하고 후회합니다. 때마다 망설이고 마음 졸이며 후회하는 당신이라면 살펴봐야 합니다. 혹시 어릴 적 무심히 했던 일로 야단을 맞았거나 난처한 일을 겪었던 경험이 있는지를요.
생각나는 일이 있다면 당황했던 어릴 적 자신에게 괜찮다고 이야기해주세요. 마음이 편해질 때까지요. 시작하는 망설임과 실패에 대한 두려움이 달라지는 것을 느끼게 될 것입니다.

℘ 오늘의 한마디

나는 내 안의 할 수 있는 힘을 믿습니다.

℘ 오늘 가장 감사한 세 가지를 적어보세요

10월 26일 _ 애정

수영 *Rumex*

강력한 사랑은 판단하지 않는다. 주기만 할 뿐이다 – 테레사 수녀

시험 때마다 불안함을 호소하는 딸은 공부 스트레스가 너무 심했습니다. 검사 결과지를 보면서 반성을 했습니다. 딸들을 위해 일한다고 하면서 일이 먼저였던 것입니다.

어린 딸의 무의식은, 엄마를 자기 때문에 힘들게 일을 하며 늘 바쁜 사람이라고 인식했습니다. 자신은 사랑받는 존재가 아니라 귀찮고 힘든 존재라는 부정적인 믿음이 생긴 것이지요. 그래서 사랑하냐고 자꾸 물었던 것입니다.

"당연히 우리 딸 사랑하지. 최고로 사랑하지. 세상에서 제일로." 이젠 바쁘더라도 사랑한다고 꼭 얘기해줍니다. 엄마는 딸을 보며 여전히 성장하는 중입니다.

℘ 오늘의 한마디

나는 나의 세상에서 안전하고 평화롭습니다.

℘ 오늘 가장 감사한 세 가지를 적어보세요

10월 27일 _ 시

들장미 *Wild rose*

시는 인류의 모국어다 - 요한 게오르크 하만

여고 시절, 시를 읽고 낭송을 들으며 인생과 사랑, 삶을 생각했습니다. 살아가면서 그 시들이 떠오릅니다. 시인이 말하고자 했던 삶, 사랑을 알아갑니다. 시에 음표를 붙이면 노래가 됩니다. 시를 풀어 쓰면 소설이 되지요. 그래서 시는 한 편의 드라마이고, 인생이 담겨 있다 할 수 있습니다.

엄마는 딸의 인생이 아름다운 장미꽃밭 같기를 바랍니다. 태교하며 읽던 시집을 꺼내봅니다. 얼굴도 모르던 딸을 그리며 읽었던 시들. "어머나!" 우리 딸이 그렇게 살아가고 있습니다. 아름다운 장미로 피어나 향기로운 인생을 살고 있네요. 엄마는 당신이 써 내려갈 시와 같은 인생을 축복합니다. 처음 그때부터 지금 그리고 영원히요.

오늘의 한마디

나의 삶은 축복으로 가득합니다.

오늘 가장 감사한 세 가지를 적어보세요

10월 28일 _ 미묘한 아름다움

무궁화 *Rose of sharon*

아름다운 것은 선하고, 선한 자는 곧 아름다워진다 - 사포

위인들의 삶처럼 추구하는 세 가지 가치를 세우고 산다면 그 세 가지를 전하는 사람이 될 것입니다. "나 이런 사람이야." 자부심을 가지세요. 그리고 세상에 외치세요. 나는 이렇게 세 가지를 전하는 삶을 살고 있다고, 그래서 내 삶은 가치가 있다고.
나이가 몇 살이든 자신만의 가치를 찾고 이루고자 노력한다면 그 사람의 삶을 응원하지 않을 사람이 있을까요? 세상은 지금도 도전하는 사람들에게 열려있습니다. 세상은 추구하는 가치를 이루고자 도전하는 당신에게 손뼉을 쳐줄 것입니다.

℘ 오늘의 한마디

나는 배움을 좋아합니다.

℘ 오늘 가장 감사한 세 가지를 적어보세요

10월 29일 _ 이끄시는 대로

꽃사과 *Crab apple*

나는 '우아하게 나이 든다'라는 생각을 믿는다 – 타티야나 파티츠

부모님은 말씀하셨지요. "고집 부린다고 되는 게 아니다. 때가 되면 된다." 원하는 것을 바로 해주지 않는 부모님이 야속했지만 부모님 말씀대로 모든 것은 다 때가 있었습니다.

젖니 빠진 자리가 창피해 학교 안 간다고 떼쓰던 떼쟁이, 싹둑 자른 앞머리가 밤새 자라야 한다고 울던 울보는 알게 됩니다. 시간이 지나면 된다는 부모님 말씀을 말이죠.

친구 사이의 오해로 괴롭던 시간, 첫사랑의 가슴앓이를 하던 날들도 때가 되니 다 괜찮아졌습니다. 세월이 주는 지혜를 하나둘씩 알아가며 어른이 됩니다. 세월이 갈수록 부모님의 지혜를 닮아가니 참 좋습니다.

오늘의 한마디

나는 배움이 쌓여 더욱 성장합니다.

오늘 가장 감사한 세 가지를 적어보세요

10월 30일 _ 악의

로벨리아 *Lobelia*

착한 일은 작다 해서 아니 하지 말고, 악한 일은 작다 해도 하지 마라
- <명심보감>

장난감 블록을 쌓다가 무너뜨려 울립니다. 병원 놀이를 하면 환자 한다며 말을 안 들어 울립니다. 소꿉놀이를 하면 상을 차리기도 전에 밥을 다 먹어버려 울리지요. 아빠는 다르게 놀아주고 싶었어요. 나가서 축구도 하고 달리기도 하고 싶은데, 가만히 앉아 꼬물꼬물 만드는 딸을 보자니 심술이 난 게지요. "아빠, 미워." 언제나 마지막은 아빠는 "껄껄", 딸들은 "으앙"입니다.
악의 없는 장난꾸러기 아빠가 얼마나 딸들을 사랑했는지, 사랑하는지 알게 된 딸들. "애들은?", "자요. 시간이 몇 신데." 집에 오면 딸들부터 챙기는 아빠의 맘을 이젠 압니다. 지금도 짓궂은 장난을 하지만, 그게 바로 딸들이랑 함께하고 싶은 아빠 맘이란 것을 말이죠.

℘ 오늘의 한마디

나는 배움이 필요한 부분을 잘 찾습니다.

℘ 오늘 가장 감사한 세 가지를 적어보세요

10월 31일 _ 열혈

칼라 *Calla*

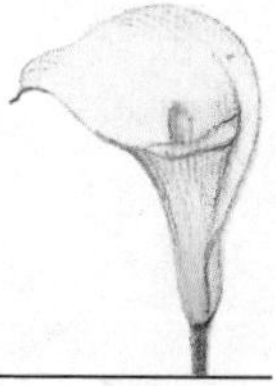

성공하고 싶다면 이것만 기억하라. 당신이 하고 있는 일을 알고 즐기고 그것에 확신을 가져라 - 윌 로저스

기회가 되었을 때 어떻게든 배웠어야 했는데 미루고 보니 다시 기회를 잡기가 쉽지 않았습니다. 오늘 다이어리를 정리하며 버킷 리스트에서 '피아노 다섯 곡' 항목을 보았습니다. 접어두었던 뜨거운 마음이 올라옵니다. 다시 피아노를 만나야 할 시간이 되었나 봅니다. 이번에 시작한다면 반드시 다섯 곡을 완곡까지 꼭 배우리라 다짐합니다.

무엇이든 시작하면 잘해낼 것이라고 그동안 스스로에게 용기를 불어넣었으니 이번에 하는 레슨에서 더 빠른 성과가 있겠지요? 지금의 나는 무엇이라도 해낼 수 있습니다. 열정을 다해서 하고 싶은 일이 있어 참 행복합니다.

오늘의 한마디

나는 자신감으로 잘 배웁니다.

오늘 가장 감사한 세 가지를 적어보세요

November

11월

11월 1일 _ 유일한 사랑

서양모과 *Medlar*

사랑한다는 것은 자기를 초월하는 것이다 - 오스카 와일드

인생을 살아가는 데 중요한 몇 가지 중 단연 으뜸은 자신을 사랑하는 마음입니다. 어떤 상황에서도 자신을 잃지 않고 믿는 마음이 자신을 지탱합니다.
"자기 자신을 믿으세요." 내가 많이 하는 말입니다. 결국 모든 일을 하는 것은 자신이고, 잘해낼 것이라 믿을지 실수할까 불안해할지는 스스로 선택하는 것입니다.
많은 사람과 일을 해보니 알겠습니다. 당신을 믿는다는 말은 믿음직한 사람이 되고 싶게 만들고, 자꾸 실수하니 지켜보겠다고 하는 말은 작은 일에도 실수를 자주 하는 사람으로 만듭니다.

오늘의 한마디

나는 나 자신을 사랑합니다.

오늘 가장 감사한 세 가지를 적어보세요

11월 2일 _ 모성애

루피너스 *Lupinus*

어머니는 우리의 마음속에 기운을 주고, 아버지는 빛을 준다 - 장 파울

어릴 때 엄마는 자주 아픈 딸을 위해 미역국을 끓여주셨습니다. 지금도 피곤하고 아플 때 미역국이 생각납니다. 엄마가 되어 딸들이 피곤하거나 아프면 미역국을 끓입니다. 엄마랑 똑같습니다. 딸들도 자식이 아프고 힘들 때 미역국이 생각나 끓였으면 좋겠습니다. 엄마가 그랬듯이 자식을 위해 미역국을 끓이며 엄마의 깊은 사랑을 느끼는 순간이 오기를 바랍니다.
아프고 피곤한 딸을 위해 끓였던 미역국은 다시 힘을 내서 세상을 살아가게 하는 엄마의 사랑이었습니다. 사랑으로 기억하는 엄마의 음식은 무엇인가요?

℘ 오늘의 한마디

나는 모든 상황 속에서 잘 맞습니다.

℘ 오늘 가장 감사한 세 가지를 적어보세요

11월 3일 _ 거절

브리오니아 *Bryonia*

무엇이 옳은 것인지 스스로 결정을 내려야 한다. 죄책감 없이 거절할 수 있게 된다면, 우리는 인생을 확실히 자신의 것으로 만들 수 있다
– 앤드류 매튜스

실수하지 않는 사람이 어디 있을까요? 인생은 크고 작은 실수를 하면서 그 경험으로 성장하는 것이지요. 그런데 절대 실수를 해서는 안 된다고 자신을 옥죄는 사람들이 있습니다. 실수해도 괜찮다고, 포기해도 괜찮다고, 다시 시작하면 된다고 조언해주지만 선택은 자신의 몫입니다.
실수하고 힘든 상황인가요? 털고 일어나 다시 시작하면 됩니다. 그게 몇 살이든 상관없습니다. 끊임없는 자기 비하로 실수한 자신을 지적하지 마세요. 당신이 꼭 만나야 하는 자아는 새롭게 힘을 내서 시작하는 '나'입니다.

✎ 오늘의 한마디

나는 자신을 좋게 느끼기로 선택합니다.

✎ 오늘 가장 감사한 세 가지를 적어보세요

11월 4일 _ 진실의 위안

골고사리 *Hart's-tongue fern*

우리는 다른 사람이 가진 것을 부러워하지만, 다른 사람은 우리가 가진 것을 부러워하고 있다 - 푸블릴리우스 시루스

자신이 가진 가치를 발견해야 합니다. 사람들은 쉽게 비교합니다. 나보다 잘생겼다, 키가 크다, 부유하다 그렇게 비교에 비교를 하며 좌절합니다. 쓸데없는 비교로 감정을 소모하지 않고 열등감이 아닌 자신감을 잡는다면 당신의 삶은 달라집니다. 원하는 방향으로 갑니다.

"나의 가능성은 무한해. 뭐든 할 수 있다고. 힘들지만 이겨낼 수 있어." 이런 자신감으로 못할 것이 있을까요? 자신을 믿는 힘이 점점 강해지고 어떤 시련에도 흔들리지 않는다면 당신이 이룰 수 있는 일은 무한합니다. 단, 남들과 비교하지 않고 당신 삶의 주인이 된다면 말이지요.

오늘의 한마디

나는 내 내면의 힘을 느끼고 사랑합니다.

오늘 가장 감사한 세 가지를 적어보세요

11월 5일 _ 공훈

솔잎국화 *Fig marigold*

유능한 리더는 사랑받고 칭찬받는 사람이 아니다. 그를 따르는 사람들이 올바른 일을 하도록 하는 사람이다. 인기는 리더십이 아니다. 리더십은 성과다 - 피터 드러커

환경미화 시간, 손재주가 있던 나는 아이디어를 내 색다르게 해봅니다. 게시판 구성이 좋았는지 선생님은 누구 생각이냐고 물었습니다. 모두 함께 했다고 미화부장은 얼른 말씀드립니다. 내 생각인데 말을 못 했습니다. 그런 일은 살면서 종종 있었고, 내가 하고도 했다고 말을 못 하는 자신이 참 답답했습니다.

어릴 적 생각은 공로를 빼앗긴 억울함이었지만 딸아이를 기르면서 보니 자신에 대한 인정이었습니다. 잘했든 잘못했든 자신이 한 것을 남들 앞에 드러내는 것은 자신을 인정하는 것입니다. 칭찬을 받으려는 것도 변명하는 것도 아닌, 자신의 행동에 책임을 지는 태도입니다.

℘ 오늘의 한마디

나 자신을 위해 용기 내어 말을 합니다.

℘ 오늘 가장 감사한 세 가지를 적어보세요

11월 6일 _ 주저

등골나물 *Joe pye weed*

동요만 하고 있으면 아무런 일도 성취하지 못한다 – 발타사르 그라시안

사람이 살다 보면 불가항력의 상황을 만날 수 있습니다. 열심히 공부했지만 팬데믹 같은 상황으로 시험이 미뤄지는 것은 어쩔 수 없습니다. 어렵게 취직이 되었는데 일을 시작하자마자 부모님이 아프셔서 간호하느라 일을 그만둬야 하는 일 또한 누구나 맞닥뜨릴 수 있는 상황입니다.

이런 상황에서 어떻게 할 것인가요? 앞의 상황이든 뒤의 상황이든 정답은 없습니다. 당신이 선택하는 길이 정답입니다. 어떤 선택을 하든 자신을 믿는 태도와 잘해낼 것이란 무한 긍정이 예기치 않은 상황을 이겨내게 할 것이니까요. 흔들리지 않는 믿음은 어떤 상황에서도 당신을 의연하게 할 것입니다.

오늘의 한마디

나 자신을 무한 긍정으로 바라봅니다.

오늘 가장 감사한 세 가지를 적어보세요

11월 7일 _ 이별의 슬픔

매리골드 *Marigold*

작별 인사에 낙담하지 마라. 재회에 앞서 작별은 필요하다. 그리고 친구라면 잠시 혹은 오랜 시간 뒤라도 꼭 재회하게 될 테니 - 리처드 바크

지난 세월 많은 헤어짐이 있었습니다. 해마다 봄이면 함께했던 친구들과 헤어졌습니다. 어린 딸은 이사 가는 친구와 헤어지기 싫어 울었습니다. "다시 만날 거야. 세 밤 자고 나면 만날 거야. 울지 마, 뚝!" 앨범을 보다가 생경한 얼굴이 누군지 묻는 딸에게 어릴 때 친구라고 헤어질 때 많이 울었다고 하니 기억나지 않는 친구에게 미안한가 봅니다.

우리는 만나면 헤어집니다. 담담하게 이별을 할 수 있었으면 합니다. 긴 호흡으로 인생길을 뚜벅뚜벅 걸어가기를 바랍니다.

℘ 오늘의 한마디

나는 호흡하며 이완합니다.

℘ 오늘 가장 감사한 세 가지를 적어보세요

11월 8일 _ 기지

제비동자꽃 *Wilford lychnis*

20대에는 의지, 30대에는 기지, 40대에는 판단이 지배한다
– 벤저민 프랭클린

얼굴에 주름이 지듯 마음에도 주름이 질까요? 나이가 들면서 오만과 아집을 잡고 사는 사람들이 있습니다. 살아온 자신의 경험에 비추어 자신의 기준으로만 생각하고 사는 것이지요.
지식이 많은 사람일수록 겸손해야 한다고 배웠는데 고개를 숙이는 사람은 지긋한 나이에 세상 이치를 알게 된 사람인 것 같습니다. 얼굴엔 주름이 졌지만 마음만은 푸른 청춘으로 사는 모습을 보여주는 사람들입니다. 지식보다 지혜를 지닌 아름다운 당신이 되기를 바랍니다.

오늘의 한마디

나는 있는 그대로의 나 자신을 사랑하고 인정합니다.

오늘 가장 감사한 세 가지를 적어보세요

11월 9일 _ 진실

몰약 꽃 *Myrrh flower*

진실에 저항하는 거짓은 힘이 없다 - 존 리드게이트

'황새가 뱁새 따라가려다가 가랑이가 찢어진다'라는 속담을 들어보았을 것입니다. 황새는 황새이고 뱁새는 뱁새일 뿐 부럽다고, 닮고 싶다고 상대처럼 될 수는 없는 것입니다.

부유하거나 재능이 많은 친구를 부러워하는 마음은 당연합니다. 그보다 자신의 장점과 가치를 찾는 건 어떨까요? 자신에게 장점이 많고 추구하는 가치가 미래를 변화시키기에 충분하다는 것을 아는 사람이라면 그것을 믿고 실천할 것입니다. 현재의 부족함은 단지 잠깐에 불과하다는 것을 깨달은 것이니까요.

황새는 황새의 꿈을 꾸고 뱁새는 뱁새의 꿈을 꿉니다. 각자 자신이 추구하는 꿈을 꿉니다.

오늘의 한마디

내 세상에서는 모든 것이 좋습니다.

오늘 가장 감사한 세 가지를 적어보세요

11월 10일 _ 섬세한 아름다움

부용 *Hibiscus mutabilis*

아름다운 것, 그것은 마음의 눈으로 보이는 아름다움이다
- 조제프 주베르

요즘 사람들은 개성이 확실해서 짧은 머리에 헐렁한 옷, 편안함과 편리함을 추구하는 사람들이 많습니다. "엄마, 환경보호를 해야지. 음료수 라벨은 떼어서 버려야 해." 환경보호를 하고 유기 동물을 걱정하며 곤란에 빠진 사람들을 안타까워하는 딸아이를 보고 고개를 끄덕입니다. 진짜 다 컸네요. 뿌듯합니다.
딸도 이젠 예쁜 옷에 화장을 안 해도 사랑스러운 이유를 알고 있습니다. 사람의 마음이 중요하고, 상대를 대하고 세상을 대하는 태도가 중요하다는 것을 말이지요. 상대를 배려하며 말을 아낄 줄 아는 당신이 대견합니다. 무엇보다 자신을 사랑하고 아끼는 당신이 참 아름답습니다.

℘ 오늘의 한마디

나는 나 자신을 존중합니다.

℘ 오늘 가장 감사한 세 가지를 적어보세요

11월 11일 _ 비밀스러운 사랑

흰 동백 *White camellia*

진정한 사랑은 마치 유령과 같다. 모두 그것에 관해 말은 해도 본 사람은 없다 - 프랑수아 드 라 로슈푸코

친정아버지가 가시고 몇 해의 봄을 맞았습니다. 함께했을 때는 미처 깨닫지 못했던 사랑이 아버지가 가고 나서야 하나하나 비밀이 풀리듯 잊을 만하면 하나씩 툭툭 튀어나옵니다.
매일 먹던 방울토마토를 보고 울음이 터져버려 한참을 울었던 아침, 방울토마토에 담긴 친정아버지의 사랑을 20년도 넘어서야 깨닫다니 참 죄송했습니다. 길을 가다가 큰 체구에 휘적휘적 걷는 분을 뚫어지게 바라봅니다. 흐려지는 뒷모습에 눈가를 훔칩니다.
옆에 계셨을 때는 몰랐던 아버지 사랑을 하나씩 알아가며 아버지를 추억합니다. 웃는 얼굴 보시라고 하늘을 올려다봅니다.

℘ 오늘의 한마디

나는 세상을 인정과 사랑으로 봅니다.

℘ 오늘 가장 감사한 세 가지를 적어보세요

11월 12일 _ 진심으로 사모함

레몬 *Lemon*

자기를 희생하는 것만큼 행복한 일은 없다 - 표도르 도스토옙스키

엄마는 자식을 위한 일이라면 기꺼이 자신을 내려놓습니다. 아침에 깨우고, 밥을 먹이고, 학교 보내고, 학원 보내고, 데려오고, 독서실 보내고, 데려오고, 단순하지만 집중해서 시간을 지켜야 하는 일들을 아무렇지도 않게 해냅니다.

그렇게 자란 딸이 졸업할 때 엄마는 감격합니다. 엄마로서 정말 꼭 해야 할 숙제를 잘해냈다는 안도감이 듭니다. "엄마, 엄마도 학사모 쓰고 사진 한 장 찍자.", "우리 딸 졸업 축하하며 한 장 찍을까?" 학사모를 쓰고 환하게 웃습니다. 행복한 졸업식입니다.

℘ 오늘의 한마디

나는 좋은 것을 받을 자격이 있습니다.

℘ 오늘 가장 감사한 세 가지를 적어보세요

11월 13일 _ 인내

레몬버베나 *Lemon verbena*

당신의 영혼에 인내심을 지녀라 - 존 드라이든

당신은 엄마의 인내 열매입니다. 먹고 싶은 것, 하고 싶은 것 다 하던 엄마는 꼬맹이가 생긴 후부터 달라졌습니다. 입덧하면서 생전 처음 먹은 것이 맛있어 이상했고, 아이를 낳고 미역국만 한 달 가까이 먹어야 하는 것이 힘들었습니다. 출산 후엔 모유를 먹이며 시간마다 유축기로 짜내야 했습니다. 그 힘듦을 아빠들은 절대로 모릅니다.

10kg이 넘는 아이를 업고 안고 다녔고, 초등학교에 입학하면서 드디어 엄마는 아이와 손잡고 편히 걸을 수가 있게 되었습니다. 엄마는 인내 열매인 당신을 보며 잘 참고 살았다고 자신을 토닥토닥한답니다.

오늘의 한마디

내 삶은 하루하루가 멋집니다.

오늘 가장 감사한 세 가지를 적어보세요

11월 14일 _ 불로장생

소나무 *Pine tree*

시간이란 영혼의 생명이다 - 헨리 워즈워스 롱펠로

어떻게 살아야 하는지 모르겠다며 뭘 해야 할지 고민하는 딸을 위해 엄마는 기도합니다. 딸들이 정말 하고 싶은 것을 찾고 그 일에 땀을 흘리는 보람된 인생을 살게 해달라고 말이지요. 인생의 시작에 모든 가능성이 열려있지만, 모든 것을 다 가질 수는 없습니다. 그중 정말 하고 싶은 것을 찾아야 하겠지요?

종강까지 남은 과제가 힘들다며 씨름하는 딸에게 커피 한잔 타다 줍니다. 잘하고 있다고, 그렇게 찾아가는 거라고, 분명히 인생을 걸고 하고 싶은 멋진 일을 찾게 될 거라고 얘기하고 싶지만 꿀꺽 삼킵니다. 지금은 찾아가는 시간인 것을 엄마는 알고 있답니다.

오늘의 한마디

삶은 나에게 새로운 것들을 가져다줍니다.

오늘 가장 감사한 세 가지를 적어보세요

11월 15일 _ 겸손

황금싸리 *Crown vetch*

겸손한 사람은 언제나 신을 그의 안내자로 삼을 것이다 - 존 번연

부모님은 늘 부모가 가진 것을 자랑하지 말고 배려하면서 살아야 한다고 말씀하셨습니다. 그 말이 무슨 뜻인지 이해하는 나이가 되고 보니 딸들이 다른 사람들과 잘 어울리며 살아가길 바랍니다. 좋은 사람, 배려하는 사람들과 만나기를 바라는 마음이지요. 그래서 겸손하라고 가르치고 먼저 도와주라고 잔소리합니다.

어려서는 부모님의 말씀이 손해 보라는 이야기인 줄 알았는데, 함께하는 사람들과 잘 지내는 지혜를 알려주신 것이었습니다. 좋은 관계를 만드는 비법입니다.

오늘의 한마디

나는 오늘 만나는 모든 일에 편안합니다.

오늘 가장 감사한 세 가지를 적어보세요

11월 16일 _ 추억

크리스마스 로즈 *Christmas rose*

버릇은 추억을 간직하고 있다는 증거다 – 콩테스 디안느

"있잖아, 그 노래. 영화에 나온 거." 엄마가 물으면 "라라라라라라라라, 이거 말이야?"라며 휘파람으로 응수하는 딸아이. 휘파람을 불 때마다 조그만 입술로 아빠를 따라 하던 모습이 떠오릅니다. 신기하게도 휘파람 하나에 순간 옛 추억이 생각나고, 그때 분위기와 감정을 다시금 느낍니다. 추억이 생생하게 떠오르는 것이지요.
엄마와의 추억이 음악과 함께하기를 바랍니다. 함께 듣던 음악을 듣다가 생각나면 좋겠어요. 세월 속에 잊고 있던 그 시간으로 데려다 줄 그런 음악입니다. 평범한 음악이 특별한 의미가 되는 마법! 그 소중함을 지금은 몰라도 언젠가 알게 될 것입니다.

℘ 오늘의 한마디

나는 내 세상에서 평화롭고 고요합니다.

℘ 오늘 가장 감사한 세 가지를 적어보세요

11월 17일 _ 공평

머위 *Butterbur*

인생이란 원래 공평하지 못하다. 그런 현실에 대하여 불평할 생각하지 말고 받아들여라 - 빌 게이츠

인생은 공평하지 않다고 절망한 적이 있었나요? 부모님은 공평하지 않은 인생이지만 공평하다고 하셨습니다. 말장난도 아니고 그게 뭘까 했는데 살아보니 알겠습니다. 부모도 환경도 선택할 수 없지만 한 번뿐인 인생에 주어진 시간은 똑같고, 태어난 날은 같지만 가는 날은 알 수가 없는 것, 그것이 공평한 것입니다. 그 속에서 자신을 잘 다스리고 잘 키워나가는 사람은 풍요로운 인생을 살 것이고, 없는 것만 한탄하는 사람은 그렇게 살다가 의미 없는 인생을 마감하는 것이지요.
당신이 가진 것은 무엇인가요? 가진 것에 감사를 실천하는 사람만이 인생의 어떤 문제라도 풀어낼 열쇠를 쥐게 될 것입니다.

오늘의 한마디

나는 나의 어떤 문제라도 해결 방법을 찾습니다.

오늘 가장 감사한 세 가지를 적어보세요

11월 18일 _ 장엄

산나리 *Golden banded lily*

우주의 기운은 자력과 같아서 우리가 어두운 마음을 지니고 있으면 어두운 기운이 몰려온다. 그러나 밝은 마음을 지니고 긍정적이고 낙관적으로 살면 밝은 기운이 밀려와 우리의 삶을 밝게 비춘다 - 법정 스님

"수술해도 장애를 안고 살아갈 것입니다." 목사님은 24시간 예수 동행 운동을 하시는 분입니다. 3대째 목사 집안에서 성장해 당연히 목사가 되었고, 그 후 사고로 평생 장애를 안고 살아가야 한다는 진단을 받게 됩니다. 그 일로 진정한 회심을 하게 되었고, 장애 없이 고침을 받고 평생 한결같이 목회를 하셨습니다.

평탄할 것만 같은 삶에서 위기를 만난다면 당신은 어떻게 할 것인가요? 누구도 당신의 불행을 대신 짊어질 수 없습니다. 묵묵히 앞으로 나아가면 분명히 잘 해결되리라는 것을 깨닫기를 바라고 있습니다. 엄마도 아빠도 하나님도 말이죠.

℘ 오늘의 한마디

나는 나의 어떤 것에도 만족하고 감사합니다.

℘ 오늘 가장 감사한 세 가지를 적어보세요

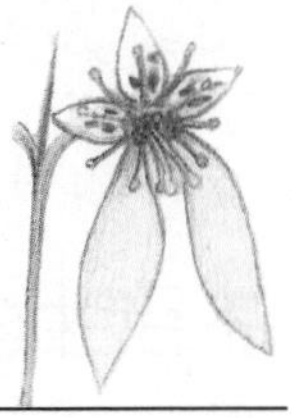

11월 19일 _ 비밀

범의귀 *Saxifrage*

남이 당신의 비밀을 지켜주기를 원한다면 우선 당신 자신의 비밀을 지켜라
- 루키우스 세네카

"다른 사람은 몰라도 그 친구는 믿어." 그런 친구가 있나요? 그리고 당신은 그런 친구인가요? 기억나지 않는 소꿉친구 이야기를 엄마에게 듣고는 아무리 생각해도 떠오르지 않아 어릴 적 앨범을 뒤적입니다. 손을 꼭 잡고 웃으며 찍은 꼬맹이 둘의 낡은 사진. 친구가 이사 가는 날 아침부터 밤까지 울었다고 합니다.
새끼손가락 걸고 "비밀이야" 했던 친구는 잊었지만, 커가며 만난 소중한 친구들과 비밀을 약속하고 지켜주며 우정을 키웠습니다. 그리고 함께 나이 들었지요. "엄마, 그 이모 왜 전화한 거야?", "음, 비밀." 소중한 친구와 함께 가는 인생길은 참 좋습니다. 그렇죠?

오늘의 한마디

나는 소중한 이들을 아끼고 사랑합니다.

오늘 가장 감사한 세 가지를 적어보세요

11월 20일 _ 진실

뷰글라스 *Bugloss*

대체로 진실에는 두 가지 면이 있다. 어느 한쪽에 치우치기 전에 먼저 그 양면을 잘 살펴보아야 한다 – 이솝

'너 자신을 알라.' 당신은 자신에 대해 얼마나 알고 있나요? 마음 깊이 있는 당신의 모습을요.

생각해볼까요? 지금 당신 인생의 마지막 날입니다. 가족들과 인사하고 다른 세계로 떠나왔습니다. 마주한 신이 당신이 어떻게 살아왔는지를 보여줍니다. 당신이 살아온 인생은 어떠했나요? 살아온 인생에 만족하시나요? 이 질문은 꼭 한 번 스스로 해야 할 질문입니다.

지금 가는 길이 맞는지 의문이 든다면 인생의 마지막에서 바라보세요. 마지막에 후회하지 않는 인생을 위해 지금 바로 무엇을 해야 하는지 알게 될 것입니다.

오늘의 한마디

삶은 나를 모든 면에서 지지하고 도와줍니다.

오늘 가장 감사한 세 가지를 적어보세요

11월 21일 _ 성실

초롱꽃 *Bellflower*

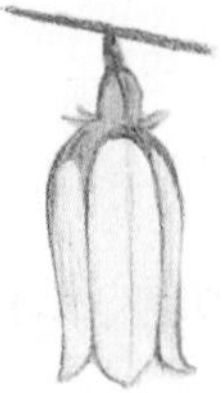

백 권의 책에 쓰인 말보다 한 가지 성실한 마음이 더 크게 사람을 움직인다
–벤저민 프랭클린

정리하다 만 빨랫감을 밀어두고 커피 한잔 타서 소파에 앉습니다. TV 채널을 돌려 재미있는 프로를 하는지 찾아봅니다. 코미디 프로를 보면서 깔깔 웃습니다. 조용하던 엄마의 웃음소리를 듣고 딸이 슬그머니 나와봅니다.
"와, 이거 재밌다. 와서 같이 보자." 딸과 함께 정리하며 코미디 프로를 봅니다. "엄마 혼자 하라고 하고 들어가니까 미안하지? 다시 나왔으니까 용서해줄게. 이거 정리하고 맛있는 저녁 해 먹자." 딸이 개켜 놓은 빨래를 다시 정리하면서 눈을 찡긋합니다. 365일 비가 오나 눈이 오나 하던 일들, 눈감고도 하는 일이지만 이젠 딸과 함께 하고 싶네요.

℘ 오늘의 한마디

나의 내면은 긍정과 사랑으로 가득합니다.

℘ 오늘 가장 감사한 세 가지를 적어보세요

11월 22일 _ 까다로움

매자나무 *Barberry*

학교 선생님이 까다롭다고 생각되거든 사회에 나와서 직장 상사의 진짜 까다로운 맛을 한번 느껴봐라 - 빌 게이츠

풀어진 바짓단을 뚝딱 세발뜨기로 바느질합니다. 가사 선생님은 정확한 분이셨습니다. 바느질 숙제에서 1mm라도 어긋나면 풀고 다시 해야 했고, 엄마가 대신해주는 숙제는 귀신같이 알아보셔서 연습하고 연습해 스스로 완성해 제출해야 했습니다. 까다로운 선생님께 혼이 날까 무서워 밤새 바느질을 하다 보니 박음질에 수놓기, 세발뜨기 등 지금까지 웬만한 바느질은 다 기억합니다.
"우리 선생님은 정말 까다롭게 숙제 검사를 하신다니까." 그런 선생님이 참 좋은 선생님이라고, 잘 배우라고 하는 엄마의 이야기를 한번 믿어보세요. 평생 생각나는 분이 될 거예요. 그 선생님.

오늘의 한마디

나의 삶은 신성으로 보호받고 있습니다.

오늘 가장 감사한 세 가지를 적어보세요

11월 23일 _ 성실

양치식물 *Fern*

독창성의 장점은 참신함이 아니라 성실함이다. 믿는 사람은 독창적인 인간이다 - 토머스 칼라일

창의적인 생각을 하고 무언가를 끊임없이 만들어내는 사람들의 다른 점이 무엇일까요? 흔히 아는 와플인데 새로운 맛입니다. 똑같은 재료인데 얼마나 연구했으면 이런 새로운 메뉴를 만들었을까요? 새로운 것은 평범함에서 시작합니다. 무엇이나 기본 위에 새로운 것을 쌓을 수 있지요. 떡케이크를 만들고 싶다면 기본적인 떡 반죽을 손쉽게 만들어낼 줄 알아야 합니다. 생일에 만들어준 케이크에 감동했다는 지인은 딸이 해냈다는 기쁨이 얼마나 컸을까요? 성실함으로 기본을 넘어선 그 딸 참 대견합니다.

℘ 오늘의 한마디

나는 다른 사람들을 있는 그대로 받아들입니다.

℘ 오늘 가장 감사한 세 가지를 적어보세요

11월 24일 _ 사랑은 죽음보다 강하다

가막살나무 *Viburnum*

사랑에 죽는 것처럼 행복은 없다 – 에른스트 아른트

언젠가는 사랑하는 사람들과 이별하게 된다는 것을 깨닫는 시간이 옵니다. 사람은 그런 슬픈 마음을 담담하게 받아들이면서 커갑니다. 어른이 된다는 건 이별할 때 의연해지는 게 아니란 걸 알게 됩니다. 사랑하는 이들에게 조금이라도 더 표현하고 안아주는 것이 더 현명하다는 것을 알게 되지요.

사랑하는 부모님께 얼굴 한 번 보여드리고 함께 식사합니다. 효도 여행을 가고 추억을 만듭니다. 그런 추억들은 미래의 헤어짐에도 굳건하게 설 수 있도록 합니다. 사랑하고 함께했던 시간은 긴 헤어짐에도 다시 일어나 살아가게 하는 힘입니다. 사랑은 무엇보다 강한 힘이 있습니다.

℘ 오늘의 한마디

나는 소중한 이들과 함께하며 행복합니다.

℘ 오늘 가장 감사한 세 가지를 적어보세요

11월 25일 _ 현명

개옻나무 *Rhus trichocarpa*

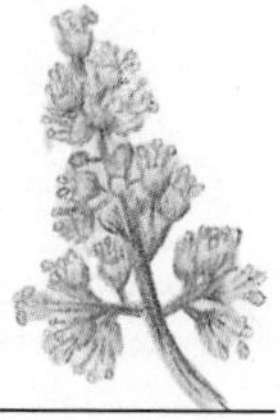

과학은 정리된 지식이다. 지혜는 정리된 인생이다 – 임마누엘 칸트

살면서 자신의 선택을 후회해본 적 없는 사람이 과연 있을까요? 엄마도 아빠도 인생을 살아오면서 많은 선택을 후회해보았으니까요. 엄마는 지난 일은 지난 일로 두고 오늘 행복해지자고 합니다. 그래야 내일도 행복하니까요. 오늘을 지난날을 생각하며 후회로 보낸다면, 변하지 않은 내일도 마찬가지로 후회하며 보낼 것이니까요.
현재의 시간을 살고, 오늘의 목표를 생각하며, 이루어진 작은 성과에 감사하는 것, 그것이 바로 점점 나아지는 삶이고 커가는 행복을 맛볼 수 있는 삶이랍니다. 부모님은 한 뼘 두 뼘 자라는 자식을 보며 보람 있고 행복합니다. 바로 당신이 감사요 행복입니다.

오늘의 한마디

나는 내 삶에 감사합니다.

오늘 가장 감사한 세 가지를 적어보세요

11월 26일 _ 지도

서양톱풀 *Yarrow*

사람을 가르칠 때는 그 사람이 눈치채지 못하게 가르치고, 새로운 사실을 제안할 때는 마치 잊어버렸던 것이 생겨난 듯이 제안하라
– 알렉산더 포프

공부 실력은 뛰어나지 않아도 무엇이든 남에게 잘 가르치는 사람이 있습니다. 왜 설명을 잘할까요? 그건 엄마처럼 배우는 사람의 눈높이에서 시작하기 때문입니다. 당연히 모를 수 있다는 사실을 인정하고, 아무것도 모른다면 어떻게 설명해야 할지 하나하나 준비하지요. 기억에 남는 선생님들은 하나같이 그렇게 가르쳐주셨던 분들입니다.
당신도 누군가를 가르치는 순간이 올 것입니다. 그때 엄마가 당신을 그랬듯이 차근차근 가르쳐주세요. 당연히 모를 수도 있다는 것을 이해하는 당신이 배려를 담아 가르친다면 배우는 사람은 깊이 감사하며 배울 것입니다.

✎ 오늘의 한마디

나는 멋진 내가 좋습니다.

✎ 오늘 가장 감사한 세 가지를 적어보세요

11월 27일 _ 신앙

붉나무 *Rhus javanica*

역경 속에 정제된 영혼은 진보한다 - 매튜 헨리

젊어서는 향수를 참 좋아했습니다. 그날 분위기에 맞는 향수로 기분 전환을 하곤 했지요. 이만큼 살아보니 향수를 뿌리지 않아도 향기가 나는 사람이 있다는 것을 알게 되었습니다. 그리고 그런 사람이 되고 싶은 마음이지요.

사람을 연민으로 바라보고 친절하게 대하며, 자기 일을 사랑하고 자신감이 있어 나아갈 바를 아는 사람, 그런 사람에게서 향이 납니다. 아무도 없는 새벽 거리를 깨끗하게 청소하는 청소부, 불우이웃 돕기를 외치는 청년, 갓 구운 빵을 진열하는 파티시에, 모두 자기 자리에서 최선을 다하는 사람들입니다. 그들은 세상을 좀 더 아름답고 살기 좋게 만듭니다. 그래서 향기롭습니다.

℘ 오늘의 한마디

나는 삶을 이끌어갈 자존감, 자신감, 내면의 힘이 충분합니다.

℘ 오늘 가장 감사한 세 가지를 적어보세요

11월 28일 _ 추상

과꽃 *China aster*

작은 생각만큼 성취를 제한하는 것도 없다. 자유로운 생각만큼 가능성을 확장하는 것도 없다 – 윌리엄 아서 워드

우리는 모두 느낌표로 살다가 마침표로 끝나는 인생입니다. 태어났으면 죽기 마련인데 미리부터 마침표를 고민할 필요는 없습니다. 느낌표를 오래 안고 살아가기를 바랍니다. '아, 태어났구나!' '아, 멋진 세상이구나!' '아, 내가 할 일이 이렇게 많구나!' '아, 고마운 사람들!' '아, 내가 사랑하고 도와줄 사람들이 이렇게 많구나!' '끊임없이 배워야 하는구나!'
이 많은 느낌표 중 가장 중요한 느낌표는 무엇일까요? '나는 나를 사랑한다!' 입니다. 느낌표로 살아가는 자신을 인정하고 좋아하세요. 살아갈 힘을 내세요. 당신의 인생에 마침표를 찍는 날까지 많은 느낌표를 만드는 삶이 되기를 바랍니다.

오늘의 한마디

나는 나에게 무한 사랑을 쏟아줍니다.

오늘 가장 감사한 세 가지를 적어보세요

11월 29일 _ 개척

바카리스 *Baccharis*

인생의 바다에서 이성은 나침판이고 정열은 질풍이다 - 알렉산더 포프

한글을 떼고 백과사전을 읽을 무렵, 신대륙을 발견한 이들이 부럽다고 합니다. 이젠 신대륙이 왜 없냐면서 자기 땅을 찾고 개척하고 싶다고 말이죠. 나만의 것을 갖고 싶다는 열망은 친구들과 땅따먹기나 블루마블 게임을 할 때도 뜨겁게 몰입하게 합니다. 그런 당신이 이루고 싶은 일을 찾는다면 새로운 길을 개척하며 열정을 불태울 것입니다.

다른 사람이 간 길을 따라가는 안전도 좋지만, 하얀 눈 위에 첫 발자국을 남기는 것도 멋진 일입니다. 부모가 되기를 선택한 엄마도 인생의 새로운 길을 개척한 것이랍니다. 그래서 소중한 자식을 얻었으니까요. 당신이 선택하는 어떤 길이라도 응원합니다.

℘ 오늘의 한마디

나는 자신 있게 새로운 길로 나아갑니다.

℘ 오늘 가장 감사한 세 가지를 적어보세요

11월 30일 _ 새봄을 기다림

마른풀 *Dry grass*

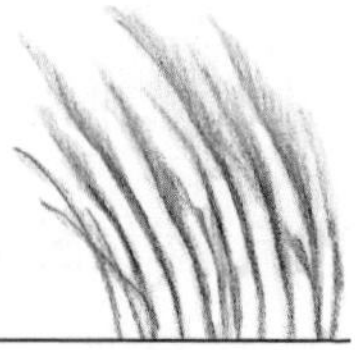

어떻게 기다려야 하는지 아는 자에게는 적절한 시기에 모든 것이 주어진다
- 노먼 빈센트 필

큰딸을 낳고 5년 터울로 작은딸을 낳았습니다. 자매라서 인생을 살아가는 데 서로 의지가 될 것이라 여겨져 안심이 되고 좋았습니다. 터울이 있다 보니 산통은 첫애 못지않았고, 둘째는 그렇게 엄마에게 왔습니다.
하지만 일주일 만에 생사를 넘나드는 병으로 작은 이마에 링거를 꽂았습니다. 엄마 젖도 못 먹고 설사만 했지요. 아기에게 입힐 조끼를 뜨며 건강해지기를 기도하고 기도했습니다. 드디어 설사가 멈추었습니다. 태어나 힘이 없어 웃지 못하던 우리 딸이 웃었습니다. 그리고 엄마가 기다리던 봄이 왔습니다. 그제야 환하게 웃어주는 예쁜 두 번째 빛이 왔습니다.

℘ 오늘의 한마디

나는 내면에서 빛이 나는 존재입니다.

℘ 오늘 가장 감사한 세 가지를 적어보세요

“

실수하고 힘든 상황인가요? 털고 일어나 다시 시작하면 됩니다.
끊임없는 자기 비하로 자신을 지적하지 마세요.
당신이 꼭 만나야 하는 자아는
새롭게 힘을 내서 시작하는 ‘나’입니다.

”

December

12월

12월 1일 _ 평화

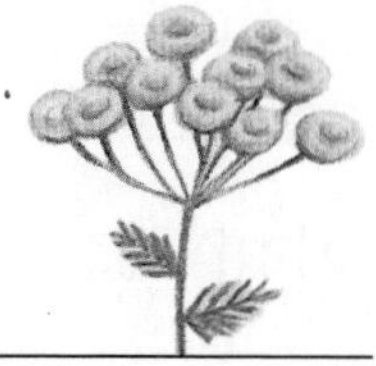

쑥국화 *Tansy*

평화는 단지 전쟁이 없는 상태가 아닌, 마음의 상태, 자비, 신뢰, 정의에서 비롯되는 미덕이다 – 베네딕투스 스피노자

엄마도 가끔 보면 아이 같습니다. 가끔은 변덕스러운 마음도 들고, 혼자 있고 싶을 때도 있습니다.

"엄마, 오늘 매운 마라탕 어때? 맥주도 한잔하면 좋겠다. 그치?" 엄마는 알고 있습니다. 뭔가 하고 싶은 말이 있다는 것을요. 그래서 좋아하는 드라마 말고 당신의 이야기를 들을 준비를 합니다. 열심히 사는 딸의 이야기, 흥분하고 열을 올리며 맞장구쳐줘야겠지요? 우리 딸이 오늘 어떤 이야기를 할지 벌써 궁금합니다.

℘ 오늘의 한마디

나는 하루를 감사로 시작합니다.

℘ 오늘 가장 감사한 세 가지를 적어보세요

12월 2일 _ 모성애

이끼 *Moss*

어머니의 웃는 얼굴은 약한 아이에게 힘을 주는 하나님이다
- 랠프 왈도 에머슨

하던 공부를 접어두고 며칠을 말없이 있는 딸을 보며 엄마는 눈치만 봅니다. 그동안 긴 시간 열심히 해왔던 게 너무 아깝습니다. 속상한 마음을 감출 수가 없어 며칠 동안 좋은 말이 나가지 않았습니다. 결국은 혼자 결정하고 살아가야 하는 딸을 믿어주고 응원해줘야 하는데 알면서도 욕심이 앞섰네요.

"오늘 겉절이랑 수육 해놨어. 일찍 와." 오랜만에 맛있게 먹고 좋아하는 식혜를 내놓습니다. "우리 딸 힘들지? 고민 많이 했을 텐데 엄마가 이해를 못 해줬네, 미안해. 새롭게 시작한다니 응원할게. 엄마는 믿어. 알지?" 말없이 듣고 있던 딸의 입가에 미소가 번집니다.

℘ 오늘의 한마디

삶은 항상 나에게 최고의 것을 가져다줍니다.

℘ 오늘 가장 감사한 세 가지를 적어보세요

12월 3일 _ 기대

라벤더 *Lavendar*

명확한 목적이 있는 사람은 가장 험난한 길에서도 앞으로 나아가고, 아무런 목적이 없는 사람은 가장 순탄한 길에서도 앞으로 나아가지 못한다
- 토머스 칼라일

성공하는 사람은 뭐가 달랐을까요? 바로 자신이 이룰 것이라는 기대를 멈추지 않았다는 것입니다. 한 번에 성공한다면 좋겠지만 실패해도 낙담하지 않습니다. 안 되는 방법 하나를 알았다고 생각하며 다시 일어납니다. 분명 자신이 가는 길의 끝에는 성공이 있다고 확신하지요.
이런 기대와 확신은 처음엔 미심쩍게 바라보던 사람들을 믿고 응원해주는 이들로 만듭니다. 당신 삶에 이루고자 하는 꿈을 꿈으로만 남기지 않길 바랍니다. 반드시 이루어질 거라 기대하고 시도하세요.

오늘의 한마디

나의 삶에 올 좋은 것을 기대합니다.

오늘 가장 감사한 세 가지를 적어보세요

12월 4일 _애정

수영 *Rumex*

사랑은 사람들을 치료한다. 사랑을 받는 사람, 사랑을 주는 사람 할 것 없이
- 칼 메닝거

대수롭지 않은 듯 말하면 떨어질 거라 여기는 줄 알까 봐 조심스럽고, 꼭 붙어야 한다고 하면 부담 주는 것 같아 엄마는 말하기가 참 어렵습니다. "내일 시험이니까 오늘은 소화 잘되는 걸로 먹고 일찍 자자. 응?"

소파에서 잠깐 졸다 보니 깜깜합니다. 불빛이 새어 나오는 걸 보니 아직 안 자고 있나 봅니다. 책상에 엎드려 잠이 든 딸을 깨워 침대에 누이고는 토닥토닥 편히 자라고 인사합니다.

시험이 끝났다는 전화에 허리 펴고 일어납니다. 시험 시간 동안 엄마도 내내 기도했습니다. 사는 동안 엄마는 당신을 위한 기도를 멈추지 않을 것입니다.

℘ 오늘의 한마디

나는 우주의 축복을 받고 있습니다.

℘ 오늘 가장 감사한 세 가지를 적어보세요

12월 5일 _ 행복한 연애

앰브로시아 *Ambrosia*

연애란 우리 영혼의 가장 순수한 부분이 미지의 세계로 향하는 성스러운 그리움이다 - 조르주 상드

무슨 택배가 온 건지 물으니 그냥 좋아하는 그룹 앨범이라고 합니다. 한동안 일본 만화에 빠져서 일본 애니메이션 노래만 듣던 딸인데 갑자기 아이돌 그룹이라니 깜짝 놀랐습니다. 누구냐고 물어도 모른다고만 하고 부끄러운지 답을 안 합니다. 엄마만 알고 있을 거라며 꼬셔 보아도 누군지 말을 안 해줍니다.

아이돌 사진과 장식품들을 보니 작은딸도 남자 아이돌을 좋아하나 봅니다. 이제 연애를 할 나이가 되어가나 봅니다. 사진을 보니 이상형이 참 잘 생겼습니다. 그런 사람과 연애할 거라 생각하니 웃음만 나옵니다. 꼬맹이가 말이지요.

℘ 오늘의 한마디

내 인생은 순조롭게 나아가고 있습니다.

℘ 오늘 가장 감사한 세 가지를 적어보세요

12월 6일 _ 절실한 사랑

바위취 *Saxifraga*

사랑은 내가 선택할 수 있는 것이 아닙니다. 그저 내게 다가오는 것입니다. 100여 년을 살면서 내가 깨달은 단 한 가지 사실이 바로 이것입니다
– 캐서린 헵번

아침마다 약 두 알과 함께 숟가락으로 물을 떠먹입니다. 고양이는 물을 잘 안 먹는다고 하니 억지로라도 먹여야 합니다. 그리고 마사지를 해줍니다. 딸들이 어릴 적 아프면 해주던 마사지를 고양이 가족 슈니에게 해줍니다. 마사지하는 내내 "슈니 사랑해, 슈니는 건강한 고양이야. 쉬도 잘하고, 알지? 슈니 몸은 건강하게, 아주 건강하게 될 거야." 머리부터 발끝까지 살살 마사지합니다.
그렇게 한 달 정도 후에 검진해보니 결석이 없어졌다고 합니다. 슈니와 함께할 날이 언제까지인지는 모르지만 모든 날에 감사합니다. 우리 딸들과 함께할 날이 언제까지인지는 모르지만 모든 날에 감사합니다.

℘ 오늘의 한마디

나는 매일 모든 것에 감사를 표현합니다.

℘ 오늘 가장 감사한 세 가지를 적어보세요

12월 7일 _ 신뢰

양치식물 *Fern*

자기 신뢰는 성공의 첫 번째 비결이자 영웅의 본질이다
– 랠프 왈도 에머슨

"뭐 어때서. 이런 내가 좋다고!" 블리치로 물들인 머리를 휘날리며 딸이 나갑니다. 딸의 머리카락은 파란색, 노란색을 거쳐왔지요. 자신이 좋아하고 잘 맞는 것을 찾아가는 것 같아 다행입니다.
당신을 있는 그대로 받아들이고 우정을 쌓아가는 친구는 있습니다. 엄마처럼 당신의 모습 그대로를 좋아하고 함께해주는 친구들이지요. 당신 스스로 신뢰하고 사랑하는 만큼 상대도 당신을 그렇게 여길 것입니다. 당신은 참 멋진 사람이고 사랑스러운 사람입니다. 웃을 때마다 찡긋하는 콧등마저도 아주 매력적이네요.

℘ 오늘의 한마디

나의 내면에는 사랑이 가득합니다.

℘ 오늘 가장 감사한 세 가지를 적어보세요

12월 8일 _ 깊은 애정

갈대 *Reed*

참된 사랑의 힘은 태산보다 강하다. 그러므로 그 힘은 거대한 힘을 가지고 있는 황금일지라도 무너뜨리지 못한다 - 윌리엄 셰익스피어

하고 싶은 것이 없었던 지인의 딸은 인기 그룹의 팬이었습니다. 그냥 팬도 아니고 열성 팬입니다. 그런 딸을 위해 엄마는 기도했습니다. 엄마의 오랜 기도와 기다림은 딸이 새롭게 시작하고 싶은 마음을 갖게 했습니다. 팬으로서 쏟았던 열정을 꿈을 향해 가는 길에 쏟고 있는 딸을 보며 엄마는 또 기도합니다. 딸이 진정 원하는 문으로 가기를 말이지요.

당신에게는 여러 갈래의 인생길 문이 열려있습니다. 어떤 문으로 들어갈지는 선택이지요. 만약 그 문이 아니면 다른 문으로 가면 됩니다. 모든 문은 열려있습니다.

℘ 오늘의 한마디

인생의 새로운 문은 내게 열려있습니다.

℘ 오늘 가장 감사한 세 가지를 적어보세요

12월 9일 _ 고결

국화 *Chrysanthemum*

사랑하는 동안에만 용서할 수 있다. 용서하는 것은 가장 고결하고 가장 아름다운 사랑의 형태다. 용서는 이 세상에서 듣지 못할 평화와 행복을 그 보답으로 준다 - 로버트 뮬러

성경에 나오는 일화입니다. 한 부자의 작은 아들이 자신의 몫을 달라고 해서 세상에 나가 모두 탕진합니다. 아들은 노비로 살더라도 집으로 돌아가야겠다고 결심합니다. 아버지는 거지가 되어 돌아온 아들에게 입맞춤하고 화려한 옷으로 갈아입히고 성대한 잔치를 베풀어 아들이 돌아온 것을 기뻐해줍니다.
세상 모든 부모의 마음이 이럴 것입니다. 어떤 잘못을 했더라도 용서할 수 있는 고결한 마음입니다. 인생의 파도 속에 힘든 일을 겪을 때 꼭 기억하세요. 당신이 언제라도 따뜻하게 쉴 수 있는 안식처가 있답니다.

오늘의 한마디

인생은 나에게 새로운 기회를 가져다줍니다.

오늘 가장 감사한 세 가지를 적어보세요

12월 10일 _ 고결한 이성

빨강 동백 *Red camellia*

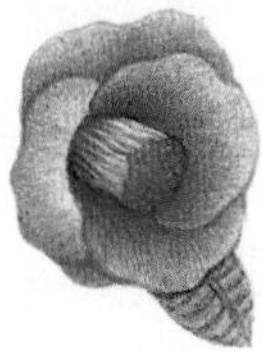

손윗사람에게 겸손하고, 동등한 사람에게는 예절 바르며, 아랫사람에게는 고결해야 한다 - 벤저민 프랭클린

엄마는 딸들을 기르면서 칭찬과 격려에 인색했습니다. 잘하는 것은 당연하고, 부족한 것은 노력해야 하는 것이었지요. 그런 엄마가 칭찬 고수들을 만나게 되었습니다. 사소한 것들도 잘한다, 훌륭하다, 최고다 감동하며 손뼉 쳐주는 동료들입니다. 처음엔 칭찬이 어색했지만 자꾸 듣다 보니 나 또한 칭찬을 잘할 수 있게 되었습니다.
숙제를 다 하고 정리하는 딸들의 머리를 쓰다듬으며 수고했다고 합니다. 결과보다는 노력하는 과정을 격려하며 한결같은 엄마의 마음을 보여주었지요. 엄마는 칭찬하면서 딸을 향한 고결한 마음을 알아갑니다. 딸들은 소중하고 아름다운 존재이며, 나는 귀한 딸들의 엄마라는 것을요.

℘ 오늘의 한마디

나는 나와 함께하는 이에게 감사합니다.

℘ 오늘 가장 감사한 세 가지를 적어보세요

12월 11일 _ 애국심

솔잎국화 *Fig marigold*

가정을 사랑하는 마음에 애국심이 뿌리박고 있다 - 찰스 디킨스

"엄마, 선생님이 내일 꼭 태극기 달라고 하셨어." 내일은 국경일입니다. 며칠 전부터 태극기를 달아야 한다는 딸아이 말에 태극기를 사러 가려고 합니다.

2002년 월드컵의 열기가 전국을, 아니 전 세계를 들썩이게 할 때가 생각납니다. 늦은 밤, 동생네 부부와 우리 부부, 조카와 우리 큰딸은 얼굴에 태극기를 그리고 어깨동무를 하며 대한민국을 외쳤습니다. 그때만큼 대한민국을 생각하며 가슴이 뜨거웠던 적이 있을까요? 세계인의 축제가 다시 한번 우리나라에서 열린다면 얼마나 좋을까 생각합니다. 시청 앞 광장에 나가 큰소리로 대한민국을 외치며 목청껏 노래하고 싶습니다.

오늘의 한마디

내가 하는 모든 선택은 완벽합니다.

오늘 가장 감사한 세 가지를 적어보세요

12월 12일 _ 우수

목화 *Cotton plant*

타인보다 우수하다고 해서 고귀한 것이 아니다. 과거의 자신보다 우수한 것이야말로 진정으로 고귀한 것이다 - 어니스트 헤밍웨이

예전에 공부 덜하던 친구를 양갓집 규수라고 했습니다. 전문직에 종사하는 많은 사람 중에도 그런 어린 시절이 있었다는 사실은 알고 있나요? 원래부터 뭐든 잘하는 특출한 사람들도 있겠지만 대부분은 평범합니다. 그럼 평범한 사람들이 비범하게 되려면 어떻게 해야 할까요?

수명이 길어진 지금은 살면서 여러 개의 직업을 갖게 된다고 합니다. 하고 싶은 것은 무엇이든 열린 마음으로 도전해보길 바랍니다. 새로운 것에 도전해봐야 오래오래 하고 싶은 일을 찾을 수 있으니까요. 도전하고 노력하는 당신을 언제나 응원합니다. 그렇게 하는 당신이 있어 감사합니다.

오늘의 한마디

나는 내가 참 좋습니다.

오늘 가장 감사한 세 가지를 적어보세요

12월 13일 _ 사랑

빨강 국화 *Red chrysanthemum*

가장 깊은 진리는 가장 깊은 사랑에 의해서만 열린다 – 하인리히 하이네

어릴 적 듣던 자장가를 기억하나요? 하루하루 잘 자라길 바라면서 엄마가 불러주던 자장가요. 가족 모두 잠이 든 밤이면 그때가 떠오릅니다. 매일 아기를 재우며 자장가를 불렀지요. 오늘도 무사히 잘 지내준 아기에게 고맙고 아기를 지켜준 신께 감사하는 마음이었습니다.

오늘 너무 피곤했다며 일찍 잠이 든 아이를 물끄러미 바라봅니다. 이 만큼 잘 자라주어 고맙습니다. 그리고 매일 밤 편안히 잠들기를 바랍니다. 하루를 감사로 마무리하고 내일을 벅차게 맞이했으면 좋겠습니다. 살아가는 모든 날이 벅찬 기쁨으로 가득하기를 소망합니다.

℘ 오늘의 한마디

모든 문제의 해결책은 나에게서 나옵니다.

℘ 오늘 가장 감사한 세 가지를 적어보세요

12월 14일 _ 용감

소나무 *Pine tree*

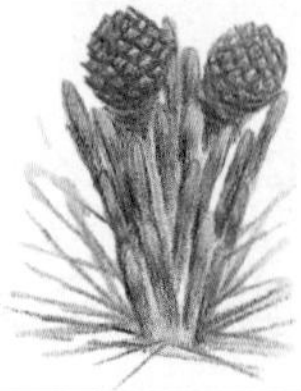

모든 덕 가운데서 가장 강하고 고결하고 자랑스러운 것은 진정한 용기이다
- 미셸 드 몽테뉴

주말 아침, 식사하는 내내 자매가 냉전입니다. 어제 별것 아닌 일로 기분이 상했는지 서로 눈도 마주치지 않습니다. 어릴 때처럼 억지로 손을 잡고 사과하라고, 사랑한다고 안아주라고 할 수도 없는 나이가 되었지요.

"딸들, 911사고 당시, 대구 지하철 사고 당시 보낸 문자가 어떤 내용인 줄 알아?" 엄마가 무슨 말을 할 줄 벌써 아는 눈치입니다. "사랑해, 고마워. 알지?" 남에게는 관대하게 넘어갈 일도 가족 간에는 이해와 용서가 힘든가 봅니다. 언젠가 부모 없이 살아갈 때 서로 의지하고 깊이 이해하는 사이좋은 자매가 되길 바랍니다. 가장 가까운 친구가 되기를요.

오늘의 한마디

감사할수록 감사할 일이 더욱 많아집니다.

오늘 가장 감사한 세 가지를 적어보세요

12월 15일 _ 불멸

서향 *Winter daphne*

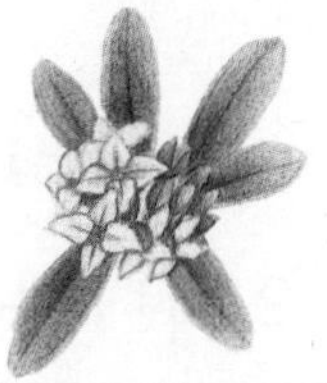

불멸의 열쇠는 먼저 기억할 만한 가치가 있는 삶을 사는 것이다 – 이소룡

사랑해서 결혼했지만 세월이 지나도 맞춰지지 않는 성격에 힘들던 어느 날, 라디오 방송을 들었습니다. 사람은 죽을 때까지 원하는 대로 변하지 않는다는 것이었죠. 한숨이 나왔습니다. 그리고 자신이 변하면 다 달라진다고 하는데, 왜 잘하고 있는 내가 변해야 하나 생각되었지요.
방송을 계속 듣다 보니 알게 되었습니다. 다른 환경에서 자란 두 사람이 부딪치는 건 당연했습니다. 연애할 때는 절대 보이지 않죠. 사랑이란 이름으로 눈이 멀어 결혼한 두 사람입니다. 이해와 사랑으로 책임을 다한다면, 삶을 더 깊게 그리고 가치 있게 살아갈 수 있을 것입니다.

오늘의 한마디

나는 내 삶을 치유합니다.

오늘 가장 감사한 세 가지를 적어보세요

12월 16일 _ 장엄

오리나무 *Alder*

사람이 희망을 가질 수 있는 것은 죽음이 눈에 보이지 않기 때문이다
- 표도르 도스토옙스키

원하는 것을 이루어낸 사람들을 자세히 들여다보니 원하는 것을 갖기 위한 치열한 투쟁과 고통은 없었습니다. 단지 그것을 이루고 갖게 될 자신을 믿은 것뿐이었지요. 원하는 대로 이미 되었다는 믿음과 원하는 목표가 이루어져 감사하다는 마음, 그 마음이 실제처럼 느껴질 때 변화는 시작됩니다.
당신은 어떤가요? 아직 오지 않은 미래를 실제처럼 감사할 수 있나요? 그렇다면 이미 이룬 것이나 다름없습니다.

오늘의 한마디

내 삶에는 풍요로움이 가득합니다.

오늘 가장 감사한 세 가지를 적어보세요

12월 17일 _ 동감

벗꽃난 *Honey plant*

다른 사람들의 눈을 통해 공감하는 것은 세상을 자신의 눈에 비추는 것이 아니라 다른 사람의 눈으로 보는 것이다 - 칼 로저스

명절이 되면 꼭 하는 영화가 있습니다. 해리포터 시리즈지요. 그때마다 엄마와 딸은 똑같이 얘기합니다. "책이 더 재미있어." 해리포터 책이 1년에 한 권씩 나올 때마다 가슴이 설레었습니다. 주인공이 겪는 일들을 가슴 아파하고 역경을 헤쳐나가면 기뻐하면서 읽고 또 읽었습니다.

딸은 책을 아주 좋아하게 되었고, 학교 필독서뿐 아니라 고전문학에 과학 관련 책들까지 다양하게 읽었습니다. 어리지만 가끔 속 깊은 말로 엄마를 놀라게 하던 애어른의 비결이었지요.

당신이 찾고자 하는 인생의 경험과 방향은 책 속에 있답니다. 엄마가 들려주고 싶은 세상 이야기들은 바로 그 책입니다.

오늘의 한마디

내 삶에 새로운 경험을 받아들입니다.

오늘 가장 감사한 세 가지를 적어보세요

12월 18일 _ 가정의 덕

세이지 *Sage*

가정생활과 결혼생활에서 가장 소중하고 중요한 것은 인내다
– 안톤 체호프

말의 무게만큼 참고 인내하면서 살아가야 한다는 것을 아는 나이가 되었습니다. '답다'라는 말의 무게는 누구에게나 주어지지만, 요즘은 그 무게를 감당하고 받아들이기를 거부하는 어른들도 많습니다. '부모답기'가 힘들다고 어린 자식을 마음대로 하는 부모들의 이야기지요.
어른이 된다고 없던 참을성이 생기고 이해심이 깊어지는 것은 아니었습니다. 부모니까 힘든 일도 견디고 자식을 위해 양보하는 것이지요. 참고 부지런히 일해서 공부를 가르치고 키워냅니다. 분명 힘들지만 사랑으로 감내해낸 그 시간이 자식에서 그 자식으로 흘러가는 것이 삶입니다.

오늘의 한마디

나는 매일 창조적으로 살아가는 법을 알아갑니다.

오늘 가장 감사한 세 가지를 적어보세요

12월 19일 _ 아름다움

스노플레이크 *Snowflake*

당신은 인간이기에 완벽하지 않아도 되며, 실수해도 괜찮다. 당신의 불완전함 속에, 그리고 개성 속에 아름다움이 넘쳐난다 - 일레나 디크루즈

사춘기, 교과서에서 배운 질풍노도의 시기입니다. 정도의 차이는 있지만 누구나 어른이 되면서 한 번은 겪는 과정이지요. 왜 자신은 이렇게 살고 부모의 삶의 방식은 자신과 다른지를 고민하는 시기로, 부모를 이해하고 삶의 의미를 알게 되는 첫 번째 관문입니다.
사춘기 끝에 완벽한 삶을 사는 사람으로 변화한다면 좋겠지만, 그 이후에도 넘어지고 상처받고 실수합니다. 그래서 당신은 매일 새롭게 태어난다는 것을 스스로 새겨야 합니다. 그러면 인생의 좌절과 불안들이 발목을 잡지 않고, 감사가 넘칠 것입니다. 왜냐하면 당신이 그렇게 하기로 했기 때문입니다.

오늘의 한마디

오늘 나는 새로운 사람입니다.

오늘 가장 감사한 세 가지를 적어보세요

12월 20일 _ 완전무결

파인애플 *Pineapple*

완전무결을 바라는 것은 인간의 본성이다 - 요한 볼프강 폰 괴테

작은아이 백일을 앞두고 사진을 찍기로 했습니다. 아파서 성장이 더딘 아이라 돌 전에 큰아이랑 사진을 찍어야 했습니다. 백일 남짓 되었지만 아직 혼자 앉지도 못합니다. “까르르” 아파서 잘 안 웃던 딸이 사진사의 능숙한 딸랑이 솜씨에 웃습니다.

가끔 부모 노릇을 잘하고 있는 것인지 답답할 때 사진을 꺼내 봅니다. 절대 기쁨이 담겨있는 사진을 보며 다짐하지요. 내 삶에서 완벽한 기쁨은 계속되고 점점 더 커진다고요. 이젠 완벽한 기쁨을 준 그날을 얘기해야겠습니다. 우리 가족의 삶에 완벽한 기쁨은 이미 함께하고 있습니다.

℘ 오늘의 한마디

나의 세상은 넘치는 풍요로 가득합니다.

℘ 오늘 가장 감사한 세 가지를 적어보세요

12월 21일 _ 덕

박하 *Mint*

덕이 있는 사람은 외롭지 않나니 반드시 이웃이 있다 - 공자

부모는 말 한마디라도 조심해서 해야 한다고 가르칩니다. 말하기 전에 세 번 생각하라는 말도 하지요. 상대의 친절에 "고맙습니다" 할 수 있고, 자신의 실수를 인정하고 "미안합니다" 할 수 있으며, 좋은 일에 진심으로 "축하합니다" 할 수 있는 사람은 말로써 덕을 쌓는 것입니다.

세 치 혀가 사람을 죽일 수도 있고 살릴 수도 있습니다. 기왕이면 사람을 살리는 말을 할 수 있기를 바랍니다. 남에게 하는 진심 어린 말들은 자신에게 돌아옵니다. 그렇게 덕을 쌓은 당신이 좋은 사람들과 함께할 것입니다. 그것이 바로 부모의 바람입니다.

℘ 오늘의 한마디

나는 사람을 살리는 말을 합니다.

℘ 오늘 가장 감사한 세 가지를 적어보세요

12월 22일 _ 행복

백일홍 *Zinnia*

행복이란 우리가 시간을 들여 열중하는 모든 것이다 – 알베르 카뮈

한 시간째 통화하다가 자세한 건 만나서 얘기하자고 합니다. 요즘 같은 세상에 그런 친구를 어떻게 사귀냐고, 옆집에 누가 사는지도 모르는데 어떻게 만나냐고 할 수 있습니다.
당신이 먼저 시작해보는 겁니다. 이사 가서 이웃에게 이사 왔다고 인사를 하면 어떨까요? 오가며 인사를 나누다가 차 한잔 하고 음식을 나누는 사이가 됩니다. 가까운 이웃이 하나둘 생기면 모임도 만들어보세요. 삶을 긍정으로 바라보고 행복하게 살아가는 당신의 얘기를 궁금해할 거예요.
그렇게 함께 감사하고 긍정으로 살기를 합니다. 당신은 더욱 행복해집니다. 당신이 바라는 행복은 사람과 함께 온답니다.

℘ 오늘의 한마디

나는 사랑으로 둘러싸여 있습니다.

℘ 오늘 가장 감사한 세 가지를 적어보세요

12월 23일 _ 천재

플라타너스 *Platanus*

천재라는 것은 무엇보다 고통을 참아내는 뛰어난 능력을 말한다
- 토머스 칼라일

우리 반에서 1등을 놓치지 않던 친구의 IQ는 우리나라 평균 정도였습니다. 쉬는 시간도 움직이지 않고 자기 공부만 하는 친구였지요. 그 친구의 특별한 능력이 궁금했습니다. 살다 보니, 그리고 엄마가 되고 보니 알겠습니다. 천재라서, IQ가 좋아서가 아니라 참고 인내했다는 것을요.
자신의 목표를 위해 인내하면서 공부하는 자세가 천재를 천재답게, IQ 좋은 학생을 창의적인 상위권 학생으로 만듭니다. 당신이 원하는 성공과 풍요도 바란다고 바로 나타나는 것이 아니랍니다. 부정적인 믿음이 사라지고 긍정적인 신념들이 움직일 때까지 인내의 시간이 필요합니다.

℘ 오늘의 한마디

나는 과거를 떠나보내고 자유롭습니다.

℘ 오늘 가장 감사한 세 가지를 적어보세요

12월 24일 _ 강한 인내심

겨우살이 *Mistletoe*

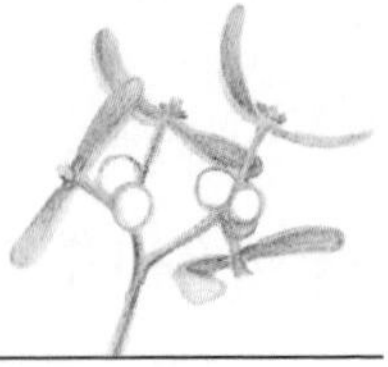

인내는 길들여진 열정이다 – 라이먼 애벗

힘들다고, 견디기 어렵다고 할 때 떠올리는 말은 '이 또한 지나가리라' 입니다. 긍정적인 생각을 하면 좋은 일만 생긴다는 것을 감사와 성공의 법칙을 모를 때도 느낌으로 알았습니다.

목감기인 줄 알았던 큰딸이 수술을 해야 한다고 했을 때 엄마는 깨끗하게 나아서 딸과 함께 기뻐하는 모습을 떠올렸습니다. 그리고 그렇게 이루어지게 될 일에 미리 감사했지요. 그리고 그렇게 이루어졌습니다.

얼마나 멋진가요? 긍정적이고 좋은 생각이 당신에게 놀라운 미래를 가져다준다니 말이죠.

🖉 오늘의 한마디

내가 하는 생각이 내 미래에 펼쳐집니다.

🖉 오늘 가장 감사한 세 가지를 적어보세요

12월 25일 – 선견지명

서양 호랑가시나무 *Holly*

성장의 가장 중요한 원리는 사람의 선택에 있다 – 조지 엘리엇

엄마가 아빠랑 결혼 안 했으면 어땠을까? 명쾌하게 답했습니다. "우리 딸이 없는 거지." '그때 그러지 않았다면, 그 사람을 만나지 않았다면 내 인생은 어떻게 달라졌을까?' 이런 생각으로 후회 속에 인생을 낭비한다면 지금 멈추세요. 과거는 바꿀 수가 없답니다. 그러나 미래는 바꿀 수 있지요. 당신이 바라보는 대로, 말하는 대로 인생은 흘러갑니다. "어쩜 이렇게 나는 하는 일마다 술술 풀리냐?", "난 도움이 필요할 때 꼭 누군가가 도와준다니까. 참 좋은 사람들이 많아." 당신이 잘되고 행복할 거라는 사실에 초점을 맞추고 믿으세요. 현실은 그 믿음의 크기만큼 빠르게 다가옵니다.

℘ 오늘의 한마디

어제보다 오늘 더 나를 사랑합니다.

℘ 오늘 가장 감사한 세 가지를 적어보세요

12월 26일 _ 추억

크리스마스 로즈 *Christmas Rose*

행복한 가정은 미리 누리는 천국이다 – 로버트 브라우닝

살아왔던 모든 순간이 감사합니다. 세월이 가고 나이를 먹을수록 짙어지는 추억의 향기가 인생을 아름답게 합니다. 꼬물거리던 태동과 탄생의 순간, 눈물 없이는 할 수 없는 엄마 되는 이야기, 첫걸음마, 돌잔치, 입학식, 졸업식, 해마다 맞는 생일파티, 일상처럼 지나쳤던 모든 순간이 인생의 소중한 페이지입니다.

당신을 이 세상에 살게 해준 퍼즐 조각을 찾아보세요. 어떤 퍼즐들이 모여 당신을 사랑 가득한 지금의 시간 속에 살게 할까요? 들으면 들을수록 놀랍고 신기한 이야기입니다. 어떤 이야기 퍼즐부터 듣고 싶은가요? 엄마는 재미있게 들려줄 준비가 되어있답니다.

℘ 오늘의 한마디

나는 사랑의 빛으로 가득합니다.

℘ 오늘 가장 감사한 세 가지를 적어보세요

12월 27일 _ 맑은 마음

매화 *Plum blossom*

마음속의 생각이 그대를 만들고, 미래의 모습을 만들고, 기쁨을 만들기도, 슬픔을 만들기도 한다. 마음속으로만 생각해도 현실로 나타난다. 이 세상은 그대를 비추는 거울일 뿐이다 - 제임스 앨런

이 세상은 당신에게 엄마와 같습니다. 당신이 걷다가 넘어지면 살펴보고, 천천히 움직이라고 하고, 힘들면 업어주지요. 세상은 나를 힘들게 하는 게 아니라 나를 도와주고 함께하며 잘 살아가기를 바란다는 것을 엄마는 가르쳐주었습니다.

길 가다 넘어진 사람에게 괜찮냐며 일으켜주는 아주머니, 한 끼 거르고 어려운 이들을 위해 기꺼이 나누는 사람들, 당신이 만나는 사람들이 그런 사람들이고, 당신은 그런 세상을 위해 많은 것을 이루고 나누어줄 것입니다.

오늘의 한마디

나는 내가 살아가는 세상에 감사합니다.

오늘 가장 감사한 세 가지를 적어보세요

12월 28일 _ 원숙미

석류 *Pomegranate*

당신은 움츠러드는 게 아니라 활짝 피어나도록 만들어진 존재다.
- 오프라 윈프리

나보다 먼저 무언가를 이룬 사람들, 내 생각과 같은 사람들의 사유의 결과물을 볼 수 있다니 얼마나 멋진 일인가요? 나보다 몇 발짝 앞선 사람들의 이야기를 들으면, 내가 어떻게 가야 할지를 알게 됩니다.
당신의 느낀 점 그리고 생각들이 모여 당신 삶의 발자취가 됩니다. 하루하루, 한 달 한 달 적었던 계획들을 돌아보면, 당신이 조금씩 성장하고 있다는 것과 원하는 삶을 향해 나가고 있다는 것을 발견할 것입니다. 당신이 성장하는 순간들이 간직한, 놀라운 감사의 비밀을 확실히 알아낼 것입니다.

오늘의 한마디

나는 내 삶이 나에게 베풀어주는 것에 감사합니다.

오늘 가장 감사한 세 가지를 적어보세요

12월 29일 _ 자연미

꽈리 *Winter cherry*

자연의 속도에 맞춰라. 그 비결은 인도하는 것이다 – 랠프 왈도 에머슨

어쩌다 함께 하는 주말 아침 식사에 삼겹살을 굽고, 탕을 끓이고, 새로 담근 김치를 내놓습니다. 네 식구 모두 바쁜 한 주를 살았습니다. 직장에서, 학교에서 각자 주어진 일에 최선을 다한 것이지요.
딸들의 이야기에 충분히 공감해줍니다. 살면서 먼저 겪었던 일들이니까요. 절대 훈수를 두어도, 다른 사람 편을 들어서도 안 됩니다. 아침 식사 자리는 오로지 우리 가족을 위한 자리니까요.
아침을 먹으면서, 일주일을 풀어내면서 새로이 맞이할 날들도 기대합니다. 딸들과 일주일 열심히 일하고 공부하고 또 함께하기로 약속했습니다. 벌써 기다려집니다.

℘ 오늘의 한마디

나는 내가 일하는 것을 좋아하고 감사합니다.

℘ 오늘 가장 감사한 세 가지를 적어보세요

12월 30일 _ 자애

납매 *Wintersweet*

상대에게 사랑과 자애로움을 베푸는 것도, 상대를 비방하고 괴롭히며 무시하는 것도 자신의 힘을 표현하는 방법이다. 당신은 어떤 방법으로 자신을 표현하고 있는가 - 프리드리히 빌헬름 니체

오늘 참 좋은 날이죠. 매일 그렇게 좋은 에너지를 전하는 당신이 되기를 바랍니다. "어쩜 그렇게 매일 기분이 좋아 보여요?" 1년을 그렇게 살아왔다면 당신 주위 사람들은 당신만 봐도 기분이 좋아진다고 할 것입니다.

긍정으로 살고 기분 좋은 생각을 하는 것이 습관이 되면, 부정적인 말은 듣지도 하지도 않게 됩니다. 그 긍정과 감사의 위력을 당신의 삶으로 보여주세요. 당신이 원하는 것들이 하나씩 이루어지면서, 긍정과 감사가 단순한 말이 아니고 원하는 것을 이루게 해주는 지니와 같다는 것을 알게 될 것입니다.

℘ 오늘의 한마디

나는 항상 긍정적인 생각으로 기분이 좋습니다.

℘ 오늘 가장 감사한 세 가지를 적어보세요

12월 31일 _ 불멸

편백 *Chamaecyparis*

한 해의 가장 큰 행복은 한 해의 마지막에서 그 해의 처음보다 훨씬 나아진 자신을 느낄 때이다 – 레프 톨스토이

한 해의 마지막 날 전하고 싶은 이야기를 말로 하면 잔소리인데 편지로 쓰면 다른가 봅니다. 인생을 어떻게 살아야 한다는 정답은 없습니다. 꼭 알아주었으면 하는 것은 삶은 아름답고, 좋은 생각과 감사로 살아간다면 원하는 어떤 것이라도 이루어낼 수 있다는 것입니다. 당신이 잘살아낼 것을 믿습니다. 누구보다 현명하게 인생의 문제들에 답을 할 것입니다.

인생의 완성을 위해 달려가고 있는 모두에게 말하고 싶습니다. 사랑하는 사람들이 있어 인생은 아름답고 감사합니다. 소중한 이의 사랑을 기억하는 삶은 영원합니다.

℘ 오늘의 한마디

나는 내 인생의 완성을 믿습니다.

℘ 오늘 가장 감사한 세 가지를 적어보세요

꽃과 같은 당신에게
전하는 마음의 선물

꽃말 365

지은이 | 조서윤
그린이 | 정은희

편집 | 김연주 이희진 김민주
디자인 | 이미정 한송이
마케팅 | 장기봉 이진목 김유정
경영관리 | 김세희

인쇄 | 금강인쇄

초판 1쇄 | 2022년 1월 3일
초판 5쇄 | 2023년 10월 16일

펴낸이 | 이진희
펴낸곳 | (주)리스컴

주소 | 서울시 강남구 테헤란로87길 22, 7138호 (삼성동, 씨티에어스페이스)
전화번호 | 대표번호 02-540-5192
편집부 02-544-5194
FAX | 0504-479-4222
등록번호 | 제2-3348

ISBN 979-11-5616-252-0 03810
책값은 뒤표지에 있습니다.